W0184101

Tekla ist noch ganz jung, als sie zwischen ihrer Heimat und der Liebe wählen muss. Angefeindet als »Deutschenmädchen« verliert sie die norwegische Staatsbürgerschaft, um dem Besatzungssoldaten Otto nach Deutschland folgen zu können. Was die beiden dort erwartet, hat sich niemand jemals vorstellen können.

Lilla, Teklas Tochter, ist bei ihr aufgewachsen auf der kleinen Insel an den Fjorden. Nie durfte sie Fragen stellen, immer hat etwas zwischen ihr und ihrer Mutter Tekla gestanden. Lilla hat ein unkonventionelles Leben geführt. Und ihrer eigenen Tochter Juni niemals verraten, wer Junis Vater ist.

Juni, die Enkelin, steht vor einer schweren Entscheidung. Um nachzudenken, fährt sie allein zum Haus auf die Insel, wo ihre Großmutter früher im Garten im Regen tanzte, wenn sie glücklich war. Kann Juni endlich etwas erfahren über die Geheimnisse ihrer Mutter und ihrer Großmutter? Die Suche wird sie bis nach Deutschland führen.

Trude Teige ist eine der bekanntesten Autorinnen, TV-Moderatorinnen und Journalistinnen Norwegens. In ihren Romanen bietet sie einen bewegenden Einblick in unbekannte Stücke unserer Geschichte und zeigt, wie das Schicksal auch die folgenden Generationen prägt. »Als Großmutter im Regen tanzte« stand monatelang auf der SPIEGEL-Bestsellerliste. Auch ihr zweiter zeitgeschichtlicher Roman, »Und Großvater atmete mit den Wellen«, wird in in viele Sprachen übersetzt. Trude Teige hat drei erwachsene Kinder und lebt mit ihrer Familie am Oslofjord.

Weitere Informationen finden Sie auf www.fischerverlage.de

TRUDE TEIGE

Als Großmutter im Regen tanzte

ROMAN

Aus dem Norwegischen
von Günther Frauenlob

FISCHER
TASCHENBUCH

Das zitierte Gedicht von Märta Tikkanen stammt aus
»Die Liebesgeschichte des Jahrhunderts. Roman in Gedichten«,
übersetzt aus dem Schwedischen von Verena Reichel, Rowohlt 1983

Inhaltshinweis: Im historischen Kontext wurden an manchen Stellen
zeitübliche diskriminierende Begriffe und Konzepte verwendet.
Der Roman enthält Szenen von sexualisierter Gewalt.

MIX
Papier | Fördert
gute Waldnutzung
FSC® C083411
FSC
www.fsc.org

4. Auflage 2025

Erschienen bei FISCHER Taschenbuch
Frankfurt am Main, 2024

Die Originalausgabe erschien 2015 unter dem Titel
»Mormor danset i regnet« im Verlag H. Aschehoug & Co, Oslo
© 2015 Trude Teige

Für die deutschsprachige Ausgabe:
© 2023 S. Fischer Verlag GmbH,
Hedderichstr. 114, 60596 Frankfurt am Main
Die Nutzung unserer Werke für Text- und Data-Mining
im Sinne von § 44b UrhG behalten wir uns explizit vor.

Satz: Dörlemann Satz, Lemförde
Druck und Bindung: CPI books GmbH, Leck
ISBN 978-3-596-70697-6

Kontaktadresse nach EU-Produktsicherheitsverordnung:
produktsicherheit@fischerverlage.de

»Fiktion ist wie ein Spinnennetz, das,
auch wenn vielleicht nur ganz leicht,
an allen vier Ecken des Lebens
befestigt ist.«

VIRGINIA WOOLF

1

Ich warf den Rucksack in das alte Holzboot. Alfred nahm ihn entgegen, und ich sprang hinterher.

»Na, willst du mal wieder auf die Insel?«, sagte er und ließ den Motor an.

Ich nickte. Reden konnte ich nicht.

»Da drüben ist es jetzt richtig schön, still und ruhig«, fuhr er fort. »Für den Moment jedenfalls. Du weißt ja, wie es ist: In ein paar Monaten kommen schon wieder die ersten Sommergäste.«

Ich hockte mich vorn in den Bug, zog den Reißverschluss der Jacke ganz hoch und setzte mir die Kapuze auf. Die Wellen wurden höher, als wir auf das offene Wasser kamen. Sie spritzten über die Reling, und Alfred drosselte den Motor.

Ich war mit dem Bus von Drammen nach Kragerø gefahren und hatte eigentlich mit einem Taxiboot auf die Insel fahren wollen, als ich Alfred unten am Kai getroffen hatte.

Das Auf und Ab beruhigte mich. Gedanken und Sorgen fielen von mir ab, als würde der Wind sie mit sich fortnehmen. Langsam sank ich tiefer ins Boot, lehnte den Kopf an einen Sack und schlief ein.

Als das Boot an der Mole anlegte, wurde ich wach.

Alfred vertäute das Achterende an einer Boje, ging an Land und machte den Bug an einem Poller fest.

»Es gibt nichts Besseres, als in einem Boot zu schlafen«, sagte er lächelnd und wischte sich die Hände an den Hosenbeinen ab.

Wir gingen über die Mole, passierten die am Wasser aufgereihten Bootshäuser und bogen dann auf einen Schotterweg ab, der zu den Häusern führte. Auf der großen Wiese, an der wir vorbeikamen, hatten wir früher immer Fußball gespielt. Das welke Gras roch nach dem vielen Regen am Vormittag leicht moderig. Inzwischen hatte es aufgeklart, die Sonne verschwand aber schon wieder hinter den Hügeln auf dem Festland. Kühler Nordwind blies uns ins Gesicht, und ein paar Möwen kreischten heiser am Himmel über uns. Ich bemerkte, dass Alfred etwas hinkte.

»Hast du dich am Fuß verletzt?«, fragte ich.

»Ja, ich hab da so 'ne blöde Wunde, die einfach nicht heilen will«, sagte er. »Deshalb war ich in der Stadt. Ich musste zum Arzt, den Verband wechseln.«

»Die Gemeindeschwester kommt wohl nicht mehr hier raus, oder?«, fragte ich. »Ist die wunde Stelle am Unterschenkel?«

»Ja.«

»Dann kann auch ich dir den Verband wechseln«, sagte ich.

Ein Lächeln huschte über sein Gesicht. »Stimmt, du bist ja Krankenschwester.« Doch dann fügte er hinzu: »Du hast jetzt frei, Juni. Mach dir keine Gedanken über mich.«

»Doch, doch, ich mache das gern. Wenn du das nächste

Mal zum Arzt fährst, bringst du einfach alles mit, was wir brauchen.«

Wir gingen schweigend weiter, bis Alfred schließlich sagte: »Traurige Sache, das mit Lilla. Es ging so schnell.«

»Ja. Sie konnten nichts mehr für sie tun.«

»Bleibst du lange?«

»Ich weiß es nicht. Eine Weile.«

»Ich habe mir schon gedacht, dass du bald kommst. Du hast doch bestimmt das Haus geerbt?«, sagte er, als wir vor dem Tor stehen blieben.

»Ja, das stimmt.«

Lilla hatte in dem Haus gewohnt, nachdem Großmutter und Großvater vor drei Jahren gestorben waren. Alfred war ihr nächster Nachbar.

»Es muss mal gestrichen werden«, sagte er.

Ich öffnete das Tor. »Danke fürs Mitnehmen, Alfred. Wir sehen uns.«

»Das tun wir. Sag Bescheid, wenn du bei irgendetwas Hilfe brauchst.«

Ich schaute der großen, kräftigen Gestalt hinterher, die über den Weg davonhumpelte. Alfred war schon in jungen Jahren Witwer geworden. Er hatte zwei Söhne, die beide auf dem Festland wohnten. Sein ganzes Leben lang war er Krabbenfischer gewesen, bis er sich vor zehn Jahren die Schulter verletzt hatte und aufhören musste. Wenn wir als Kinder im Sommer nachmittags an der Mole badeten und er auf der Rückfahrt welche übrig hatte, spendierte er uns immer je eine Handvoll Krabben. Wir saßen dann auf der Mole und fütterten die Möwen mit den Krabbenschalen.

Alfred war jetzt Ende sechzig und der Letzte, der noch fest auf der Insel wohnte.

Warum habe ich ihm bloß angeboten, den Verband zu wechseln?, fragte ich mich und ging auf die Tür zu. Ich wollte doch allein sein.

Am Morgen war ich zu Hause in Drammen noch bei meiner Ärztin gewesen.

»Ich glaube, ich sollte Sie krankschreiben«, hatte sie gesagt und mich mit ernster Miene angesehen. »Und dabei denke ich nicht an ein oder zwei Wochen, Sie brauchen Ruhe und Zeit. Nehmen Sie sich bitte erst einmal für drei Wochen eine Auszeit.«

Die Beklemmung saß mir wie ein zentnerschweres Gewicht auf der Brust, und ich musste die aufsteigenden Tränen niederkämpfen, als ich ihr erzählte, warum ich gekommen war. Dass ich nicht mehr einschlafen konnte und wenn es mir dann endlich doch gelang, ich gleich wieder mit Herzklopfen und hohem Puls aufwachte. Außerdem fühlte ich mich nicht gut. Mir war immer wieder übel, und ich hatte keine Kraft mehr.

»Wie läuft es auf der Arbeit?«, fragte sie.

»Ich habe Schwierigkeiten, mich zu konzentrieren.«

»Aber die Arbeit gefällt Ihnen?«

Ich nickte. Es stimmte, ich liebte meinen Job als Krankenschwester. »Es hat nichts mit meiner Arbeit zu tun«, sagte ich.

»Womit dann?«

»Es geht …« Ich schluckte und dann noch einmal, aber schließlich brachte ich die Worte über die Lippen. »… um meinen Mann.«

»Ja?« Sie beugte sich vor und wartete.

»Er weiß nicht, wo ich bin.«

»Aha.«

»Wir waren ein paar Tage segeln. Eigentlich wollten wir die ganzen Osterferien über die schwedische Küste hinabsegeln. Aber dann bin ich einfach abgehauen.«

»Heute?«

»Nein, gestern. Im Hafen von Strømstad … wenn Jahn trinkt, dann … verliert er manchmal die Kontrolle.«

»Und dann …?«

»Dann …« Die Worte wollten nicht über meine Lippen.

»Schlägt er Sie?« Sie reichte mir ein Papiertaschentuch aus der Box, die auf dem Tisch stand.

Ich nickte und putzte mir die Nase. »Gestern bin ich an Land geflohen, und als ich zurückkam, hat er mich nicht an Bord gelassen. Ich bin eine ganze Weile kreuz und quer durch die Stadt gelaufen, und dann … ich hatte das wirklich nicht vor … habe ich den Bus nach Oslo genommen. Die Nacht habe ich in einem Hotel verbracht. Ich habe mich nicht getraut, nach Hause zu gehen, ich hatte Angst, dass er mir gefolgt sein könnte.«

Sie schrieb mir die Krankmeldung. »Ich kann Ihnen einen guten Psychologen empfehlen …«

»Vielleicht später«, sagte ich. »Nicht jetzt.«

Sie füllte ein Formular aus, reichte es mir und bat mich, im Labor noch eine Blutprobe nehmen zu lassen.

Als sie mich wieder zu sich ins Behandlungszimmer rief, sah ich ihr an, dass etwas nicht stimmte.

»Sie sind schwanger«, sagte sie.

Ich starrte sie ungläubig an. »Schwanger? Aber ... Nein ...«

»Das Ergebnis ist eindeutig«, erwiderte sie und schaute noch einmal auf die Resultate. Sie hob nicht den Blick, als sie fragte: »Was denken Sie darüber?«

»Ich ... ich weiß es nicht. Ich glaube ... ich will das Kind nicht haben.«

»Wann hatten Sie Ihre letzte Regel?«

Ich rechnete zurück. »Vor etwas mehr als fünf Wochen.«

»Dann haben Sie reichlich Zeit zum Nachdenken. Ich denke, das sollten Sie auch in Ruhe tun.«

»Aber ...«

»Sie sind jetzt nicht in der Lage, eine solche Entscheidung zu treffen«, sagte sie bestimmt. »Nehmen Sie sich etwas Zeit. Die Grenze liegt bei zwölf Wochen. Wir können uns gern in ein oder zwei Wochen noch einmal unterhalten.«

2

Die steinerne Treppe war dreckig und grün vor Algen. Auch das Geländer hatte einen Grünschimmer. Ich blieb stehen und musterte die weiße Hausfassade. Das Skipperhaus war Anfang des 20. Jahrhunderts gebaut worden. Über der Eingangspartie war ein Erker, dort hatte Lilla ihr Zimmer gehabt. Die geteilten Fenster waren mit geschnitzten Leisten eingefasst.

Alfred hatte recht, das Haus brauchte einen neuen Anstrich. Ich stellte den Rucksack auf Großvaters Korbsessel hinter der Eingangstür. Dort hatte er im Sommer immer seine Zeitung gelesen. Auch der Sessel war alt und grau geworden.

Im Flur schlug mir der abgestandene Geruch des alten, leeren Hauses entgegen. Süßlich und feucht, vielleicht ein bisschen Schimmel, der typische Geruch von alten Häusern ohne Menschen. Und es roch nach Lilla, das Nikotin steckte noch in den Wänden.

Das Regal im Flur war voller Hüte. Lillas Hüte. Seit vielen Jahren hatte sie die nicht mehr getragen. Am Garderobenhaken hingen dicht übereinander ihr Regenmantel und ihre Sommer- und ihre Winterjacke. Schuhe und Stiefel türmten sich auf dem Boden vor der Kellertür. Ich zog meine Allwetterjacke aus, hängte sie über den Treppenpfosten und ging in die Küche. Dann drehte ich die Heizung unter dem Fenster auf und ließ das Wasser laufen, bevor ich mir einen Kaffee machte. Die Küche war erst kurz vor Großvaters Erkrankung neu eingerichtet worden. Weiße Oberschränke, die bis unter die Zimmerdecke reichten, eine Arbeitsplatte aus Granit und ein moderner Backofen mit Ceranfeld. Über dem Tisch hing eine Lampe des dänischen Designers Poul Henningsen.

Als Lilla vor einem halben Jahr ins Krankenhaus kam, war ich im Haus gewesen, um Kleider für sie zu holen. Ich hatte den Aschenbecher und den Kühlschrank geleert, die leeren Flaschen weggeräumt und den Müll nach draußen getragen. Dann hatte ich die Heizungen runtergedreht und war zurück zum wartenden Taxiboot gegangen.

Auf dem hellen Sofa im Wohnzimmer waren die Kissen an der einen Seite zusammengedrückt, als hätte Lilla dort gerade noch gelegen. Auf dem Couchtisch stapelten sich alte Magazine und Zeitschriften. In der einen Ecke des Raumes stand noch immer Großvaters Bett, ordentlich gemacht und mit einer bunten gestrickten Patchworkdecke darüber. Das Ganze war unverändert, seit er vor vier Jahren ins Altenheim gezogen war, ein Jahr vor seinem Tod.

Als ich klein war, war die Glasveranda immer voller Pflanzen gewesen. Es war dort so warm wie in einem Dschungel. Jetzt waren die großen Töpfe auf dem gefliesten Boden leer. Auf den halbhohen Regalen unter den Fenstern stapelten sich kleine schwarze Plastiktöpfe. Vor der hellblauen Innenwand standen Großmutters und Großvaters dunkelblaue Sessel, nur getrennt durch einen kleinen Messingtisch.

Ich öffnete die Tür zur Treppe in den Garten. Die Schaukel hing noch immer in der großen Birke, das Wetter und die Jahre hatten aber auch sie gezeichnet. Ich packte die Taue, stieß mich mit den Beinen ab, lehnte mich nach hinten und hob die Füße.

Es begann zu regnen, eine Art Nieselregen, aber ich blieb sitzen und lehnte den Kopf an das Tau.

Der Regen ist der Applaus des Lebens, hatte meine Großmutter immer gesagt.

Die Erinnerungen zeichneten sich wie scharfe Fotos auf der Netzhaut ab: Großmutter hier im Garten, abends im Regen, in einem ihrer roten Kleider. Sie trug niemals Hosen, immer nur Kleider mit einfachem Schnitt, gerne rot, egal ob zu festlichen Anlässen oder im Alltag. Sie liebte Farben. Ich habe sie nie in Schwarz gesehen. Nicht einmal bei Großvaters Beerdigung.

»Sie ist verrückt«, sagte Lilla, wenn Großmutter ruhig durch den warmen Sommerregen tanzte.

»Nein, ist sie nicht«, verteidigte Großvater sie immer. »Sie ist glücklich.«

Ich habe meine Großmutter nie so leichtfüßig erlebt wie an jenen Abenden, wenn sie durch den Garten tanzte. Ich schloss die Augen und nahm ihren Geruch wahr. Ihren Geruch, wenn sie glücklich war.

An anderen Tagen roch sie anders. »Warum tanzt Großmutter im Regen?«, habe ich Großvater einmal gefragt, ich mag damals vielleicht acht oder neun Jahre alt gewesen sein.

»Weil sie das froh und glücklich macht«, sagte er.

Wenn Großmutter getanzt hatte, verbeugte sie sich immer tief, als nähme sie den Applaus entgegen, dann kam sie durchnässt zurück ins Haus. Großvater stand dann immer schon mit dem Morgenrock bereit, und sie zog sich aus, hüllte sich in den Mantel, schmiegte sich an ihn, während er die Arme um sie legte. »Ich liebe dich, das weißt du, oder?«, sagte sie immer, und er blickte lächelnd auf ihre Haare hinab und erwiderte: »Das weiß ich, Tekla. Wir sind das Beste, was uns passieren konnte.«

Dann schenkte er zwei Gläser Portwein ein, immer Portwein, und deutete in Richtung der beiden Sessel.

»Ja, Konrad«, sagte meine Großmutter. »Lass uns miteinander reden. Es tut mir gut, mit dir zu reden.«

Ich lag in meinem Bett direkt über dem Wohnzimmer. Großvaters Stimme war ein leises Brummen, Großmutters eher ein helles Summen.

Worüber reden sie?, habe ich mich gefragt, während ihre Stimmen zu einem Schlaflied wurden, das durch mein Zimmer wogte und mich in das Reich der Träume entführte.

3

Lilla arbeitete in der Stadt und kam an den Wochenenden nach Hause. Ich habe sie immer nur Lilla genannt, nie Mama oder Mutter. Die Stimmung veränderte sich oft, wenn Lilla zu Hause war, der Puls des Hauses schien dann irgendwie schneller zu schlagen.

»Warum gehst du arbeiten?«, habe ich sie einmal gefragt. »Die anderen Mütter auf der Insel sind zu Hause.«

»Weil ich hier nicht wohnen kann, ich ertrage das nicht«, sagte sie. »In der Stadt gefällt es mir besser. Da kann ich leichter atmen.«

Die Antwort verwirrte mich, denn ich fand, dass die Luft hier bei uns viel besser war als in der Stadt. Ich dachte deshalb, dass es etwas mit mir zu tun haben musste und sie nicht die ganze Zeit mit mir zusammen sein wollte.

Bis ich auf die weiterführende Schule kam und zu Lilla in die Stadt zog, wohnte ich bei Großvater und Großmutter auf der Insel. Während meiner gesamten Kindheit pflegte ich auf der Mole zu stehen und auf Lilla zu warten. Meistens freitagabends, manchmal aber auch erst am Samstagnachmittag. Sie arbeitete in Torkildsens Modegeschäft und bekam dort Rabatt, so dass ich immer gespannt war, ob sie etwas Neues trug. Ein Kostüm, ein Kleid, eine neue

Hose oder irgendetwas anderes Schönes. Als Kind war ich mir vollkommen sicher, dass niemand so moderne Sachen trug wie Lilla. Ich bewunderte sie. Sie sah immer aus wie eines der Modelle in den Modezeitschriften. Und sie roch so wunderbar, trug immer Parfüm mit seltsamen Namen: *Red Door*, *Rive gauche*, *Anaïs Anaïs*. Am besten gefiel mir aber *Charlie*. Auf der Flasche war ein Bild von einer Frau mit langen, blonden Haaren, die mit nackten Füßen bei Sonnenuntergang an einem Strand entlanglief. Sanfte Wellen rollten hinter ihr an Land. Sie trug einen kreideweißen Hosenanzug, und auch ihre Zähne waren blendend weiß. Schräg über ihre Beine stand geschrieben: »Gives you the time of your life!«

Schon wenn Lilla mir noch weit draußen auf dem Wasser von der Fähre aus zuwinkte, wusste ich, wie ihre Laune war. Manchmal wirkte sie abwesend, dann redete sie kaum, wenn wir nach Hause gingen, und zog sich später gleich in ihr Zimmer zurück. Wenn sie sich aber wirklich darüber zu freuen schien, mich zu sehen, lackierte sie mir die Nägel, machte mir die Haare und schminkte mich. Dann durfte ich auch in ihr Zimmer und auf ihrem Bett sitzen. Wenn sie dann fertig war und mich ansah, sagte sie oft: Du bist das hübscheste Mädchen, das ich kenne. Manchmal streichelte sie mir auch über die Wange. Dann kribbelte es in meinem Bauch, denn sie, die so elegant und schön war und nach *Charlie* roch, musste es ja wissen.

Manchmal bauten Lilla und ich im Winter im Garten Schneelichter. Wir formten Schneebälle, die wir zu hohen Ringen auftürmten, und platzierten eine Kerze in der Mitte.

Einmal haben wir fünfzehn solcher Lampen gemacht, der ganze Garten war erleuchtet. Ich weiß noch, wie Großmutter gelacht hat, als sie über den von Großvater geräumten Weg zum Nebengebäude ging, in dem sie ihr Atelier hatte. Sie sagte, es sehe aus wie in einer katholischen Kirche.

Auf der Insel schneite es nur selten richtig viel, der Schnee reichte nie, um Höhlen oder Iglus zu bauen. Dafür war das Klima viel zu mild und wechselhaft. Aber einmal – mein Großvater meinte, das sei der schneereichste Winter seit Menschengedenken gewesen – hatte Lilla plötzlich die Idee, vom Balkon im ersten Stock in den Schnee zu springen. Wir schaufelten einen großen Haufen Schnee zusammen, bis er so hoch war, dass wir darin landen konnten. Ich kletterte aufs Geländer, hielt mich am Pfosten fest und sah nach unten. Lilla stellte sich neben mich.

»Du schaffst das«, sagte sie.

»Ich trau mich nicht«, erwiderte ich, und sie nahm meine Hand.

»Doch, das tust du. Wir werden wie in Baumwolle landen.«

Ich sah erst nach unten, dann zu Lilla.

»Stell dir vor, du könntest fliegen«, sagte sie.

Ich kann fliegen, sagte ich zu mir, ich kann fliegen. Ich wollte, dass sie stolz auf mich war, wollte, dass sie mich mutig und stark fand. Ich weiß nicht, wovor ich am meisten Angst hatte: davor, zu springen, oder davor, sie zu enttäuschen. Ich schloss die Augen – und sprang. Mir blieb die Luft weg, ich bekam Schnee in Mund und Nase und rang heulend nach Atem.

Lilla war plötzlich dicht neben mir. Auch sie musste gesprungen sein. Sie zog mich aus dem Schnee und drückte mich an sich. »Geht's dir gut? Hast du dir weh getan?« Ihre Stimme klang besorgt. »Tut dir irgendwas weh?«

Ich spürte in mich hinein. Nein, es tat mir nichts weh. Aber trotzdem weinte ich. Sie hielt mich in ihren Armen, während ich schluchzend ihren Duft einsog, eine Mischung aus kaltem Schnee und *Charlie*. Ich weinte lange, damit sie mich nicht losließ.

Großmutter hörte oft Musik, wenn sie im Nebengebäude war und malte.

»Chopin«, sagte sie und nahm eine Schallplatte, legte sie auf den alten Plattenspieler, blieb eine Weile stehen und wartete auf die Musik. Als die ersten Töne erklangen, trat sie an die Staffelei. »Chopin«, sagte sie wieder. »Die schönste Klaviermusik, die ich kenne. Mit Orchester. Dirigiert von Herbert von Karajan. Auch der war Mitglied in der NSDAP«, fügte sie hinzu, als spräche sie mit sich selbst.

»Was ist die NSDAP?«, fragte ich.

»Das lernst du, wenn du in die Schule kommst.«

Mit raschen Bewegungen begann sie, die Farben zu mischen. »Es ist schon komisch, wie die Vergangenheit an einem kleben bleiben kann«, fuhr sie fort, den Blick auf die Leinwand gerichtet. »Karajan bekam das zu spüren, obwohl er später eine Vierteljüdin geheiratet und die Partei verlassen hat.«

»Was ist eine Vierteljüdin?«

»Eine Person, deren Großvater oder Großmutter Jude war«, antwortete sie.

Dann schloss sie für ein paar Sekunden die Augen, und ich traute mich nicht mehr, noch weitere Fragen zu stellen. Sie atmete durch die Nase, und ihre Brust hob und senkte sich. »Ah! Das Klavierkonzert Nr 1 in e-Moll. Jetzt kann ich malen.«

Ich fand es komisch, dass dieser Chopin sie inspirierte, denn ihr Gesicht hatte immer etwas Wehmütiges, wenn sie die Musik hörte. Zumindest scheint mir Wehmut das richtige Wort zu sein, wenn ich heute daran zurückdenke. Damals kannte ich solche Ausdrücke natürlich noch nicht, aber ich sah, dass irgendetwas über sie kam.

Auch ich mochte Chopin. Wenn ich der Musik lauschte, gelang es mir, ziemlich lange still dazusitzen und zuzusehen, wie ihr Bild allmählich Form annahm. Denn nur wenn ich mich ganz still verhielt und nichts sagte, durfte ich bei Großmutter im Atelier sein.

Im Sommer stand die Tür zum Garten immer offen, und nachmittags krochen die Sonnenstrahlen dann langsam auf Großmutter zu, bis sie ihr Gesicht trafen und sich wie goldene Bänder auf ihre hochgesteckten Haare legten. Wenn sie eine Weile nicht beim Frisör gewesen war, entlarvte das Licht das Grau an ihrem Scheitelansatz und an ihrer Stirn. Ihre Falten warfen dann dunkle Schatten, die sich wie scharfe Striche von den Augen ausbreiteten. Auf der Stirn hatte sie horizontale Furchen, und die lange Narbe, die sich vom Nasenflügel bis zum Ohr quer über die eine Wange zog, trat deutlicher hervor. Ich habe sie einmal gefragt, woher diese Narbe stamme, aber sie sagte nur, sie könne sich nicht erinnern, das sei alles so lange her.

Meine Großmutter war auf ganz andere Weise schön als Lilla. Heute denke ich, dass sie eine Schönheit ausstrahlte, die nur das Alter einem Menschen geben kann.

Wenn sie malte, legte sich oft ein sanftes Lächeln auf ihr Gesicht. An anderen Tagen fuhr sie mit dem Pinsel schnell und hart über die Leinwand, als hätte sie wenig Zeit, dann wirkte ihr Gesicht verbissen. Einmal war ich dumm genug, sie zu fragen, ob sie sauer sei. Sie antwortete mit leiser, abweisender Stimme, dass ich still sein solle, sonst müsse ich gehen. Ich lief damals weinend zu Großvater, weil Großmutter so schroff gewesen war. Er nahm mich in die Arme und sagte: »Sie ist nicht sauer auf dich, sie ist nur in ihrer eigenen Welt und will nicht gestört werden. Komm, lass uns mal ans Meer gehen.«

Großvater und ich gingen in der Regel auf die Ostseite der Insel, wo es ein Plateau auf den Felsen gab, das von Norden und Westen vor dem Wind geschützt war. Im Sommer pflückte ich Blumen. Strandnelken, Gräser und Blutweiderich. Im Winter waren die Pfützen gefroren und das Eis so dünn wie Glas. Es knackte immer so lustig, wenn man darauf trat. Großvater sagte lächelnd, dass Lilla genau dasselbe getan habe, als sie klein war. Ich dachte in diesen Momenten immer, dass ich ihr vielleicht ähnelte und einmal genauso schön werden könnte, wenn ich groß war.

Während des Krieges war Großvater Seemann gewesen. Er erzählte nie, was er erlebt hatte, nur von der Zeit danach, als er auf großen Schiffen die Welt bereiste. Bevor er an Land gegangen und in der Reederei in Kragerø zu arbeiten begonnen hatte.

Wenn wir auf den Felsen saßen und über das Wasser blickten, erzählte er mir von fremden Meeren. Wie er Lilla davon erzählt hatte, als sie klein gewesen war. New York, Buenos Aires, Honolulu, Madras, Bremerhaven. Das alles waren seltsame Namen, die mir schwer über die Zunge gingen.

»Warum bist du später nicht mehr zur See gefahren?«, fragte ich.

»Ich habe es nicht mehr geschafft, so lange von Großmutter getrennt zu sein.«

An einige seiner Geschichten erinnere ich mich noch: an den Stewart, der seinen Job verlor, weil er trank; oder den Matrosen, der sich so nach seiner Geliebten zu Hause in Norwegen sehnte, dass er eine ganze Woche in seiner Kajüte saß und weinte; oder an den Maschinisten, der nach einem Landgang in Kapstadt die Abfahrt des Schiffes verpasst hatte. Doch von all seinen Geschichten erinnere ich mich vor allem daran, dass er es nicht mehr geschafft hatte, so lange von Großmutter getrennt zu sein.

Als Erwachsene bemerkte ich die Zärtlichkeit und Nähe zwischen ihnen. Sie konnten ohne einander nicht sein, und sie waren auch nie ohne einander.

Als mein Großvater siebenundachtzig Jahre alt war, bekam er einen Schlaganfall. Danach war er bettlägerig und konnte nicht mehr sprechen. Großmutter pflegte ihn. Sie wollte nicht, dass andere sich um ihn kümmerten, und so geschah es dann auch. Es wurde immer getan, was sie wollte. Sie selbst war noch ziemlich fit und voller Energie, bis sie irgendwann einsah, dass Großvater ins Pflegeheim musste. Danach sackte sie mehr und mehr in sich zusammen, als wäre all ihre Kraft aufgebraucht. Obwohl ihre eigene Gesundheit sich verschlechterte, besuchte sie ihn jeden Tag und bei jedem Wetter in der Stadt. Aber ohne ihn war sie nicht mehr dieselbe. Sie, die immer so energisch und leichtfüßig gewesen war, wurde langsam und schwerfällig. Ich weiß nicht, ob sie in ihrem letzten Lebensjahr noch ein einziges Bild gemalt hat.

Drei Tage nach Großvaters Beerdigung – das war im Frühjahr – ging sie nach draußen in den Regen und tanzte. Ich stand auf der Glasveranda und lächelte ihr zu, beobachtete, wie ihr schmaler Körper sich langsam drehte.

Es sah aus, als würde sie sich ruhig ins Gras niederlegen.

Herzversagen, konstatierte der Arzt.

Gebrochenes Herz, dachte ich.

4

Die Soldaten im Bus sangen aus vollem Hals: *Ein Wanderbursch, mit dem Stab in der Hand, kommt wieder heim aus dem fremden Land.* Erst als ein Baby zu schreien begann, verstummten sie. Tekla beobachtete die Frau, die ihr Kind zu beruhigen versuchte. Sie knöpfte sich die Bluse auf, legte das Kind an und bedeckte sich selbst und den kleinen Kopf mit dem Schal, den sie um ihren Kopf geschlungen hatte. Die Haare waren ihr bis auf kurze Stoppeln abrasiert worden.

Tekla zog ihren eigenen Schal tiefer in die Stirn. Ich bin eine von ihnen, dachte sie. Eine Ausgestoßene. Eine *Tyskertøs* – ein »Deutschenmädchen«, eine Hure, eine Verräterin. Aber noch kann ich mich umentscheiden, aussteigen und zu Tante Amalie in Oslo reisen. Die Schande und die Demütigungen ertragen und abwarten, bis es vorbeigeht.

Als ob Otto ihre Gedanken gelesen hatte, nahm er ihre Hand. Nein, sie würde bei ihm bleiben. Tekla legte ihren Kopf auf seine Schulter und sah zu den anderen in dem überfüllten Bus. Es waren vor allem deutsche Soldaten, aber auch einige junge Norwegerinnen. Viele davon mit Kindern. Sie begegnete dem Blick eines kleinen Jungen. Er saß still da und sah sie mit ernster, fast ängstlicher Miene an. Er und seine Mutter reisten allein. Sie hielt ihn in ihrem Arm und sah durch das Fenster nach draußen. Manchmal hob er den Blick und sah sie an. Er hatte ein kleines, rotes Auto in der Hand, spielte aber nicht damit.

Der Fahrer musste an einem Hang herunterschalten, und das Getriebe antwortete mit einem unwilligen Kratzen. An der Tür stand ein norwegischer Soldat, der die Leute im Bus im Auge behalten sollte. Er lachte, als er für einen Moment das Gleichgewicht verlor.

Die Luft war schwer. Es roch nach Schweiß, Leder und nasser Wolle. Die Fenster waren beschlagen, draußen rann der Regen wie ein dünner Film über die Scheibe. Tekla sah Menschen und Gebäude vorbeigleiten, bis sie gleich darauf wieder von Feldern und Wald umgeben waren.

Sie wusste nur, dass sie in ein Lager in Mandal gebracht werden sollten. Wie lange sie dort bleiben mussten, bevor sie mit einem Schiff nach Deutschland gebracht würden, das wusste sie nicht.

»Wird dir schlecht?«, fragte Otto.

»Nein, nein, ich bin nur müde«, antwortete sie und schob ihre Hand unter seine Uniformjacke.

Zwei Tage nach der Befreiung hatte ihr Vater sie früh am Morgen geweckt.

Vor der Arbeit pflegte er immer kurz bei ihr hereinzuschauen. »Guten Morgen, die Sonne scheint für dich«, sagte er manchmal. Es waren immer ein paar Worte über das Wetter, und wenn sie nicht antwortete, kitzelte er sie an den Füßen.

Doch dieses Mal stand er nur ernst in der Tür. »Du musst runterkommen, Tekla, sofort.«

Sie warf sich einen Morgenmantel über die Schultern und folgte ihm. Unten in der Halle nahm er ihren Arm, führte sie nach draußen und zeigte auf die Hauswand. Direkt neben der Tür stand mit dicken Buchstaben *Tyskertøs*. Er schob sie vor sich her ins Wohnzimmer, in dem die Mutter auf und ab ging, die Kissen auf dem Sofa zurechtrückte und ein paar trockene Blätter von einer Pflanze zupfte. Teklas fünf Jahre älterer Bruder Henrik saß auf einem Sessel am Fenster. Ihm war anzusehen, wie wütend er war.

»Ist das wahr?«, fragte er scharf. Tekla hatte ihn selten derart außer sich erlebt. »Antworte!«, schimpfte er, als sie nichts sagte.

»Ich … ich habe Otto nur ganz selten getroffen. Das ist der, der mir mit dem Pferd geholfen hat«, sagte sie.

Es stimmte nicht, im letzten halben Jahr hatten sie sich mehrmals die Woche gesehen, aber nie gemeinsam mit anderen. Sie war sich sicher gewesen, von niemandem gesehen worden zu sein.

»Und das soll ich dir glauben?«, fragte Henrik. »Wie konntest du nur?« Seine Stimme wurde immer lauter. »Ich verstehe das nicht!«

Der Vater breitete die Arme aus und zeigte auf die Tageszeitung, die auf dem Tisch lag. Einen Moment fürchtete sie, es könne darin etwas über sie geschrieben stehen. Sie trat an den Tisch und las die Überschrift. *»Die meisten Deutschenmädchen sind geistig beschränkt«*, stand dort.

»Du bist doch ein anständiges, intelligentes Mädchen, Tekla«, sagte der Vater. »Verstehst du, was du getan hast?«

»Aber … wie können die … wissen …«, stotterte sie.

»Jemand muss euch zusammen gesehen haben. Wie konntest du nur so gedankenlos sein, so … unmoralisch und dumm? Wir haben dich doch anständig erzogen, oder etwa nicht?«

»Was werden die Leute jetzt nur über uns sagen?«, jammerte ihre Mutter und presste sich ein Taschentuch vor den Mund.

Tekla sah sie schweigend an. Ihr war kalt bis ins Mark. Ihre Mutter interessierte wieder einmal nur, was die anderen dachten. Und ihr Bruder würde sie niemals verstehen. Das Schlimmste aber war, dass sie auch ihren Vater hintergangen hatte, schließlich hatte sie ihm versprochen, sich von Otto fernzuhalten, nachdem dieser ihr geholfen hatte, das nervöse neue Pferd zu zähmen.

»Otto mag Hitler auch nicht, er …«

»Er *mag Hitler nicht*?«, fiel Henrik ihr ins Wort. »Du bist wirklich naiver, als ich gedacht habe. Du hast Schande über dich gebracht, über die ganze Familie!«

Ihr Vater lief aufgeregt hin und her. Schließlich trat er vor sie.

»Dein eigener Bruder wäre im Kampf für ein freies Norwegen beinahe umgekommen«, sagte er und zeigte auf Henrik. »Er hat sein Leben riskiert. Wir sind anständige Leute, aber du, du hast …«

»Otto hat niemanden getötet«, unterbrach sie ihn.

Henrik schnaubte verächtlich. »Das kannst du nicht wissen.«

»Aber er ist nicht so.«

»Wie, *so*? Er ist Soldat, er ist einer unserer Feinde! Einer von denen, die gute Norweger gefoltert und getötet haben.«

Tekla antwortete nicht. Was sollte sie auch sagen?

»Du musst doch verstehen, dass du dich nicht einfach in irgendwen verlieben kannst«, sagte ihre Mutter schluchzend.

»Otto ist ein anständiger Mann«, sagte Tekla kleinlaut. »Er ist wirklich nett.«

»Nett?«, sagte die Mutter. »Es gibt keine netten Deutschen!«

»Du hast dich wichtiger genommen als alles andere, hast dein Vaterland mit Füßen getreten«, sagte ihr Vater. »Du wirst diesen Deutschen nie wiedersehen, nicht solange ich lebe!«

Tekla begegnete Henriks Blick. Die Verachtung in seinen Augen stach wie Nadeln, als er an ihr vorbei aus dem Zimmer stürmte und die Tür zuwarf.

Ihre Mutter fasste sich an die Stirn, schloss die Augen und verzog das Gesicht zu einer schmerzverzerrten Grimasse.

»Ich ertrage das nicht mehr«, sagte sie. »Jetzt, da der Krieg endlich vorbei ist und wir uns freuen sollten, bringst du uns neue Sorgen. Ich gehe ins Bett, ich habe Kopfschmerzen.«

Ihr Vater verbot Tekla, nach draußen zu gehen. Er meinte, es könne gefährlich für sie sein. »Man kann nicht wissen, was da draußen passiert, die Menschen sind wütend auf alle, die etwas mit den Deutschen zu tun hatten.«

Am späten Nachmittag ging sie trotzdem zum Stall. Sie war niedergeschlagen, ruhelos und voller Angst. Vielleicht sollte sie kurz ausreiten, um auf andere Gedanken zu kommen. Außerdem würde ihr im Wald bestimmt niemand begegnen.

Sie ritt in hohem Tempo und ließ das Pferd erst wieder im Schritt gehen, als sie sich dem Hof näherte.

Am Waldrand hinter dem Stall saßen ein paar Jungs und rauchten. Sie blickte stur geradeaus, richtete sich kerzengerade im Sattel auf und sah sie nicht an. Sie sollten nicht merken, dass sie Angst hatte. Doch als sie auf ihrer Höhe war, stürmten die Jungs plötzlich auf sie zu, und noch ehe ihr klar war, was geschah, hatte einer von ihnen die Zügel gepackt. Der andere zog sie vom Pferderücken.

»So, so, du wagst dich also unter anständige Menschen?«, fragte einer von ihnen frech.

Tekla versuchte sich loszureißen, aber sie umringten sie nur hämisch lachend.

»Lasst mich durch«, sagte sie und versuchte einen der Kerle wegzuschieben.

»Verdammt, die Tyskertøs hat mich angefasst!« Der größte der Jungen schlug ihr gegen die Brust, so dass sie ein paar Schritte nach hinten zurückweichen musste, um nicht zu fallen.

Ein anderer packte sie und begann zu rufen: »Schnipp, schnapp, Haare ab!«

Die anderen stimmten mit ein und skandierten: »Schnipp, schnapp, Haare ab!«

Einer von ihnen hatte plötzlich eine Schere in der Hand. Tekla presste sich die Hände auf den Kopf und versuchte, sich zu schützen, aber die Jungen drückten sie zu Boden und packten ihre Arme und Beine. Der Junge mit der Schere zog ihr an den Haaren. Sie schrie, steckte aber wie in einem Schraubstock fest und konnte sich nicht rühren. Es nützte nichts, Widerstand zu leisten. Sie schluchzte, als sie das Schneiden hörte und spürte, wie dicht die Schere an ihrer Kopfhaut entlangfuhr.

Die Jungen schrien im Takt. »Schnipp, schnapp, Haare ab, schnipp, schnapp, Haare ab!«

Ihre Locken fielen auf den Boden, auf ihre Schultern und klebten an ihrer Jacke.

Als die Jungen sie losließen, blieb sie, das Gesicht in den Händen verborgen, liegen.

»Kommt«, hörte sie einen von ihnen sagen. »Jetzt kann jeder sehen, was das für eine ist, egal wo sie hingeht.« Der Junge beugte sich über sie: »Wir werden nie vergessen, was du getan hast, du Deutschenhure.«

Dann spuckte er sie an.

Tekla lag still da und hörte, wie die Schritte sich entfernten. Dann strich sie sich mit den Fingern über die kurzen Stoppeln, wischte die Haare beim Aufstehen weg, stand auf und führte das Pferd langsam zum Stall.

Ihre Mutter versuchte das Beste aus den verbliebenen Stoppeln zu machen, aber ohne großen Erfolg. Anschließend band Tekla sich ein Kopftuch um.

»Wärst du mal zu Hause geblieben, ich habe es dir ja gesagt«, meinte ihr Vater.

»Ich bin doch nur kurz durch den Wald geritten.«

»Du solltest zu Tante Amalie nach Oslo reisen«, sagte er und wandte sich ab. »Da kennen dich nicht so viele Leute.« Seine Stimme war belegt, und er hustete in seine Hand.

Spät am Abend, nachdem Tekla ins Bett gegangen war, hörte sie Steinchen an ihrem Fenster. Sie zog sich rasch an, schlich nach unten und ging durch die Küche nach draußen. Sie hatte sich gefragt, ob sie Otto jemals wiedersehen würde oder ob er vielleicht schon fort war, denn in den letzten Tagen war nicht ein Deutscher zu sehen gewesen. Sah sie ihn heute zum letzten Mal?

Sie gingen in den Stall und setzten sich auf seinen Mantel, den er auf dem Boden ausgebreitet hatte. Otto drückte sie voller Entsetzen an sich, als er ihre Haare sah.

»Wann fährst du?«, fragte sie.

»Übermorgen.«

Tekla begann zu weinen.

»Ich komme zurück«, tröstete er sie. »Das verspreche ich dir.«

»Wie willst du denn hierher zurückkehren? Wir werden uns nie wiedersehen, Deutsche und Norweger sind noch immer Feinde, auch wenn der Krieg vorüber ist.«

»Aber *wir* sind keine Feinde, Tekla. Nicht du und ich«, flüsterte er in ihre Haare. »Und wenn der Krieg nicht gewesen wäre, hätte ich dich niemals getroffen. Ich liebe dich. Es werden andere Zeiten kommen, das Leben wird wieder normal werden. Dann komme ich zurück und hole dich.« Er legte seine Wange an ihre. »Oder …« Er zögerte etwas, bevor er weiterredete: »Oder du kommst mit mir, wenn ich gehe.«

Mit ihm mitkommen? Nach Deutschland? Und alles hier verlassen? Nein, das konnte sie nicht.

Oder … vielleicht doch?

Sie drehte sich zu ihm, drückte ihre Lippen fest auf seine und hörte, wie kurzatmig er wurde. Er roch nach Leder und Wolle, und sein Mund schmeckte nach Pfefferminzkaugummi. Sie zitterte, als er sie aufs Schlüsselbein küsste, ihr die Bluse aufknöpfte und ihr über den Bauch strich. Ein Keuchen kam über ihre Lippen, aber er ließ sie warten. Beide stöhnten leise auf, als er in sie eindrang und sie wie von einer Welle emporgehoben wurde, die höher und höher wurde, während er ihren Namen so zärtlich flüsterte, wie nur er es konnte.

Tekla wischte mit der Hand über die beschlagene Scheibe, um einen Blick auf die weißen Holzhäuser von Mandal zu erhaschen. Gleich darauf waren sie in Kleven, dem Lager außerhalb der Stadt. Alle reckten die Hälse, als der Bus anhielt. An der Schranke stand ein Soldat vor einem Wachhäuschen, das wie ein hochkant gestellter Sarg wirkte.

Tekla und Otto saßen weit vorn im Bus, so dass sie durch die Frontscheibe direkt ins Lager blicken konnten. Im heftiger gewordenen Regen war aber nur wenig zu erkennen. Ein großes Gebäude wurde von hellen Scheinwerfern angestrahlt, und entlang eines Stacheldrahtzauns waren mehrere Wachtürme zu sehen, auf denen bewaffnete Soldaten standen.

Das ist kein Lager, das ist ein Gefängnis, dachte sie. Wir werden eingesperrt.

Auch die Gesichter der anderen Frauen verzogen sich, als ihnen klarwurde, an was für einem Ort sie gelandet waren. Für einen Moment dachte Tekla, dass es noch nicht zu spät war. Sie könnte Otto sagen, dass sie es nicht übers Herz brachte fortzugehen, sie könnte aus dem Bus springen und fortlaufen.

Da sagte er: »Endlich angekommen«, und drückte ihre Hand.

Sie rang sich ein flüchtiges Lächeln ab.

Ein Soldat kam in den Bus, ging prüfend durch die Reihen, dann hob sich die Schranke, und der Wagen fuhr weiter. Einer der norwegischen Soldaten hatte ihnen erklärt, dass Kleven während des Krieges ein deutsches Lager und ein Flugplatz gewesen war. Jetzt hatten englische Truppen und verschiedene norwegische Einheiten die Anlage übernommen.

Ein roter Pfeil zeigte in Richtung des großen, hell erleuchteten Gebäudes. Es schien ein Hangar zu sein. An der Außenwand waren Verschläge aus Hühnerdraht, an denen Schilder hingen. Tekla reckte den Hals, als der Bus in Richtung Flugplatz daran vorbeifuhr. Bergen-Belsen, Dachau, Auschwitz, las sie, ohne zu begreifen.

Tekla und Otto bekamen eine Kammer in einer langgestreckten Baracke zugewiesen. Das Zimmer war möbliert mit zwei Betten, ein paar Stühlen, einem kleinen Tisch am Fenster und einem Kleiderschrank. Die Wände waren ungestrichen und der Boden dreckig. Es gab weder Teppiche noch Gardinen. Auch die Matratzen hatten große Flecken und stanken.

Sie trat ans Fenster, und Otto kam zu ihr.

»Es müssen an die tausend Soldaten hier sein«, sagte er und legte von hinten die Arme um sie. »Es kann eine Weile dauern, bis wir mit einem Schiff von hier wegkommen.«

Tekla schloss die Augen und ließ sich kurz von ihm halten. Dann holte sie Luft, befreite sich aus seinen Armen und begann die wenigen Dinge auszupacken, die sie mitgenommen hatte. Sie musste etwas tun. Sie legte die Kleider in den Schrank und hängte den weißen, gehäkelten Schal über einen Stuhlrücken. Den Skizzenblock und das Kästchen mit den Bleistiften platzierte sie auf dem Tisch. Sobald sich alles geregelt hatte, wollte sie zu zeichnen beginnen, endlich wieder etwas Normales tun. Otto ging nach draußen, und sie öffnete das Fenster, um durchzulüften und den Geruch der Menschen, die vor ihr hier gewesen waren, zu vertreiben. Morgen wollte sie die ganze Kammer durchwischen.

Mit einem Mal fühlte sie sich beobachtet. In der Türöffnung stand eine kleine, rundliche Frau mit einer dicken

Brille. Sie stellte sich als Sonja vor, lächelte Tekla fröhlich an und wirkte, als hätte sie nicht die geringsten Sorgen. Dann erzählte sie, dass sie mit ihrem Mann Stephan im Nebenzimmer wohne.

»Etwas entfernt gibt es eine leerstehende Baracke, in der noch Gardinen hängen. Wenn du magst, zeige ich es dir.«

»Können wir uns denn einfach bedienen?«, fragte Tekla unsicher.

»Klar können wir das, wir müssen nur dafür sorgen, dass uns niemand sieht«, erwiderte Sonja lächelnd. »Ich hab das schon gemacht. Wir sind vorgestern gekommen.«

In der unbewohnten Baracke nahmen sie die Gardinen ab und stopften sie unter ihre Kleider, bevor sie zurückgingen. Obwohl das Orange des Stoffes verblasst war, würden die Vorhänge den Raum wohnlicher machen und die Morgensonne abhalten, die sonst direkt in ihre Kammer schien.

Als Tekla die Gardinen aufhängte, kam Otto mit einem Strauß Wiesenblumen und einer alten Blechdose, die er gefunden hatte.

Tekla wusch die Dose aus, füllte sie mit Wasser und stellte sie mit den Margeriten und Glockenblumen auf den Tisch am Fenster.

»Hast du jemals so schöne Blumen in einer so hässlichen Vase gesehen?«, fragte Otto lachend.

Tekla musste an die Kristallvase zu Hause in der Stube denken, die immer mitten auf dem Esstisch stand. In der Weihnachtszeit mit Christdorn aus dem Garten und im Frühjahr mit Flieder, der die Zimmer mit seinem Duft erfüllte. Am 8. Mai morgens beim Frühstück hatte Vater erzählt, dass die Deutschen kapituliert hätten. Mutter hatte daraufhin zwei kleine norwegische Fahnen hervorgeholt und zusammen mit frischen Birkenzweigen in die Vase gesteckt.

Tekla seufzte. Diese Gedanken halfen ihr nicht weiter, sie machten alles nur noch schlimmer.

»Ja, ein wahres Herrenhaus«, antwortete sie und versuchte ein Lächeln.

»Rufst du mal das Hausmädchen?« Otto setzte sich und klopfte ungeduldig auf den Tisch. »Sie soll endlich die Lammkeule, die überbackenen Kartoffeln und die glasierten Karotten bringen.«

Er nahm Teklas Arm, zog sie auf seinen Schoß und erstickte ihr Lachen mit einem Kuss.

5

In der ersten Nacht im Haus wachte ich wie gewöhnlich mitten in der größten Finsternis auf. Ich lag da und wartete darauf, dass wieder die übliche Unruhe über mich kam. Aber es geschah nicht, ich bekam keine Gänsehaut, und auch mein Puls blieb normal. Ich legte die Hände auf meinen Bauch. Nein, daran wollte ich jetzt nicht denken. Ich schlug die Decke zur Seite, stieg aus dem Bett und zog den Morgenmantel an, der auf dem Stuhl am Fenster lag.

Wenn Großvater und ich auf dem Meer waren, lehrte er mich das Navigieren und Kartenlesen. Er sagte, die meisten Menschen glaubten, es sei einfach, ein Boot zu fahren; man müsse nur das Steuer festhalten und die gewünschte Richtung nicht aus den Augen verlieren. Aber so ist es nicht. Erst bei schwerer See von hinten kann man wirklich zeigen, was in einem steckt, meinte er. Die anrollenden Wellen nähmen das Boot nämlich mit und brächten es vom Kurs ab. »Dann kann man nicht mehr geradeaus fahren, sondern schippert kreuz und quer über das Wasser. Vermeiden kann man das nur, wenn man gegenlenkt, bevor die Wellen das Schiff treffen und es zur Seite drängen. Es reicht nicht, einfach nur nach vorn zu schauen. Man muss den Blick auch nach hinten richten, um zu wissen, wann die nächste Welle kommt und hart dagegen ansteuern. Genau wie im Leben«, sagte Großvater. »Die Menschen sagen immer, man soll nicht zurückblicken, aber das ist falsch. Man muss ein Stück weit zurückschauen, um zu wissen, wer man ist und woher man kommt. Erst dann lernt man wirklich zu manövrieren.«

Ich hatte die Wellen nicht gesehen, die mich vom Kurs abgebracht hatten.

Ich stöberte im Wohnzimmer herum, und all die Dinge dort versetzten mich zurück in meine Kindheit. Vor der Wand mit den Familienfotos blieb ich stehen. Ich studierte das handkolorierte Hochzeitsfoto von Großmutter und Großvater. Ihre Gesichter waren unnatürlich rosa und der Hintergrund hellgrün.

Wie hatten sie sich getroffen? Es gab so vieles, was ich nicht wusste, und fragen konnte ich jetzt auch niemanden mehr.

Auf einem Foto saß Lilla zwischen ihren kleinen Brüdern, Ove und Oskar. Sie hatte ihre Arme schützend um sie gelegt und lächelte mit offenem Mund. Sie war vielleicht sechs oder sieben Jahre alt, die Zwillinge waren ungefähr zwei. Ich hatte meine Onkel vor drei Jahren bei der Beerdigung von Großmutter das letzte Mal gesehen. Zu Lillas Beerdigung waren sie nicht gekommen, vermutlich waren sie im Ausland.

Auch Lillas Konfirmationsfoto hing dort. Sie hatte lange, fast schwarze, offene Haare und braune, etwas eng stehende Augen. Meine Haare und meine Augen. Aber sie glich weder Großvater noch Großmutter, sah man einmal von Großvaters braunen Augen ab.

Lilla sah direkt in die Kamera, ihr Blick war fest, und sie wirkte selbstbewusst. Früher war sie wirklich schön und stark gewesen.

Ein weiteres Bild zeigte sie und mich, ich war auf dem Foto vielleicht ein Jahr alt. Als es aufgenommen wurde, muss sie in meinem jetzigen Alter gewesen sein: Anfang dreißig. Ihr Blick hatte etwas nach innen Gerichtetes. Sie trug eine blaue Tunika und eine weiße Bluse. Mit dem einen Arm hielt sie mich, während sie mir mit dem anderen Handrücken über die Wange streichelte. Was hatte sie gefühlt, was gedacht, als sie mich bekommen hatte? Warum hatte sie mir nie erzählt, wer mein Vater ist?

Es gab niemanden mehr, zu dem ich mit meinen Fragen hätte gehen können. Niemand, der mir erzählen konnte, was ihnen widerfahren war, was sie erlebt, gedacht, gefühlt oder geträumt hatten. Keiner von ihnen würde jemals wieder reden, lachen, weinen – oder tanzen.

Ich setzte mich in Großmutters Sessel auf die Glasveranda und hüllte mich in ihre Decke. Auf dem Boden unter dem Fenster standen einige leere Weinflaschen. In der Regel hatte ich Lilla ein- oder zweimal im Monat besucht, aufgeräumt und das Haus gewischt. Sie kommentierte das nie, hat mir nie dafür gedankt. Ich glaube, ihr war das alles egal.

Vor sechs Monaten war sie dann mit Atembeschwerden und hohem Fieber ins Krankenhaus gekommen. Die Untersuchungen ergaben, dass sie Lungenkrebs hatte, der bereits gestreut hatte. Sogar noch ganz am Ende, als sie nur noch apathisch im Bett lag, weigerte sie sich, mir zu sagen, wer mein Vater ist, obwohl ich sie angefleht habe.

Hat sie sich für irgendetwas geschämt? Mich vor etwas Schrecklichem schützen wollen? In all den Jahren habe ich immer wieder darüber nachgedacht. Wurde sie vergewaltigt? War es ein One-Night-Stand? Erinnerte sie sich nicht an ihn? Hatte sie in der Zeit noch mit anderen geschlafen und wusste nicht, von wem ich war?

»Du *musst* mir erzählen, wer er war«, flehte ich sie an einem ihrer letzten Tage an. »Ich will wissen, wer *ich* bin. Außerdem kriege ich vielleicht ja selbst mal Kinder, und dann kann es um irgendwelche Erbkrankheiten gehen.«

Die Gestalt im Krankenhausbett war nur noch Haut und Knochen, sie konnte nicht mehr essen, nicht mehr reden, schaffte es aber noch, die Hand zu heben, eine Faust zu ballen und mich zweimal zu schlagen, als ich sagte: »Ich habe ein Recht darauf, es zu erfahren!«

Das Morgenlicht ließ die Gardinen leuchten, als ich wach wurde. Ein paar Sonnenstrahlen hatten ihren Weg durch einen kleinen Spalt gefunden und mich geweckt. Es war sieben Uhr.

Ich blieb still liegen und fuhr mir mit der Hand über den Bauch.

Jahns Kind.

Ich will Jahns Kind nicht haben.

Langsam stand ich auf und ging in die Küche. Nahm mir ein paar Scheiben Brot mit hinaus auf die Veranda und lud mein Handy auf. In der tiefstehenden Morgensonne sah ich, wie verwildert der Garten war. Der weiße Staketenzaun war ganz grau geworden.

Nach ein paar Minuten tippte ich meinen Code ins Telefon und öffnete es. Zehn Anrufe und sieben Textnachrichten. Alle von Jahn: »Wo bist du? Ich mache mir Sorgen, schick mir ein Lebenszeichen!« Mit jeder Nachricht wurde der Ton rauer. »Warum antwortest du nicht? Ich muss wissen, wo du bist. Verdammt, Juni!« Ich stellte mir die Wut in seinem Gesicht vor. »Wie kannst du einfach so abhauen? Ich rufe die Polizei an und melde dich als vermisst, wenn du mir nicht sagst, wo du bist!«

Ich saß lange da und kämpfte gegen die Tränen an, ehe ich ihm antwortete: »Ich brauche eine Pause. Bin nach Italien gereist und werde vier Wochen hierbleiben. Wir reden, wenn ich wieder da bin.«

Dann ging ich wieder hinein. Ein Windhauch strich durch das Wohnzimmer, als ich die Fenster öffnete. Warum hatte ich geschrieben, dass wir reden würden?

Ich wollte ihn nie wieder sehen.

Vielleicht sollte ich zu sagen beginnen, was ich wirklich meinte.

Der Wind bewegte die weißen Spitzengardinen leicht hin und her und trug den abgestandenen Geruch der Leere mit sich davon. Ich ging nach oben in Großvaters und Großmutters Schlafzimmer. In dem großen Kleiderschrank hingen noch immer ihre Sachen. Ich nahm eines von Großmutters roten Kleidern heraus. Es war lang und tailliert, der Stoff wirkte wie Seide. Ich hielt ihn an meine Wange, sog den Duft ein und glaubte *Chanel № 5* zu riechen. Großmutter hatte dieses Parfüm jeden Tag getragen. Sie meinte, sie fühle sich nicht angezogen, ehe sie es nicht aufgelegt habe. Daneben hingen die Hemden und Anzüge von Großvater. Sie rochen leicht nach Tabak, und tatsächlich steckte in der Innentasche einer der Anzugjacken noch ein Päckchen Tabak zum Drehen. Kleider von Verstorbenen sind eine Mahnung an die Vergänglichkeit. An all das, was nie wieder geschehen wird, für das es endgültig zu spät ist.

Es gab einen weiteren Schrank voller Kleider in Lillas Erkerzimmer. Rochen auch ihre Sachen nach der Vergangenheit? Ich musste aufräumen, musste das Haus leeren, alles loswerden, was ich nicht behalten wollte.

Aber das hatte erst einmal Zeit. Später, wenn ich die Kraft dazu hatte, konnte ich immer noch damit anfangen.

Auf Großmutters Nachttischchen fand ich ein paar Spitzentaschentücher, eine Bibel und eine alte Zigarrenschachtel, auf der ein goldenes Medaillon lag. Die Kette war gerissen. Innen im Medaillon steckten zwei Bilder, von einem Mann und einer Frau, zwei ernste Gesichter. Sie ähnelten den Bildern von Großmutters Eltern, die im Wohnzimmer hingen. Meine Urgroßeltern.

Am Boden der Schachtel fand ich ein weiteres Foto: Großvater hielt die kleine Lilla in den Armen. Sie hatte eine dicke Schleife in den Haaren und blinzelte in die Sonne, er trug Hut und Frack, Großmutter ein weißes Kleid und einen Pillbox-Hut. Im Hintergrund war das Schloss zu erkennen, und als ich das Foto umdrehte, stand dort *Oslo, 3. Mai 1948*. Lilla war da bereits anderthalb Jahre alt.

Unter dem Foto lag ihre Hochzeitsbescheinigung. Ich warf nur flüchtig einen Blick darauf und wollte sie schon wieder zurücklegen, als etwas meine Aufmerksamkeit erregte. Das Datum: 20. September 1947.

Konnte das sein?

Lilla war Weihnachten 1946 zur Welt gekommen.

Also hatten meine Großeltern sie vor ihrer Hochzeit bekommen. Davon hatte ich nichts gewusst.

6

Ganz hinten im Schrank meiner Großeltern standen zwei kleine Pappkisten. Darauf türmte sich das Bettzeug, als hätten sie diese Schachteln verstecken wollen. Ich nahm sie heraus, setzte mich auf die Glasveranda und blätterte durch den Inhalt.

Eine der Schachteln war voller Fotos. Die üppige Frau mit breitkrempigem Strohhut und geblümtem Sommerkleid auf einem davon erkannte ich. Das war Birgit, Großmutters Freundin, ich erinnerte mich an sie. Sie kam häufig im Sommer zu Besuch und war dann eine Woche bei uns. Sie war etwas älter als Großmutter, redete gerne und hatte ein lautes, ansteckendes Lachen. Doch in dem Sommer, in dem Großvater krank wurde, kam sie nicht. Großmutter war völlig niedergeschlagen, als sie einen Brief von Birgit erhielt, in dem sie schrieb, dass es ihr nicht gut gehe und sie in ein Altenheim gezogen sei.

Ich kippte den Rest der Schachtel auf den Boden. Großvaters Naturfotos, er war ein eifriger Hobbyfotograf gewesen. Langsam blätterte ich hindurch. Ein Bild ließ mich innehalten. Ich erkannte den Steinhaufen, der die Landspitze im Süden der Insel markierte. Ein ganzer Schwarm Möwen folgte einem Fischerboot. Im Sonnenlicht erschienen sie wie einzelne silbern glänzende Punkte. Großvater musste das Foto an einem Wintermorgen aufgenommen haben, denn auf dem Boden lag eine dünne Schicht Schnee. Das Boot wirkte vor dem weiten, offenen Meer und dem hohen Himmel geradezu winzig.

Es war wunderschön. Das würde ich mir vergrößern, auf Leinwand drucken lassen und dann zu Hause über das Sofa hängen.

Sofa. Wohnzimmer. Von mir oder von Jahn? Nein, nicht dort. Ich musste einen anderen Ort finden. Eine neue Wohnung.

Ein neues Leben.

Die andere Schachtel enthielt gestickte Taschentücher und Großvaters Fliegen. Ganz unten fand ich einen dünnen Briefumschlag. Ich nahm den Inhalt heraus. Es waren Schwarzweißfotos von Großmutter als jungem Mädchen. Zusammen mit einem Soldaten.

Die Hand, die das Foto hielt, fühlte sich mit einem Mal schwer an.

Der Soldat blickte lächelnd etwas neben die Kamera. Großmutter hatte ihren Blick auf den Soldaten gerichtet, auch sie lächelte. Er trug eine Uniformmütze, und auf der Brust seiner Jacke konnte ich einen Adler erkennen. Sie beugten sich zueinander, er hatte seinen Arm um ihre Schultern gelegt. Sie trug eine kurzärmelige Bluse und ein Kopftuch. An den Ohren stahlen sich ein paar kurze, blonde Haare heraus.

Wie jung sie war, der Ausdruck in ihren Augen war weich und treuherzig. Der Fotograf hatte den Augenblick eingefangen, als hätten sie gar nicht mit diesem Foto gerechnet. Beide wirkten verliebt und glücklich.

Auf der Rückseite stand: *27. Juni 1945*.

7

Tekla hängte die Decken zum Lüften aus dem Fenster und sah zu, wie der nächste Bus voller Soldaten im Lager ankam. Tag und Nacht kamen jetzt Busse, Lastwagen und Schiffe. Einige Gruppen kamen auch zu Fuß, begleitet von norwegischen Soldaten auf Fahrrädern oder Motorrädern. Tekla verstand nicht, warum all die Wachen nötig waren, die deutschen Soldaten wollten doch nach Hause.

Auch Otto ist auf dem Heimweg, dachte sie. Nur ich nicht. Ich reise fort von zu Hause.

Umrahmt von Stacheldrahtzäunen und Wachtürmen war am Stadtrand von Mandal eine eigene kleine Stadt entstanden. In ihrer Baracke waren nur norwegisch-deutsche Pärchen untergebracht worden. Die Frauen waren jung, die meisten zwischen achtzehn und fünfundzwanzig Jahre alt. Außer Rose-Marie. Sie gab zwar auch an, achtzehn zu sein, aber Tekla glaubte ihr nicht, denn sie sah so viel jünger aus. Rose-Marie war schwanger und wollte den Vater des Kindes heiraten.

»Ich will gar nicht hier sein«, sagte sie eines Tages, als sie mit Tekla und Sonja auf der Treppe der Baracke saß.

»Und was ist mit deinem Schatz?«, fragte Tekla. »Hast du ihn nicht gern?«

»Ich weiß es nicht.« Rose-Marie begann zu weinen. »Ich weiß gar nichts mehr. Ich will nicht nach Deutschland.«

»Kannst du zurück zu deinen Eltern? Vielleicht ist es noch nicht zu spät, dich anders zu entscheiden?«

»Sie wollten nichts mehr mit mir zu tun haben«, schniefte sie.

»Es nützt nichts, wenn du dir selbst leidtust«, sagte Sonja und zeigte auf Rose-Maries dicken Bauch. Sonja hatte ein gutes Herz, war aber praktisch veranlagt und konnte Gejammer nicht ausstehen. »Du solltest an das Kind denken.«

Tekla nahm Rose-Marie in den Arm und sagte: »Es ist kein Wunder, dass du Angst hast, die haben wir alle. Aber du musst daran glauben, dass alles gut wird. Du darfst nicht alles schwarzmalen, sonst wird es nur noch schlimmer.«

Es fühlte sich an, als spräche sie zu sich selbst.

Draußen war es sommerlich warm. Tekla und Sonja spazierten jeden Tag nach dem Frühstück durch das weitläufige Lagerareal. Nach dem Rundgang setzten sie sich immer auf die Wiese vor der Baracke. Sonja mit ihrem Strickzeug und Tekla mit den Zeichensachen.

»Du zeichnest wirklich überall«, sagte Sonja und nahm mit der Nadel eine Masche des grauweißen Pullovers auf, den sie für Stephan strickte.

»Ja, meinen Zeichenblock habe ich immer dabei«, sagte Tekla lächelnd, nahm den Bleistift und schlug eine leere Seite auf. »Es wird gut sein, hier wegzukommen.«

Sonja sah sie nachdenklich an und biss sich auf die Unterlippe. »Du solltest dich besser auf einiges gefasst machen.«

»Hm. So schlimm kann es doch nicht sein.«

»Deutschland liegt in Schutt und Asche. Alles ist komplett zerbombt worden.«

»Otto und ich wollen zum Hof seiner Eltern aufs Land. Da ist es sicher nicht so schlimm wie in den großen Städten.«

»Hoffen kann man das ja, aber …« Sonja brach ab und streckte den Arm aus. »Guck mal, die da.«

Ruth aus Gjøvik stand diskutierend mit ihrem Mann Max an der Ecke der Baracke. Ihre Zwillinge lagen in einem Kinderwagen. Ihr älterer Junge, er war bestimmt schon zwei oder drei Jahre alt, sah seine Mutter erschrocken an und streckte seine Arme nach ihr aus. Als sie nicht reagierte, klammerte er sich an ihren Rockzipfel und sah von seiner Mutter zu seinem Vater. Max redete schnell und deutete immer wieder auf Ruth. Sie antwortete etwas, schien zu protestieren, aber ihre Körpersprache war defensiv. Max packte ihr Handgelenk, und als sie sich zu befreien versuchte, schlug er ihr mit der flachen Hand ins Gesicht, so dass ihr Kopf zur Seite zuckte. Dann marschierte er weg. Ruth hob ihren Jungen hoch, drückte ihn an sich und verbarg ihr Gesicht an seinem Hals.

»Das kann er doch nicht machen«, sagte Sonja wütend.

Eine Frau namens Arnhild ging an ihnen vorbei und blieb stehen, als sie hörte, was Sonja sagte.

»Na, das Problem ist wohl eher Ruth. Mit der stimmt

was nicht«, sagte sie. »Max hätte eine bessere Frau verdient. Nach allem, was ich gehört habe, war er ein guter Soldat.«

»Wie kannst du nur so etwas sagen?«, erwiderte Tekla.

»Sieh sie dir doch nur an«, fuhr Arnhild fort und tippte sich mit dem Finger an die Schläfe. »Die ist doch nicht richtig im Kopf. Sie kommt bestimmt aus einer schlechten Familie.«

Tekla wusste nicht, was sie denken sollte, und schwieg. Sie begann zu zeichnen, Ruth mit Kinderwagen und dem Zweijährigen auf dem Arm. Sie wirkte kraftlos, die langsamen Bewegungen ihrer Hände, die Art, wie sie ging, die kurzen Schritte. Max schien das alles nicht zu kümmern, er half ihr fast nie mit den Kindern, sondern hockte stattdessen die meiste Zeit bei seinen Kameraden vor einer der Soldatenbaracken. Sie verbrachten dort den ganzen Tag, redeten, diskutierten und lachten laut. Manchmal rasierten sie sich gegenseitig, und hin und wieder holte einer eine Gitarre, und dann sangen sie fröhliche deutsche Lieder. Irgendwie schienen sie auch an Alkohol gekommen zu sein, denn abends waren sie oft betrunken.

Sie alle wohnten in diesen Baracken so eng beieinander, dass sie zwangsläufig mitbekamen, was um sie herum geschah. Durch die dünnen Wände konnte man jeden einzelnen Laut hören. Ruth und Max waren ständig am Streiten, und auch das Weinen der Kinder drang Tag und Nacht zu ihnen herüber. Sonja und Tekla machten sich Sorgen um Ruth. Doch Otto und Stephan sagten, sie sollten sich nicht einmischen. Trotzdem halfen sie, wo sie nur konnten, schoben den Kinderwagen herum und spielten mit dem Zweijährigen, so dass Ruth sich auch mal ausruhen konnte. Obwohl es Sommer war, war die Haut der jungen Frau grau, und sie hatte dunkle Ringe unter den Augen. Außerdem trug sie, egal, wie warm es war, immer eine Jacke über ihrem Kleid. Tekla und Sonja glaubten, dass sie so ihre blauen Flecken zu verbergen suchte.

Auch in die Gesichter manch anderer Frauen stand die Angst geschrieben. Nur Sonja schien davon frei zu sein. Sie nahm alles, wie es kam, trat sicher und selbstbewusst auf und war immer zu einem Lachen aufgelegt. Ihre Augen wurden dann zu schmalen Schlitzen hinter den dicken Brillengläsern. Und wenn sie doch einmal wütend wurde, fluchte sie wie ein Kerl.

»Verdammt und zugenäht! Was haben wir denn verbrochen, dass man uns so behandelt? Seit wann ist es strafbar, sich zu verlieben? Das würde ich wirklich gerne wissen!«

Dann lachte sie wieder laut und trillernd.

»Wie schaffst du es nur, immer so gut gelaunt zu sein?«, wollte Tekla wissen.

»Weil ich keine Wahl habe«, antwortete Sonja, den Blick auf ihr Strickzeug gerichtet.

Sie hat recht, dachte Tekla, legte den Skizzenblock weg und richtete das Gesicht zur Sonne.

»Darf ich deine Zeichnungen mal sehen?«, fragte Sonja.

Die erste zeigte ein Pferd.

»Ui, du bist ja richtig gut«, platzte Sonja hervor.

»Das ist Haakon der Siebte«, sagte Tekla.

Sonja lachte laut. »Auch nicht gerade ein alltäglicher Pferdename. Wessen Pferd ist das?«

»Das ist meins. Ich habe es letztes Jahr zu meinem achtzehnten Geburtstag bekommen. Wäre Haakon nicht so widerspenstig gewesen, hätte ich Otto niemals getroffen.«

Solange sich Tekla erinnern konnte, hatte ihre Familie immer ein Pferd gehabt. Azur war genauso alt wie sie, und es war meist Tekla gewesen, die sich um das Tier gekümmert und es geritten hatte. Ende September 1944 war ihr Vater zu ihr gekommen und hatte gesagt, es sei an der Zeit, Azur »in Frieden ruhen zu lassen«. Sie weinte jedes Mal, wenn sie im Stall war, und flehte ihren Vater an, das Pferd noch eine Weile leben zu lassen. Aber Azur war alt und krank, und der Tierarzt meinte, es sei unverantwortlich, ihn noch länger leiden zu lassen; es gebe keinen anderen Ausweg.

Ein paar Wochen nachdem Azur in den Schlachthof gefahren worden war, hatte Tekla ihren achtzehnten Geburtstag gefeiert. Sie war zum Frühstück nach unten gekommen, wo Mutter, Vater und Henrik bereits auf sie gewartet hatten. Ganz aufgeregt hatte ihr Vater sie gebeten, mit nach draußen zu kommen. Und dann hatte dort, angebunden zwischen Haus und Stall, ein Pferd gestanden. »Herzlichen Glückwunsch«, sagte ihr Vater.

Es war das schönste Pferd, das Tekla jemals gesehen hatte: lange Beine, kräftiger Brustkorb, braun, fast kupferfarben und mit schwarzer Mähne und Schweif. Sie fiel ihrem Vater um den Hals und umarmte auch Mutter und Henrik, bevor sie zu dem Pferd eilte.

»Er wirkt noch ein bisschen nervös«, sagte ihr Vater. »Du musst ihn wohl einreiten, aber lass ihm in den ersten Tagen Zeit, er muss dich erst kennenlernen.«

Tekla streichelte dem Pferd über den Hals. »Wir werden beste Freunde werden, nicht wahr?«

Sie nannte das Pferd nach dem norwegischen König Haakon VII. Ein seltsamer Name für ein Pferd, fand ihr Vater, aber Tekla blieb dabei. Für sie war der Name eine klare Botschaft an die Deutschen. Sie hatten die Macht über Norwegen an sich gerissen, konnten aber nicht bestimmen, wie sie ihr Pferd taufte.

In den nächsten Tagen verbrachte sie ihre gesamte Zeit bei Haakon im Stall. Sie fütterte ihn, striegelte ihn und redete beständig mit ihm, um besser mit ihm vertraut zu werden. Wenn sie ihn aber zu satteln versuchte, wich er unruhig aus und schien plötzlich wieder Angst vor ihr zu haben.

»Ein Pferd, das man nicht reiten kann, ergibt wenig Sinn«, sagte ihr Vater nach ein paar Tagen nachdenklich.

Tekla erwiderte nichts. Ihr Vater hatte recht, aber sie wagte es wirklich nicht, in den Sattel zu steigen. Trotzdem wollte sie nicht aufgeben. Haakon war ein schönes Tier mit ausdrucksstarken Augen, und sie bemerkte, dass er oft den Kopf drehte und ihr mit dem Blick folgte.

Ihr Vater sorgte schließlich dafür, dass sie Hilfe bekam. Und diese Hilfe kam von ganz unerwarteter Seite.

Tekla war dem deutschen Kommandanten ein paarmal im Büro ihres Vaters begegnet. Immer hatte er die Mütze mit dem deutschen Adler, Reitstiefel und eine Reithose getragen. Auf seinem Koppelschloss stand »Gott mit uns«, und in einem Holster am Gürtel trug er einen Revolver. Der Mann machte ihr Angst.

Eines Tages kam ihr Vater nach Hause und erzählte, der Kommandant habe einen Soldaten, der ein besonderes Händchen für Pferde haben solle. »Er hat behauptet, dass dieser Soldat mit den Pferden reden kann«, sagte er.

Der Kommandant hatte vorgeschlagen, dass der Soldat versuchen sollte, Haakon zu zähmen. Es überraschte Tekla, dass ihr Vater darauf eingegangen war, sie sagte aber nichts. Vielleicht hatte er das Gefühl gehabt, das Angebot nicht ausschlagen zu können.

Als sie Haakon am nächsten Abend striegelte, spürte sie plötzlich einen Blick in ihrem Rücken. Ein Mann stand direkt hinter dem Pferd und beobachtete sie. Sie erkannte ihn sofort wieder. Es war der Soldat, den sie in der Woche zuvor gesehen hatte, als sie mit ihren besten Freundinnen im Café des Blauen Kreuzes gewesen war.

Bjørg hatte die Nase gerümpft, als Tekla ins Café gekommen war und sich zu ihnen gesetzt hatte. »Du riechst nach Pferd.«

Tekla zog den nassen Anorak aus und hängte ihn über den Stuhlrücken. »Ich komme direkt aus dem Stall«, erwiderte sie lächelnd. »Nachher gehe ich mit Vater aber noch aufs Meer, da bläst der Wind dann alles aus meinen Sachen.«

Während sie Waffeln aßen, ertönte mit einem Mal die Türklingel, und drei deutsche Soldaten kamen herein. Sie redeten laut auf Deutsch und lachten über irgendetwas, als sie zum Tresen gingen.

Bjørg beugte sich zu Eva und Tekla vor. »Hübsche Kerle sind das ja schon, das muss man ihnen lassen«, sagte sie leise.

»Ach ja«, seufzte Eva. »Männer in Uniform.«

»Und deutsche Männer sind so viel höflicher als norwegische«, sagte Bjørg.

»Das ist doch Unsinn«, erwiderte Tekla nachsichtig.

»Doch, sie kommen aus einer anderen Kultur, die sind viel aufmerksamer und galanter gegenüber uns Frauen.« Bjørg war von ihrer Sache überzeugt. »Verglichen mit ihnen sind norwegische Männer die reinsten Bauerntrampel.«

»Pass auf, was du sagst«, warnte Tekla sie. »Verlieb dich bloß nicht in einen von denen.«

»Auf die Idee würde ich niemals kommen, das ist doch wohl klar«, sagte Bjørg. »So dumm bin ich nun auch wieder nicht.«

Eva beugte sich über den Tisch vor. »Ich denke, wenn hier eine aufpassen sollte, dann du, Tekla. Einer der Männer lässt dich kaum eine Sekunde aus den Augen.«

Auch Bjørg beugte sich jetzt zu Tekla vor. »Der ist wirklich hübsch«, flüsterte sie.

Tekla seufzte, sie saß mit dem Rücken zu den Soldaten. »Jetzt hört schon auf«, sagte sie und warf einen Blick auf ihre Uhr. »Ich muss jetzt gehen, Vater wartet auf mich.«

Doch auf dem Weg zur Tür sah sie kurz zur Seite und wusste sofort, von wem Bjørg und Eva gesprochen hatten.

Als ihre Blicke sich für einen Moment begegneten, lächelte er sie an. Sie schlüpfte nach draußen, und ihre Wangen brannten. Was bildete der sich denn ein?

Jetzt stand er hier im Stall. Groß, mit dunkelblonden Haaren, der Pony war etwas zu lang und widerspenstig, er musste ihn sich immer wieder aus der Stirn streichen. Seine Augen waren hell und graublau und die Nase markant. Schmale Lippen umrahmten einen großen Mund, und einer seiner Schneidezähne stand etwas schief.

Er kam zu ihr, stellte sich neben Haakon VII. und streichelte ihm über das Maul.

»Wie heißt du?«, fragte er.

»Tekla.«

»Tekla? Was für ein schöner Name. Ich bin Otto. Otto Adler.« Er lächelte. »Ich habe dich vor ein paar Tagen im Café gesehen.«

Er erinnert sich an mich, dachte sie und spürte, wie ihr warm wurde. Rasch drehte sie sich zum Pferd und striegelte es weiter.

»Du darfst nicht ärgerlich werden«, sagte er leise.

»Er verhält sich vollkommen unmöglich«, antwortete Tekla.

»Kein Pferd ist unmöglich.«

Er legte eine Hand auf Haakons Hals und hielt die andere vor das Maul des Tieres. So stand er eine ganze Weile da, bevor er Haakon zu dem kleinen Reitzirkel führte. Er streichelte dem Pferd über den Hals und redete lange auf das Tier ein. Ein paar deutsche Worte erkannte sie, aber was sagte er? Sie hatte Deutsch in der Schule gehabt, aber er sprach so leise, dass sie den Zusammenhang nicht verstand.

Er strahlte Ruhe aus, und ihr gefiel die Art, wie er das Pferd streichelte und ihm zuflüsterte, während er dicht bei ihm stand. Dann nahm er einen Apfel und gab ihn dem Pferd. Haakon war unruhig, aber er ging immer weiter, Runde um Runde, im selben Tempo. Manchmal strich Otto Adler ihm über das Maul und sagte etwas mit leiser Stimme, und überrascht bemerkte sie, wie Haakon immer ruhiger wurde. Nach einer halben Stunde war er so ruhig, wie sie ihn noch nie gesehen hatte.

Otto Adler kam jeden Morgen, und nach vier Tagen sagte er, dass sie übernehmen solle.

»Was soll ich tun?«

»Dasselbe wie ich.«

»Ja, aber was machst du da denn eigentlich?«

»Ich höre ihm zu«, erwiderte er lächelnd.

Einem Pferd zuhören? Mit ihm zu reden, das verstand sie, aber ihm zuhören? Sie versuchte, sich so zu verhalten, wie sie es bei Otto gesehen hatte, aber Haakon stampfte nervös auf den Boden. Otto gab ihr ein Zeichen, dass sie stehen bleiben sollte. »Ruhig«, sagte er und legte seine Hand auf ihre. »Langsame Bewegungen, mit Gefühl.«

Seine Stimme klang so schön. So gefühlvoll. Er führte ihre Hand ruhig am Hals des Pferdes auf und ab. »So, so, ruhig. Hab keine Angst, so, so«, sagte er zu dem Pferd.

Als Tekla an diesem Abend zu Bett ging, sah sie die Hand, die sanft über das Pferdemaul streichelte, und hörte die warme, tiefe Stimme leise murmeln. Sie legte den Handrücken, an dem er sie berührt hatte, an ihre Wange und dachte an seinen Blick. Die graublauen Augen strahlten eine Wärme und Offenheit aus, wie sie sie bei keinem anderen Mann jemals gesehen hatte.

Eine Woche später machte Tekla ihren ersten langen Ausritt mit Haakon VII. Sie warteten, bis es dunkel wurde, denn ihr Vater hatte gesagt, dass sie sich nur am Stall aufhalten durften, wo niemand sie sehen konnte.

Otto sah sie etwas verwundert an, als sie es ihm sagte, doch er kommentierte es nicht und gab ihr mit einem Nicken zu verstehen, dass er verstand. Er ritt neben ihr auf einem Pferd der deutschen Besatzer. In ruhigem Schritt folgten sie dem Weg hinter der Wiese bis in den Wald. Der Himmel war wolkenlos, und als sie ins Mondlicht kamen, wieherte Haakon VII., als wollte er sagen, dass er sich ein bisschen mehr Tempo wünschte. Tekla sah fragend zu Otto.

»In Ordnung«, meinte er. »Ich bin direkt hinter dir.«

»Na los, Haakon«, sagte sie und drückte ihre Hacken in die Flanken des Tieres. Es kam ihr so vor, als fühlte sie die Freude des Pferdes in jeder seiner Bewegungen.

Als wäre Haakon mit einem Mal geheilt, dachte sie.

Als sie zurück zum Stall kamen, saß sie ab und umarmte Otto, ohne auch nur eine Sekunde darüber nachzudenken. Sie wich aber gleich wieder zurück und wurde rot. Otto lachte und legte ihr sanft die Hand auf die Schulter.

Sonja hatte ihr Strickzeug in den Schoß gelegt, während Tekla erzählt hatte, unter welchen Umständen sie Otto begegnet war. Jetzt nahm sie es wieder in die Hand und begann zu stricken.

»Ich glaube, Vater war ziemlich beeindruckt, wie Otto mit dem Pferd umgegangen ist«, sagte Tekla. »Er meinte, einen Mann mit solchen Fähigkeiten finde man nicht oft. Doch als wir mit Haakons Training fertig waren, hat er ihm klar zu verstehen gegeben, dass er sich vom Hof fernhalten solle.«

»Das hat er aber ganz offensichtlich nicht getan, oder?«

»Doch ... ich habe Otto erst Wochen später wiedergesehen. Ich habe ihn ganz zufällig bei einem Ausritt getroffen. Ich muss aber zugeben, dass ich an ihn gedacht hatte. Und anschließend haben wir uns immer heimlich getroffen.«

Tekla blätterte zu einer leeren Seite in ihrem Skizzenblock vor und zeichnete die Konturen von Sonjas Gesicht. »Aber erzähl mal, wie hast du denn Stephan getroffen?«

»Ich war vom ersten Augenblick an verloren«, sagte Sonja. »Ich wäre überallhin gegangen, nur um mit ihm zusammen zu sein.«

Sonja kam ursprünglich aus Vadsø, war aber nach Süden geflohen und schließlich in Storsteinnes am Blasfjord in Troms gelandet, wo sie eine Stelle als Bedienung in der Offizierskantine eines deutschen Regiments erhalten hatte.

»Ich hatte ein schönes weinrotes Kleid an und habe serviert. Meine Augen waren schon als Kind schlecht, wir hatten aber nicht das Geld für eine Brille. Mutter sagte nur, dass ich nicht immer die Stirn runzeln solle, weil ich sonst schon als junge Frau Falten haben und kein Mann mich mehr anschauen würde. Ich solle mit hocherhobenem Kopf immer nach vorne sehen. Ich versuchte dem Rat meiner Mutter zu folgen, trug mein bestes Kleid und die Seidenstrümpfe, die mein Bruder mir geschickt hatte. Stephan meinte später, ich hätte so stolz ausgesehen, dass er sich kaum traute, mich zu grüßen. Wie eine uneinnehmbare Festung.«

Sie lachte herzlich. »Er war so lustig, verstehst du. Ich habe mich sofort in ihn verliebt. Und du errätst nie, wie er nach Norwegen gekommen ist«, sagte sie und fuhr dann gleich fort: »Er war an Bord der *Blücher*.«

»Die *Blücher*?«, erwiderte Tekla überrascht. »Die ist doch im Drøbaksund versenkt worden.«

»Ja, er saß mitten im Schiff«, sagte Sonja. »Stell dir das mal vor. So viele sind damals umgekommen, er aber nicht.«

»Wurde er verletzt?«

»Nein, er hatte keinen Kratzer. Er ist ins Meer gesprungen und hat es an Land geschafft, ganz im Gegensatz zu vielen seiner Kameraden.«

»Und anschließend ist er ganz oben in Nordnorwegen gelandet, wo er dich getroffen hat?«

»Ja, ein echter Glückstreffer!« Sonja strahlte. Dann wurde ihr Blick ernst. »Er hatte Glück, das zu überleben. Und *ich* hatte Glück, ihn zu treffen.«

Sonja und Stephan hatten sich 1943 verlobt und wollten so schnell wie möglich heiraten. Das Verbot der deutschen Besatzungsmacht gegen norwegisch-deutsche Ehen war im Jahr zuvor gekippt worden. Es hatte sich aber gezeigt, dass so eine Hochzeit ein äußerst komplizierter, zeitraubender Prozess war. Der Antrag musste in Berlin bearbeitet und vom Führer abgesegnet werden.

»Ich musste eine Ehetauglichkeitsbescheinigung beilegen«, erzählte Sonja und trank einen Schluck Kaffee.

Tekla hatte keinen richtigen Kaffee mehr getrunken, seit sie ins Lager gekommen waren, und hatte nicht die Spur einer Ahnung, wie Sonja sich den beschafft hatte. Vielleicht war sie ja an der hintersten Baracke gewesen, wo abends so etwas wie ein Schwarzmarkt betrieben wurde.

»Ich musste beweisen, dass ich ›heiratsfähig‹ bin«, fuhr sie fort und listete alles auf, was sie dem Antrag hatte beilegen müssen: »Stammbaum von mir und Stephan bis zu den Urgroßeltern, polizeiliches Führungszeugnis, ein politisches Attest und einen ›Rassenachweis‹. Außerdem wollten sie Bilder von mir. Ein Porträt und ein Ganzkörperfoto. Und wenn Hitler den Antrag genehmigt hätte, hätten Stephan und ich noch unsere Abstammungsurkunde vorweisen müssen. Außerdem hätte Stephan den Nachweis erbringen müssen, dass er mich in Deutschland versorgen kann. Das wäre aber das kleinste Problem gewesen. Er ist Arzt und wird schnell Arbeit finden«, sagte sie. »Trotzdem habe ich schnell verstanden, dass dieser Antrag überhaupt keinen Sinn machte.«

»Weil es unmöglich war, all diese Papiere zusammenzubekommen?«, fragte Tekla.

»Nein, weil ich nicht *wertvoll* bin. Hitler hat 1942 entschieden, dass deutsche Soldaten nur ›rassemäßig wertvolle‹ Frauen heiraten dürfen, die es wert seien, in den deutschen ›Volkskörper‹ aufgenommen zu werden. Und in diesem Punkt habe ich ein Problem.«

»Was denn?«

»Der Vater meiner Mutter war Same, und Samen gehören nicht zur ›arischen Rasse‹.«

»Dann wäre euer Antrag abgelehnt worden?«

Sonja nickte, gleich darauf huschte aber wieder ein Lächeln über ihr Gesicht. »Aber das spielt jetzt ja keine Rolle mehr.«

»Hast du es nie bereut?«

»Nie«, sagte Sonja entschieden. »Ich habe diese Entscheidung selbst gefällt, jetzt muss ich auch die Konsequenzen tragen.«

Die Konsequenzen, dachte Tekla. Wenn sie die nur kennen würde. Otto hatte seit Monaten nichts mehr von seiner Familie gehört. Er hatte keine Ahnung, wie es um seine Heimatstadt Demmin bestellt war. In ihrem letzten Brief hatte seine Mutter ihm nur geschrieben, dass es ihnen »den Umständen entsprechend« gut gehe.

Mit den Tagen, die vergingen, wuchs die Unruhe im Lager. Die norwegischen Soldaten behaupteten, dass Deutschland zurück in die Steinzeit gebombt worden sei. Das ganze Land liege in Schutt und Asche, und den Menschen würde es an allem mangeln. Otto und Stephan diskutierten darüber, ob es wirklich so schlimm sein konnte oder ob die Norweger aus Schadenfreude etwas dick auftrugen.

Tekla lauschte den Gesprächen mit wachsendem Entsetzen. Was, wenn das wirklich wahr war? Wäre es dann nicht besser, zu ihrer Tante nach Oslo zu fahren und sich in der großen Stadt zu verstecken? All das Gerede über die Verhältnisse in Deutschland ließ Fragen aufkeimen, die sie bis jetzt verdrängt hatte. Was dachten die Eltern über sie? Fühlten sie Wut? Scham? Vermissten sie sie? Warum schrieben sie ihr nicht? Sie hatte nichts von ihrem Aufbruch gesagt, nur einen Brief auf dem Küchentisch hinterlassen und sich noch vor der Morgendämmerung aus dem Haus geschlichen. In dem Brief hatte sie geschrieben, dass sie ins Lager nach Mandal ging, und ihnen Ottos Adresse in Deutschland mitgeteilt. All die Gedanken an das Gewesene und die unsichere Zukunft zermürbten sie. Sie versuchte, die Gedanken auf Abstand zu halten, doch das gelang ihr immer weniger.

Jeden Abend redeten Otto und sie über Deutschland. Es tat ihr gut, wenn er ihr von dem Hof erzählte, dem Haus mit dem fruchtbaren Garten, den Stallungen mit den Pferden und den weitläufigen Grünflächen und Wäldern, die sie zusammen auf den Rücken der Pferde erkunden würden.

»Wenn erst alles in Ordnung ist, fahren wir zu einem der vielen Seen ringsherum und gehen baden. Und wir können auch ans Meer fahren«, sagte er.

Baden – ein normales Leben, dachte Tekla und spürte, wie die Angst vor der Zukunft etwas nachließ. Sie richtete sich auf, küsste ihn auf die Brust und streichelte lächelnd über seinen Bauch.

Mutter irrt sich, dachte sie. Es stimmt nicht, dass es keine guten Deutschen gibt. Otto ist das Beste, was mir je passiert ist.

8

Die Vase, die ich in der dritten Klasse getöpfert hatte, stand noch immer auf der Küchenfensterbank. Ich hatte dünne lange Tonwürstchen gemacht, sie zu Ringen geformt und übereinandergelegt. Sie war schief und uneben geworden, doch ich hatte sie weiß und blau angemalt und anschließend lackiert.

Ich erinnere mich noch genau an den Tag, an dem ich damit nach Hause gekommen bin. Ich stand auf dem Flur und hatte sie gerade aus dem Rucksack genommen, um sie zu zeigen, als ich Stimmen aus der Küche hörte, mich hinter die Tür stellte und lauschte.

»Da gibt es nichts mehr zu erzählen«, sagte Großmutter mit ganz ruhiger Stimme.

»All dieses Verschweigen, diese Geheimnistuerei«, sagte Lilla. »Wofür soll das gut sein?«

Großmutter antwortete nicht.

»Mit dir stimmt doch was nicht.« Lillas Stimme war laut, sie klang wütend. »Du bist doch nicht normal!« Sie begann zu weinen. »Ich will es ganz einfach wissen! Warum kannst du nicht mehr über ihn sagen?«

Ich beugte mich vor und beobachtete sie durch den Türspalt. Lilla stand mitten in der Küche und sah aus wie ein aufgeplusterter kleiner Spatz. Tröste sie, Großmutter, flehte ich innerlich, bitte, sie ist doch so traurig!

»Ich will nicht darüber reden«, sagte Großmutter und drehte Lilla den Rücken zu. »Ich habe das alles hinter mir gelassen.«

Ich muss sie irgendwie auf andere Gedanken bringen, dachte ich und trat einen Schritt vor. »Guckt mal, was ich gemacht habe«, rief ich.

Beide sahen mich an. Lilla öffnete den Mund, schloss ihn aber gleich wieder und holte zitternd Luft. Dann lief sie weinend in ihr Zimmer.

Großmutter nahm mir schnell die Vase ab. »Wie schön! Schau mal, wäre das hier nicht ein guter Platz?« Sie stellte die Vase auf die Fensterbank und ging an mir vorbei.

Die Vase gefällt ihr nicht, dachte ich. Und Lilla auch nicht. Ich stand eine Weile da und schluckte, dann folgte ich Großmutter auf die Glasveranda. Ihr Gesicht verlor die Härte, als sie mich bemerkte.

»Warum streitet ihr immer?«, fragte ich und lauschte wie immer, wenn sie sich mit Lilla gestritten hatte, auf ihren Atem.

»Komm auf meinen Schoß«, sagte sie und streckte mir ihre Arme entgegen. Sie umarmte mich sanft und streichelte mir langsam über die Haare. Nach einer Weile passte ihr Atem sich dem meinen an. »Eines Tages werde ich dir das alles erklären«, sagte sie.

»Was erklären?«

»Nicht jetzt. Wenn du größer bist. Erwachsen, damit du es auch verstehst.«

»Was verstehen?«

»Wie das alles zusammenhängt.«

»Ist das denn ein Geheimnis?«

»Ja, in gewisser Weise ist es das. Weißt du, manchmal gibt es etwas, das vererbt wird, auch wenn man gar nicht weiß, dass es existiert.«

»Was denn?«

»Trauer. Und Scham. Ja, und die Freude über Regen«, sagte sie und lächelte. »Die hast du auch geerbt.«

»Was ist Scham?«, fragte ich.

Sie drückte mich fest an sich und schwieg.

Ich hatte nichts davon verstanden.

Als Großvater starb, nahm ich unbezahlten Urlaub und blieb bei Großmutter. Lilla wohnte noch immer in der Stadt. Obwohl sie schon länger nicht mehr arbeitete, zog sie erst zurück auf die Insel, nachdem Großmutter gestorben war.

Am Tag nach Großvaters Beerdigung lag Großmutter auf dem Sofa. Sie aß wenig, sagte kaum ein Wort, und manchmal wirkte es so, als wäre sie gar nicht mehr da. Ihr Blick war nach innen gerichtet, und wenn ich sie ansprach, reagierte sie nicht. Ich setzte mich neben sie und streichelte ihr über die Haare, wie sie es bei mir gemacht hatte, als ich klein gewesen war.

Plötzlich klammerte sie sich an mich. »Sie kommen!«, flüsterte sie. »Wir müssen ganz leise sein.«

»Wer kommt?«

»Die Russen.« Sie zitterte. »Aber sie werden uns nicht finden. Wir sind hier doch sicher, oder?«

Wir saßen eine ganze Weile so da, aber sie sagte nichts mehr, und irgendwann schlief sie ein.

Drei Tage später stand sie wieder auf. Ich fragte sie, ob sie sich an ihre Worte erinnerte, aber sie schüttelte nur den Kopf. »Manchmal gebe ich einfach komische Sachen von mir«, sagte sie mit einem Lachen.

»Du hast gesagt, *die Russen kommen*. Was meintest du damit?«

Sie stand auf und ging mit kurzen Schritten auf die Glasveranda, ohne mich anzusehen. Der Duft ihres Parfüms hing schwer im Raum. Es wunderte mich, dass sie daran gedacht hatte, es aufzutragen, wo sie doch sonst so abwesend wirkte.

»Habe ich das wirklich gesagt?«, fragte sie kaum hörbar.

Sie blieb in der Tür stehen, den Rücken zu mir, und lehnte sich an den Türrahmen. Die Linie ihres Halses unter den hochgesteckten Haaren wirkte irgendwie verletzlich, ihr Rücken war so schmal, ja ihre ganze Gestalt schien kleiner geworden zu sein. Dabei war mir meine Großmutter bis dahin immer so stark vorgekommen.

»Als ich klein war, hast du mal gesagt, dass du mir etwas erzählen musst, wenn ich erwachsen bin, erinnerst du dich?«

Sie nickte, noch immer, ohne sich umzudrehen.

»Ja, heute werden wir beide miteinander reden, Juni«, sagte sie. »Reden und Portwein trinken. Aber hör mal, es fängt an zu regnen. Ich muss erst nach draußen und den Applaus entgegennehmen.«

Sie ging durch die Tür auf die Gartentreppe.

Es war der Abend, an dem meine Großmutter nicht mehr aus dem Garten zurückkam.

9

»Wie geht es dir?«, fragte Alfred, als ich ihm die alte Bandage abgenommen hatte.

»Gut«, antwortete ich und studierte die Wunde. »Die sieht gut aus. Dieses etwas raue Gewebe am Rand der Wunde ist ein positives Zeichen. Das wächst langsam zu.«

Ich spürte, wie mein Krankenschwesterlächeln automatisch den aufmunternden Worten folgte.

»Hast du irgendwelche Medikamente bekommen?«

»Ich nehme Tabletten«, antwortete Alfred. »Pentox… ich weiß nicht so genau.«

»Pentoxifyllin?«

»Ja, genau, so heißt das.«

Ich legte ihm eine neue Bandage an und überprüfte, dass sie nicht zu stramm saß. »Hast du irgendwelche Nebenwirkungen gespürt? Wie Durchfall oder Übelkeit?«

»Nein.«

»Gut.«

»Du … wenn du irgendetwas brauchst, musst du es nur sagen.« Er blieb stehen, und so, wie er mich ansah, hatte ich das Gefühl, dass er etwas auf dem Herzen hatte.

»Möchtest du einen Kaffee?«, fragte ich.

»Ja, gerne.«

Ich holte zwei Tassen und schenkte uns ein. Wir saßen am Küchentisch und tranken schweigend, bis er die Gardine zur Seite schob, nach draußen blickte und sagte: »Heute ist es wärmer als gestern.«

Ein Taubenpaar landete in der großen Birke.

»Du hast sicher genug zu tun, oder?«, fuhr er fort.

»Ja, es gibt eine ganze Menge zu regeln. Lilla hat das Haus nicht gerade gut in Schuss gehalten.«

Ich holte eine Packung Pepita, öffnete sie und legte die Kekse auf einen Teller. Alfred bediente sich, tauchte sie in seinen Kaffee und kaute langsam. »Jaja, wie es aussieht, wird es auch dieses Jahr Sommer.« Dann trank er einen weiteren Schluck. »Du, gestern Abend habe ich so einen komischen Anruf bekommen.«

»Ja?«

»Von deinem Mann, diesem Jahn. Er hat gefragt, ob ich dich gesehen habe.«

Mir wurde kalt. »Hast du gesagt, dass ich hier bin?«, fragte ich schnell.

Er schüttelte den Kopf. »Nein, ... ich dachte, dass du sicher deine Ruhe willst. Ich meine ... wenn du ihm nicht gesagt hast, dass du hier bist.«

»Gut«, sagte ich und hielt den Blick auf den Tisch gesenkt. Dann schaute ich ihn an. »Ich brauche ein bisschen Zeit für mich.«

Alfred hielt seine Kaffeetasse mit beiden Händen. Sie verschwand fast unter seinen breiten Fingern. Alles an ihm war groß; das Gesicht, die Nase, die fleischigen Lippen. Er war bestimmt über eins neunzig, und die harte

Arbeit war seinem Körper anzusehen. Er hatte kräftige Oberarme, und sein Hals war so breit wie sein Kopf. Die dunklen, buschigen Augenbrauen und die kurzen grauen Haare standen störrisch in alle Richtungen ab. Falten zogen sich wie weiße Striche durch die wettergegerbte Haut. Alfreds Gegenwart gab einem ein Gefühl von Sicherheit, seine ruhigen Bewegungen, die langen Pausen, die er beim Sprechen machte. Jegliche Eile schien ihm fremd zu sein.

Alfred nickte. »Ich dachte mir schon so was.«

»Ich wüsste es zu schätzen, wenn du niemandem sagst, dass ich hier bin.«

»Nein, wem sollte ich das denn sagen?« Er sah in seine Tasse. Räusperte sich. »Ich wollte dich fragen, ob du Hilfe brauchst, um das Haus zu streichen.«

»Würdest du mir denn helfen?«

»Ja, du hilfst mir doch auch«, sagte er und zeigte auf sein Bein. »Ich habe ja Zeit für so was. Und du … du hast ja vielleicht anderes zu tun. Mit deiner Mutter … und so.«

Ich sah zu ihm und rang mir ein Lächeln ab.

Nachdem Alfred gegangen war, öffnete ich eine Flasche Wein, dachte für den Bruchteil einer Sekunde, dass ich vielleicht keinen Alkohol trinken sollte, wies den Gedanken dann aber von mir. Ich wollte das Kind ja nicht behalten. Während ich mir einschenkte, dachte ich, dass ich kaum einsamer sein konnte, als ich es jetzt war. Alfred war der einzige Mensch auf der ganzen Welt, der wusste, wo ich war.

Mein Blick wanderte immer wieder zu dem Foto von Großmutter mit dem deutschen Soldaten auf dem Wohnzimmertisch. Es war mehr als zwei Jahre vor der Hochzeit mit Großvater aufgenommen worden und anderthalb Jahre bevor Lilla zur Welt gekommen war. Wer war dieser Mann? Hatte Lilla ihn gekannt? War es in dem Streit mit Großmutter um ihn gegangen?

Mein Kopf war ein Chaos an Gedanken, die wild durcheinanderpolterten: Jahn, die Schwangerschaft, die Trennung und mögliche Scheidung, die Fotos von Großmutter, Großvater und Lilla 1948 in Oslo und Großmutters verliebter Blick zu dem unbekannten deutschen Soldaten. Jahns Worte in seinen SMS hingen wie ein unsichtbares Gas drohend in der Luft. Ich konnte mich nicht für immer verstecken, er würde mich finden.

Er darf niemals erfahren, dass ich schwanger bin. Ich will ihn nie wiedersehen.

Ich sah mein Spiegelbild in der Tür der Veranda.

Was hatte Lilla empfunden, als sie mit mir schwanger war? War Großmutter glücklich, als sie Lilla in sich trug?

Wenn man sich entschließt, ein Kind zu behalten, verpflichtet man sich für immer, es haben zu wollen und es zu lieben, dachte ich. Ein Kind darf niemals das Gefühl haben, im Weg zu sein, ein Fehler zu sein.

Ich ging ins Wohnzimmer, blieb stehen und betrachtete Großvaters alte Wanduhr. Sie war schön, aus dunklem, blankem Holz mit geschnitzten Verzierungen am oberen Rand. Die Gewichte, das Ziffernblatt und die Zeiger waren aus Messing. Ich stellte sie und zog die schweren Gewichte hoch. Das Messingpendel begann hin- und herzuschwingen.

Großmutter hatte recht. Die Uhr tickte laut.

»Kannst du dieses verfluchte Ticken nicht zum Schweigen bringen, Konrad«, hatte sie immer gesagt

»Nein, Tekla«, antwortete Großvater dann voller Überzeugung. »Man muss die Zeit im Auge behalten.«

Obwohl er ein fügsamer Mann war, war er in diesem Punkt immer hart geblieben. Die Uhr musste laufen, und so zog er jeden Morgen die Gewichte hoch. Und in dem Jahr, in dem er krank im Wohnzimmer lag, war es Großmutter, die die Uhr aufzog. Immer sah sie dabei lächelnd zu Großvater: »Man muss die Zeit im Auge behalten, nicht wahr, Konrad?«

Als Großvater ins Pflegeheim kam, hörte sie damit auf, und das Ticken verstummte für immer.

Ich nahm mein Weinglas mit auf die Treppe vor der Glasveranda, legte mir Großmutters Decke über die Schultern und setzte mich.

Es hatte geregnet, an den Grashalmen hingen glänzende Perlen, und die Nachmittagssonne ließ den Garten glitzern. Die Luft war warm. Der Frühling war da. Der Sommer auf dem Weg. Ja, ich wollte an warme, lange, helle Tage denken. Dann würde alles leichter werden.

Ich trank einen Schluck, und der Wein rann angenehm über meinen Gaumen.

Ich muss den Arzt anrufen und einen Termin im Krankenhaus machen; ich muss einen Anwalt finden, der sich um die Scheidung kümmert. Und ich muss Lillas Sachen wegräumen. Das Haus streichen. Ich muss, ich muss … doch mir fehlt die Kraft, dachte ich.

Die Tauben saßen noch immer in der Birke, jetzt etwas weiter auseinander. Es sah so aus, als redeten sie miteinander, die eine etwas nachdrücklicher als die andere. Sie sahen weg, starrten zu Boden, gurrten, näherten sich, saßen dann dicht und fast regungslos beieinander, bis sie ganz plötzlich wegflogen. Irgendwo hatte ich einmal gelesen, dass Taubenpaare ein Leben lang zusammenbleiben.

10

Tekla hielt mit dem Scheuern des Bodens inne, als Otto den Raum betrat. Er streichelte ihr über den Rücken und bat sie, sich auf den Stuhl am Fenster zu setzen.

»Stimmt etwas nicht?«, fragte sie.

»Wir müssen heiraten«, sagte er.

Sie hatten vorgehabt zu heiraten, sobald sie in Demmin waren. Dort auf dem Hof sollte es doch so schön sein. Sie hatte sich schon alles ausgemalt: die Allee bis zum Haus, die großen Wohnzimmer, das Rauchzimmer und der Damensalon mit dem Flügel in der Ecke. Das Esszimmer mit den großen Türen direkt in den Garten. Eine Trauung dort würde sicher ebenso schön sein wie zu Hause bei ihren Eltern. Otto hatte jetzt aber von einem norwegischen Soldaten gehört, dass die Polizei Razzien in den Internierungslagern durchführte und noch unverheiratete norwegische Frauen herausholte und verhaftete. Die norwegischen Frauen, die bereits Deutsche geheiratet hatten, sollten hingegen so schnell wie möglich außer Landes gebracht werden.

»Wenn wir jetzt sofort heiraten, gibt es kein Problem«, sagte er.

Er kniete sich hin, nahm ihre Hand und sah sie voller Ernst an: »Liebe Tekla, willst du meine Frau werden?«

Zwei Tage später feierten sie Hochzeit. Tekla zog das schönste der drei Kleider an, die sie mitgenommen hatte – das hellblaue mit den kleinen rosa und lila Blüten.

Otto ging nach draußen und kam mit einem Strauß Wiesenblumen zurück. Im selben Moment tauchte Sonja in der Tür auf.

»Du darfst nicht hier sein, wenn die Braut geschmückt wird«, sagte sie lachend und scheuchte ihn fort. Sie toupierte ihr die Haare, damit sie etwas voller aussahen, nahm eine Spange und befestigte damit eine Margerite seitlich am Kopf. Als Tekla den Lippenstift auftrug, ging Sonja nach draußen: »Jetzt ist sie bereit, Otto.«

Otto blieb in der Tür stehen und sah sie mit einem breiten Lächeln an. Dann reichte er ihr galant den Arm. »Du bist die schönste Braut, die ich jemals gesehen habe«, sagte er.

Sie ging auf ihn zu, nahm seinen Arm und küsste ihn auf die Stirn. Dann gingen sie auf den offenen Platz, auf dem sie gemeinsam mit vierzehn anderen Paaren getraut werden sollten.

Voller Ernst gab sie ihm das Jawort. Anschließend küsste er sie und flüsterte: »Ich liebe dich, Frau Adler.«

Frau Adler. Das bin jetzt ich, dachte Tekla. Wie vornehm das klingt.

11

»Hast du Lust, mit rauszufahren?«

Alfred stand in einem alten blauen Overall und roter Mütze mit weißer Bommel auf der Treppe.

»Ich weiß nicht«, sagte ich. »Ein andermal, vielleicht.« Ich schlug die Strickjacke enger um mich. In der Zugluft war mir kalt geworden.

»Nur eine kleine Angeltour?«, sagte er. »Du brauchst ein bisschen Abwechslung.« Sein Blick war freundlich.

Er kümmert sich, versucht mir zu helfen, dachte ich und spürte, dass seine Fürsorge mich rührte.

»Ich … zieh mich nur schnell um.«

Wir fuhren zu den Schären vor der Insel. Auf dem Weg pfiff Alfred »It's a long way to Tipperary«. Als wir da waren, schaltete er den Motor aus und reichte mir eine Angel. Das Boot schaukelte so, dass ich mich an der Reling festhalten musste. Das Meer war rau, in der Nacht hatte es Regen und Wind gegeben, doch jetzt trieben helle Wolken über den Himmel, und die Sonne kam zum Vorschein.

»Ja, ja«, seufzte Alfred zufrieden. »Das gute Leben.«

»Ist es nicht einsam, das ganze Jahr über hier allein zu wohnen?«

»Einsam?« Er sah mich ehrlich überrascht an. »Nein, ich fühle mich nie einsam. Ich habe ja meine Kinder auf dem Festland und kann zu ihnen fahren, wann ich will. Am liebsten bin ich aber hier. Man muss nicht einsam sein, nur weil man allein wohnt. Außerdem …« Er kratzte sich mit dem Handrücken am Kinn, »bin ich ja auch nicht ganz allein.«

»Nicht?«

»Es gibt da eine Dame in der Stadt.« Er sah mit einem Mal etwas verlegen aus. »Wir sehen uns, wenn ich Lust auf Gesellschaft habe.«

»Wie schön. Ich würde ihr gern mal hallo sagen, wenn sie zu Besuch kommt.«

»Sie kommt eigentlich nur im Sommer. Meistens fahre ich zu ihr, sie regt sich immer über irgendetwas auf, wenn sie hier ist.« Er schmunzelte vor sich hin, sah glücklich aus und wirkte mit einem Mal jünger. »Aber Alice ist eine sehr nette Frau.«

»Hast du nie überlegt, hier wegzuziehen? Zu ihr?«

»Das habe ich von Anfang an klargemacht. Sowohl Alice als auch meinen Kindern gegenüber: Ich bleibe hier, bis sie mich raustragen.«

Alfred befestigte die Leine an der Reling.

»Du kanntest meine Großeltern doch ziemlich gut«, sagte ich.

»Hier kannte jeder jeden«, antwortete er und nahm eine Thermoskanne und zwei Tassen aus seinem Rucksack. »Am besten kannte ich aber deinen Großvater. Wir waren zusammen fischen, haben gemeinsam im Bootshaus gesessen und die Netze und Reusen fertig gemacht. Und manchmal haben wir uns einen Kleinen gegönnt, wenn wir mit der Arbeit fertig waren«, sagte er und reichte mir eine Tasse.

Ich trug das Medaillon, das ich in Großmutters Sachen gefunden hatte, die kaputte Kette hatte ich durch eine andere ersetzt. Ich nahm es ab und zeigte Alfred das Bild. »Das sind meine Urgroßeltern, oder?«

»Doch ja, ich glaube, das sind Teklas Eltern.«

»Ich hatte immer gedacht, das Haus hätte Großmutters Familie gehört«, sagte ich. »Dass sie sich deshalb hier niedergelassen haben. Sowohl meine Urgroßeltern als auch Großmutters Bruder sind vor meiner Geburt gestorben. Ich habe keinen von ihnen jemals kennengelernt. Ich weiß fast nichts, nur dass Großmutter aus Kragerø kommt und Großvater aus Kristiansand.«

»Konrad und Tekla haben das Haus hier gekauft … lass mich nachdenken … das muss 1953 oder 54 gewesen sein.«

»Wo haben sie vorher gewohnt?«

»In Kragerø.«

»Und warum sind sie hier rausgezogen? Für Großvater muss das doch beschwerlich gewesen sein. Er hat doch in der Stadt gearbeitet.«

»Ach, die hatten schon ihre Gründe.«

»Wie meinst du das denn?«

»Tja … vielleicht hatten sie einfach Lust, hier zu wohnen.«

Ich hielt seinen Blick fest. »Ich habe ein Foto gefunden, als ich Großmutters Sachen aufgeräumt habe«, sagte ich. »Von ihr und einem deutschen Soldaten.«

»Was du nicht sagst.« Alfred schaute auf das Wasser.

»Hatte Großmutter während des Krieges einen deutschen Geliebten?«

»Sie waren anständige Menschen. Und das gilt sowohl für deinen Großvater wie auch für deine Großmutter.« Er blickte mich an.

»Du wusstest es?«

»Genaues weiß ich auch nicht«, sagte er ausweichend. »Wie gesagt, kannte ich ja vor allem deinen Großvater. Konrad war wirklich ein feiner Kerl.«

»Alfred, was weißt du?«

Wieder schaute er weg. »Hat sie dir nie etwas gesagt?«

»Nein.«

»Dann wollte sie vermutlich nicht darüber reden.«

»Aber was weißt du, Alfred?«, wiederholte ich.

»Du solltest mit jemand anderem darüber reden«, sagte er entschieden.

»Mit wem denn?«

Er starrte gedankenverloren vor sich hin. »Mit Birgit, vielleicht. Teklas Freundin.«

»Die Großmutter im Sommer immer hier besucht hat?«

»Ja, sie kannte Tekla aus ihrer Kindheit, sie hat in ihrem Elternhaus gearbeitet.«

»Wie heißt sie mit Nachnamen?«

»Johansen, glaube ich.«

»Hat Großvater mal irgendwas gesagt …?«

»Ich dachte, wir könnten morgen Farbe kaufen«, unterbrach er mich. »Und der Zaun braucht auch einen neuen Anstrich. Das ist viel Arbeit, wir sollten also nicht warten.«

Es zupfte an der Schnur, und er holte die Leine ein.

»Es führt zu nichts Gutem, wenn man in der Vergangenheit gräbt«, sagte er. »Tekla hätte es dir erzählt, wenn sie gewollt hätte, dass du es weißt. Und jetzt spielt es keine Rolle mehr. Sie sind ja beide schon tot.«

Als ich nach Hause kam, schmierte ich mir eine Scheibe Brot und ging ins Wohnzimmer. Ich stellte mich vor die Familienfotos. Eine ganze Wand voller Bilder von Großmutter und Großvater, meinen Urgroßeltern, von Lilla und mir, meinen Onkeln und deren Familien und von all meinen Cousinen und Tanten. Bilder aus mehreren Jahrzehnten.

Auch wenn weder Lilla noch ich Großmutter irgendwie ähnlich sahen, gab es eine Verbindung: Wir alle kannten Phasen mit Depression und Kraftlosigkeit. Woher kam das? Steckte das irgendwie in Großmutters Familie? Oder hatte das vielleicht auch mit meinem Vater zu tun? So viele Fragen: Wie war er? Wie waren seine Eltern gewesen, was hatten sie erlebt, was hatte sie geprägt und welche Eigenschaften hatten sie? Ich wusste so wenig.

Mein Stammbaum ist bloß ein kleiner Busch, dachte ich. Ein Busch mit einer winzigen, neuen Knospe.

Ich schaltete das Handy ein, löschte alle verpassten Anrufe und SMS von Jahn und suchte die Nummer des Altersheims in der Stadt heraus.

Und tatsächlich, dort wohnte wirklich eine Birgit Johansen. Sie sei bettlägerig, habe aber noch einen klaren Kopf, sagte die Frau am anderen Ende. Ich solle einfach zu Besuch kommen.

12

Ein Pfleger führte mich in Birgit Johansens Zimmer. Die Gardinen waren zugezogen.

»Wenn sie schläft, kann ich auch später wiederkommen«, flüsterte ich.

»Nein, nein, sie ruht sich nur aus.« Der Pfleger zog die Gardinen auf und beugte sich über das Bett. »Birgit. Es ist Besuch für dich gekommen.«

Es war fünf Jahre her, dass ich sie zuletzt gesehen hatte, und ich erkannte sie kaum wieder. Sie musste mittlerweile deutlich über neunzig Jahre alt sein. Ihr Körper war eingeschrumpelt, und die kräftigen dunklen Locken waren verschwunden. Das Gesicht war schief, ein Mundwinkel hing herunter.

»Was?«, fragte sie und blinzelte uns entgegen.

Der Pfleger drückte auf einen Knopf neben dem Bett und fuhr das Kopfteil hoch, so dass Birgit in eine sitzende Position gelangte. Sie kniff die Augen etwas zusammen, spitzte den Mund und betrachtete mein Gesicht.

»Setzen Sie sich ruhig hierher«, sagte der Pfleger und zog einen Stuhl zum Bett. »Sie hat Probleme mit dem Reden und wird schnell müde.«

»Hallo, Birgit.« Ich nahm ihre Hand und beugte mich

vor. »Ich bin's, Juni, Teklas Enkelin. Erinnerst du dich an mich?«

Sie zog die Stirn in Falten und starrte mich an. Dann lächelte sie. »Juni? Natürlich erinnere ich mich an dich.«

Ihre Stimme war nur ein Flüstern. Aber in ihrem Blick lag jetzt mehr Leben. Ich plauderte ein bisschen, erzählte ihr, dass ich jetzt im Haus meiner Großeltern lebte.

»Es ist so schön auf der Insel«, sagte sie undeutlich und schwer atmend.

Ich musterte sie ein paar Sekunden, dann sagte ich vorsichtig: »Es gibt da eine Sache, bei der ich mich frage, ob du mir helfen könntest.«

»Ja?« Sie nahm den Griff, der über dem Bett hing und versuchte, sich etwas weiter nach oben zu ziehen. Es gelang ihr aber nicht. Ich beeilte mich, ihre Matratze etwas weiter anzuheben, zog sie etwas nach vorn und schlug ihr Kissen auf.

»Was möchtest du wissen?«, fragte sie.

Ich entschloss mich, direkt zur Sache zu kommen, und erzählte ihr von dem Foto von Großmutter mit dem Soldaten. »Hatte Großmutter während des Krieges einen deutschen Geliebten, Birgit?«

»Der Krieg«, sagte sie nur und sah aus dem Fenster. »Darüber lohnt es sich nicht zu reden.« Sie legte sich die Hand auf die Brust und atmete ein paarmal schwer. Ihr Blick wurde ausweichend. Sie starrte auf ihre Hand. Strich ein paarmal über die Decke.

Ich nahm das Foto von Großmutter und dem Soldaten heraus. »Weißt du, wer das ist, Birgit?«

Sie nahm mir das Foto aus der Hand und betrachtete es mit zitternden Fingern. Dann deutete sie auf die Brille auf dem Nachtschränkchen.

»Tekla und Otto«, sagte sie.

»Wie hieß er weiter?«

»Adler. Otto Adler.«

»Die Russen kommen«, hatte Großmutter gesagt. Ich kannte mich mit der Kriegsgeschichte nicht sonderlich aus, wusste aber, dass sich die Rote Armee vor dem Fall Berlins aus dem Osten genähert hatte. Ich drehte das Foto um und zeigte auf die Handschrift.

»War Großmutter im Juni 1945 in Deutschland?«

»Im Juni? Das weiß ich nicht.«

»War sie später da?«

»Tekla wollte nicht darüber reden.« Birgits Worte wurden immer undeutlicher, und sie sprach langsamer.

»Aber war sie mal in Deutschland?«

Birgit nickte.

Ich musterte sie eine Weile, dann nahm ich ihre Hand. »Weißt du, was mit Otto geschehen ist?«, fragte ich.

»Tekla … hat … nie … darüber … gesprochen.«

Birgit schloss die Augen, und ihr Atmen verriet mir, dass sie wieder eingeschlafen war.

Ich holte tief Luft und sah mich um. Über dem Bett hing ein Gemälde. Ich beugte mich vor und erkannte Großmutters Signatur. Dabei war das Bild so ganz anders als ihre üblichen Werke. Es war düster. Schwarz, dunkelblau und grün. Großmutter war aber doch für ihre intensiven, klaren Farben bekannt. Himmel, Meer und Licht.

13

Tekla richtete sich im Bett auf, mit einem Mal hellwach. Heute brechen wir auf, war ihr erster Gedanke. Sie war voller Erwartung und Nervosität, seit sie ihre Namen vor ein paar Tagen auf der Passagierliste gefunden hatte.

Ottos Bett war leer. Hastig zog sie sich an. Dann holte sie Seesack und Koffer unter dem Bett hervor. Noch während sie am Packen war, kam Otto mit vier Scheiben Brot mit braunem Käse und zwei Tassen mit Ersatzkaffee zurück.

»Endlich fahren wir nach Deutschland«, sagte er zufrieden und lächelte sie an.

Nach einem kurzen Frühstück half Otto Tekla beim Packen. Draußen auf dem Flur trafen sie Sonja und Stephan. Sonja nahm Tekla zur Seite und zeigte ihr, dass sie unter ihrem grünen Kleid eine Strickjacke, darunter eine dünnere Jacke und darunter wiederum zwei Blusen, ein Unterhemd und ein Unterkleid trug.

»Aber!«, platzte Tekla hervor, »du wirst dich totschwitzen.«

»Ein Paket von meinen Eltern«, sagte Sonja lachend. »Ich habe gehört, dass wir nur zwanzig Kilo Gepäck mitnehmen dürfen, plus das, was wir am Körper tragen.«

Welch ein Glück sie hat, dachte Tekla. Sie selbst hatte von zu Hause nicht ein Wort gehört. Kein Brief, kein Päckchen, obwohl sie jetzt schon einen ganzen Monat hier war.

Sie reihten sich in die Schlange vor dem Hangar ein. Kaum dass sie drinnen waren, erhob sich ein norwegischer Soldat am Ende eines riesigen, hufeisenförmigen Tisches und kam auf sie zu. Eine lange Narbe zog sich von der Stirn bis zu seinem Kinn, und sein linkes Augenlid hing herab. Aber er hatte es nicht auf sie abgesehen, sondern wandte sich an den Soldaten, der vor Tekla stand. Seine Papiere wurden genau kontrolliert, und dann fragte der Norweger, wo der Mann gedient habe.

»In Oslo«, bekam er als Antwort.

»Sicher, dass Sie nicht in Hamar waren?«

Tekla bemerkte, wie der Norweger die Fäuste ballte. Seine Knöchel traten weiß hervor.

»Oslo«, wiederholte der Deutsche.

»Sie lügen!« Mit einem Mal hob der Norweger die Hand und schlug zu. Der deutsche Soldat taumelte rückwärts zu Boden, und der Norweger war sofort über ihm. Ein Nachrichtenoffizier versuchte, sie zu trennen, was ihm aber nur mit Hilfe mehrerer anderer norwegischer Soldaten gelang.

Der Deutsche wischte sich die blutende Nase ab.

»Von diesem Augenblick träume ich schon sehr lange«, sagte der Norweger noch ganz außer Atem. »Vielleicht erinnern Sie sich ja jetzt an mich, Sturmbannführer Gleich?« Er massierte seine Hand. »Ich werde Sie niemals vergessen. Hamar, Mai 1943. Sagt Ihnen das etwas? Oder erkennen Sie vielleicht Ihre Signatur?« Er zeigte auf seine Narbe.

Als er keine Antwort erhielt, fuhr er fort: »Der kommt nach Auschwitz!«

Otto legte seinen Arm schützend um Tekla. Mit einem Mal verstand sie, wofür die Hühnerdrahtverschläge vorgesehen waren, die sie bei ihrer Ankunft gesehen hatte.

Mehrere andere Deutsche verschwanden in dieselbe Richtung. Gestapo-Leute, SS-Soldaten, die sich die Uniformen einfacher Rekruten und falsche Papiere beschafft hatten, um der Strafverfolgung zu entgehen.

»Was, glaubst du, passiert mit denen?«, flüsterte Tekla zu Sonja, die gleich hinter ihr stand.

»Ich habe gehört, dass die nach Oslo kommen.«

Tekla und Otto stellten sich an dem Tisch auf, an dem das Gepäck kontrolliert wurde. Teklas Herz klopfte wie wild. Sie hatte das Futter des Koffers etwas eingerissen und dahinter ein kleines Fläschchen Parfüm versteckt. Um den Hals trug sie die Kamera, die Otto in Norwegen gekauft hatte. Die Chancen, dass sie sie mitnehmen dürften, seien größer, wenn sie sie trage, meinte er.

Je mehr Menschen in den Hangar kamen, desto lauter wurde es. Weinen, Fluchen und wütende Stimmen hallten an den kahlen Wänden wider. Immer häufiger kam es zu Streitigkeiten zwischen den Deutschen und den norwegischen Kontrolleuren. Die Regel besagte, dass die Deutschen nur private Sachen mitnehmen durften, von denen sie beweisen konnten, dass sie sie aus ihrem Heimatland mitgebracht hatten. Was sie in Norwegen gekauft hatten, mussten sie wieder abgeben. Die konfiszierten Wertsachen landeten auf einem Haufen hinter dem Hufeisentisch. Fotoapparate, kostbare Uhren, Schmuckstücke, Kaffee und andere gefragte Waren kamen anschließend zum Direktorat für feindliches Eigentum. Viele versuchten, ihre Wertsachen unter den Kleidern zu verstecken, in Socken, Unterhosen und Stiefeln, aber alle wurden gründlich durchsucht. Manche behaupteten, es seien Geschenke ihrer Familien zu Hause, aber auch das nützte nichts. Wieder andere hatten sich in deutschen Militärlagern bedient und versuchten, Wolldecken und militärische Ausrüstung mit nach Hause zu schmuggeln.

Auch zwei deutsche Frauen standen in der Schlange. Tekla hatte gehört, dass sie nach Norwegen gekommen waren und dort als Sekretärinnen, Telegraphistinnen oder Krankenschwestern gearbeitet hatten. Ganz offensichtlich hatten die beiden im Laufe der Zeit viel eingekauft oder reichlich Geschenke bekommen, denn sie hatten deutlich mehr Gepäck als die Norwegerinnen. Eine von ihnen redete aufgeregt, weinte und gestikulierte wild. Sie hatte zwei Pelze und ein Fuchsfell sowie reichlich Schmuck am Körper und in einer Schatulle. Die Kontrolleurin kümmerte sich nicht um ihre Proteste und nahm ihr all ihre Wertsachen ab.

Tekla trug zwei Schmuckstücke um den Hals: die Goldkette, die sie von den Eltern zu ihrer Konfirmation erhalten hatte, und das Medaillon mit den Fotos ihrer Mutter und ihres Vaters, das sie schon seit ihrer Kindheit hatte. Am Handgelenk trug sie das Konfirmationsgeschenk ihres Bruders, einen feinen, geprägten Armreifen aus Gold, und am Finger hatte sie den Goldring mit dem blauen Saphir.

»Was wollen Sie mit all diesen Schmuckstücken?«, fragte die Frau, die sie kontrollierte. »Und den werden Sie nicht brauchen«, sagte sie und nahm Tekla ihren Pass ab.

»Was?«, fragte sie überrascht.

»Die Regierung wird bald eine Verordnung erlassen. Norwegerinnen, die deutsche Männer heiraten, verlieren ihre Staatsbürgerschaft. Sie werden dann Deutsche.«

Tekla brachte kein Wort heraus. Sie hörte das zum ersten Mal. Sollte sie jetzt wirklich keine Norwegerin mehr sein?

»Seidenstrümpfe?« Die Frau untersuchte den Inhalt ihres Koffers. »Was wollen Sie denn damit?«

Tekla hatte sie tragen wollen, wenn Otto sie seinen Eltern vorstellte. Sie wollte sich hübsch machen.

»Die dürfen Sie nicht mitnehmen«, sagte die Frau.

»Bitte? Ich habe doch so wenig anderes.«

»Ich kann mich nicht daran erinnern, wann ich zuletzt Seidenstrümpfe gesehen habe.« Die Frau beugte sich über den Tisch, so dass ihr Gesicht Tekla unangenehm nah war. »Warum sollten Sie Seidenstrümpfe haben, ich aber nicht?« Ihre Augen waren kalt. »Und die Kamera können Sie auch nicht mitnehmen.«

Die Frau streckte ihren Arm aus, aber Tekla umklammerte den Riemen. »Die habe ich von meinem Vater!«, log sie.

Der Offizier, der die Oberaufsicht über die Kontrolle hatte, kam zu ihnen. »Was ist hier los?«, fragte er scharf.

Die Frau erklärte, dass Tekla die Kamera nicht abgeben wolle.

»Auf dem Film sind Fotos von unserer Trauung hier im

Lager«, beeilte Tekla sich zu sagen. »Und meine Strümpfe möchte ich auch wiederhaben.«

»Geben Sie ihr die Sachen zurück«, sagte der Offizier. »Weiß Gott, was sie mit dieser Kamera will. Da, wo sie hingeht, gibt es nichts mehr zu fotografieren.«

Bevor Tekla den Hangar verlassen konnte, musste sie noch vor einer weiteren Frau ihre Bluse aufknöpfen. Sie schob die Spitze einer seltsam großen Spritze unter ihre Kleider und sprühte sie mit einem Pulver ein.

»Was ist das?«, fragte Tekla sie.

Die Frau sah sie kaum an. »DDT, gegen Flöhe und Läuse.«

Anschließend durften Tekla und Otto den Hangar auf der anderen Seite verlassen. Sie kamen auf einen kleineren, eingezäunten Platz, der von bewaffneten Wachen kontrolliert wurde. Schließlich konnten sie bis nach unten zum Hafen gehen.

Tekla suchte den kleinen Flakon heraus, den die Kontrolleurin nicht gefunden hatte. Sie schraubte den Deckel ab, benetzte ihre Fingerkuppe mit dem Parfüm, roch daran, atmete tief durch und strich sich mit dem Finger hinter dem Ohr entlang. Der Duft erinnerte sie an ihren Vater. Er hatte ihr das Parfüm nach ihrer letzten gemeinsamen Segeltour geschenkt.

Der Tag war sonnig und klar gewesen, und eine frische Brise wehte. Während er die Vertäuung der Grimstadjolle löste, sah ihr Vater zu ihr herüber und sagte: »Segeln ist …«

»… die Fortbewegung von einem Punkt zu einem anderen über Umwege, auf denen man kalt und nass wird«, vollendete sie, und beide lachten.

All ihre gemeinsamen Segeltouren begannen auf diese Weise.

Es wurde kälter, je weiter sie auf das offene Meer hinaussegelten. Sie machten gute Fahrt. Tekla kontrollierte die Segel und den Wind, und ihr Vater straffte oder lockerte die Leinen. Dieses Mal durfte sie der Skipper sein.

Auf dem Rückweg kam der Wind direkt von hinten. Sie sah das anerkennende Nicken ihres Vaters, als sie Befehl gab, das Großsegel nach Backbord und die Fock auf die Steuerbordseite zu legen, damit sie nicht in den Windschatten des Großsegels kam.

Als sie sich dem Kai näherten, sagte er, dass sie anlegen solle. Es war das erste Mal, sie hatte das noch nie getan. Sie fuhr eine große Runde durch den Hafen und drehte das Boot so, dass der Wind von vorne kam. Ihr Vater holte das Großsegel ein und zog das Vorsegel auf die andere Seite. Sie verloren an Fahrt, bevor der Wind die Fock wieder straffte. Kurz darauf gab sie Befehl, auch die Fock einzuholen. Das Boot wurde gebremst und trieb langsam mit dem Bug zum Kai. Tekla drückte das Ruder herum und drehte bei. Ihr Vater stand bereit. Er ging an Land und vertäute das Boot am Bug, während Tekla es hinten festzurrte.

»Perfekt!«, sagte der Vater. Sie strahlte.

Auf dem Heimweg blieb Tekla vor Jorunns Drogerie stehen. Im Schaufenster war Parfüm ausgestellt, ein Glasflakon stand auf einem kleinen, mit schwarzer Seide bedeckten Sockel. *Chanel N° 5* aus Paris. Die goldene Flüssigkeit in dem rechteckigen Flakon erinnerte sie an den Likör ihrer Mutter. Auch der Stopfen war aus Glas und glich einem Kristall.

Sie war vorher schon einmal mit Bjørg und Eva im Geschäft gewesen. Sie waren durch die Fußgängerzone gebummelt und vor dem Schaufenster der Drogerie stehen geblieben.

»Lass uns reingehen«, hatte Eva gesagt. »Vielleicht dürfen wir mal daran schnuppern.«

Der Duft war wunderbar, unvergleichlich. Der Geruch des kontinentalen Europas, der großen weiten Welt. Wieder träumte Tekla davon, einmal nach Paris zu reisen, Malstunden zu nehmen und durch die Museen und Ausstellungen zu schlendern. Sie wollte dorthin, sobald dieser verfluchte Krieg zu Ende war.

Als sie auf dem Rückweg von der Segeltour vor dem Schaufenster stehen blieb, drehte sie sich zu ihrem Vater und sagte: »Du warst doch ganz zufrieden mit meinem Anlegemanöver. Habe ich da nicht vielleicht eine kleine … Belohnung verdient?«

Ihr Vater zog die Augenbrauen hoch. »Ach ja?«

»Ach, bitte?«, sagte sie. »Du hast ja keine Ahnung, wie lange ich mir schon dieses Parfüm wünsche.«

Er schüttelte lächelnd den Kopf. »Du wickelst mich wirklich um den Finger.«

Tekla schob ihre Hand unter seinen Arm. »Ja«, lachte sie und zog ihn mit sich in den Laden.

14

Mein ganzer Körper setzte sich zur Wehr, als ich die Tür zu Lillas Zimmer öffnete. Ich konnte das nicht. Wollte nicht. Du musst, sagte ich zu mir selbst und zwang mich, über die Türschwelle zu treten.

Überall lagen Kleider, auf dem Bett, dem Boden, dem Tisch am Fenster, den sie einmal als Nähtisch verwendet hatte. Die Schranktüren standen weit offen, es war nicht möglich, sie zu schließen. Pullover und Hosen quollen aus den Fächern.

Ich setzte mich aufs Bett, wobei meine Füße eine Flasche umstießen, die auf dem Boden stand. Das Chaos ließ mich kraftlos zurück, und ich blieb tatenlos sitzen.

Wie war sie so geworden?

Als ich auf die weiterführende Schule kam, hatte Lilla eine größere Wohnung in Kragerø gekauft, und ich war bei ihr eingezogen, womit sich mir eine andere, viel größere Welt eröffnete. Auf der Insel hatte es nicht mehr so viele Kinder gegeben, immer mehr waren in die Stadt gezogen.

Ich fand neue Freunde, wir gingen ins Kino, ins Café, und ich begann, Volleyball zu spielen. In der ersten Zeit saßen Lilla und ich an den Samstagabenden vor dem Fernseher und aßen Pizza, ich mit einer Cola, sie mit Rotwein.

Es war schön, sie war anders als zu Hause auf der Insel; sie lächelte häufiger, und das Lachen fiel ihr leichter. Es verging aber nur wenig Zeit, bis mir bewusst wurde, dass sie zu viel trank. Schon vor elf Uhr morgens war sie betrunken, und nach ein paar Monaten graute es mir vor den Samstagen. Ich zog es vor, mit meinen Freunden zusammen zu sein. Aber wenn ich sagte, dass ich abends weggehen wollte, war sie traurig. Also half ich ihr ins Bett und zog erst los, wenn sie eingeschlafen war.

Nachdem ich zu Lilla gezogen war, fuhren wir nicht mehr so oft auf die Insel. Aber ich vermisste es, dort zu sein, weshalb ich an manchen Wochenenden allein hinüberfuhr und meine Großeltern besuchte. »Was willst du da denn so oft?«, fragte Lilla. »Du wohnst jetzt hier.« Aber Großmutter rief jede Woche an und fragte, ob ich nicht kommen wolle. Ich brachte irgendwelche Entschuldigungen vor, die sie durchschaute. »Will Lilla nicht, dass du fährst?«, fragte sie. »Drängelt Mutter dich wieder?«, fragte Lilla.

Ich füllte eine Einkaufstasche mit den leeren Flaschen, die unter Lillas Bett lagen. Dann stopfte ich ihre Kleider in Müllsäcke, ohne auch nur einen Blick auf die Sachen zu werfen.

Im Fensterrahmen standen ein paar Keramikfiguren. Einige davon kannte ich aus der Wohnung in der Stadt, aber eine hatte ich noch nie zuvor gesehen. Sie war leuchtend blau und stellte eine Frau mit einem kleinen Kind auf den Armen dar.

Neben der Nähmaschine standen zwei Pappkartons. Ich hockte mich hin, öffnete den ersten und starrte lange auf ein kleines Kleid. Es war aus weißer Baumwolle mit winzigen, dunkelroten Kirschen und grünen Blättern. Daneben lag ein Mützchen aus Spitzenstoff. Darunter lagen noch andere Kleider in verschiedenen Größen. Ich hatte die Sachen kurz vor Großmutters Tod einmal im Keller gesehen, als ich auf der Suche nach etwas anderem gewesen war. Warum hatte Lilla meine Kinderkleider nach oben in ihr Zimmer geholt?

Unter den Sachen lag ein Poesiealbum. Es war voller Gedichte und kleiner Verse von meinen Freunden auf der Insel. Das erste aber hatte Lilla geschrieben:

Das Veilchen am Bache
das Röslein am Strauch,
sind alle zwei herzig –
und du bist es auch!

Sie hatte einen Rahmen um den Vers gezeichnet, eine geschlängelte Linie mit grünen Blättern und roten Blüten. Ganz unten stand:

ALLES
I
E
B
E

In dem Karton lag auch eine Muttertagskarte. Die Buchstaben waren groß und eckig: FÜR DIE BESTE MAMA DER

WELT. Um das Wort MAMA rankte sich ein Herz. Darunter hatte ich Lilla und mich gezeichnet, wir hielten einander an den Händen, und an dem blauen Himmel prangte eine überdimensionierte Sonne.

In dem zweiten Karton lagen Stapel von Briefen, die mit einer gelben Schleife zusammengebunden waren. Überrascht starrte ich auf den obersten Umschlag, auf dem Großvaters Name und die Adresse einer Reederei in Oslo standen. Der Umschlag war hellblau mit roten und dunkelblauen diagonalen Streifen an den Rändern. Unten in einer Ecke stand MIT LUFTPOST, PAR AVION, BY AIR MAIL mit weißen Buchstaben auf einem blauen Feld. Der Poststempel war undeutlich, so dass ich nicht lesen konnte, wo der Brief abgeschickt worden war, nur das Datum war zu erkennen: 3. April 1947. Ich nahm den Brief aus dem Umschlag. Das Papier war hauchdünn und leicht wie Seide.

Der Brief war von Großmutter.

Lieber Konrad Bjerke,
der Zettel mit Ihrem Namen und Ihrer Adresse liegt in meiner Tasche, seit wir uns am Kai in Bremerhaven getroffen haben, und hat mich immer wieder an Ihre Freundlichkeit erinnert. Ich habe versucht, Arbeit zu finden, aber niemand will eine Frau mit einem kleinen Kind anstellen. Ich verbringe meine Tage mit der Suche nach etwas Essbarem und durchstöbere die Abfalleimer. Einmal in der Woche verlasse ich die Stadt und wandere nach Einbruch der Dunkelheit an den Feldern entlang. Mit etwas Glück finde ich Kartoffeln und Karotten. Die Bauern, denen es gut

geht, sind oft freundlich und stecken mir übrig gebliebenes Gemüse zu, eine Scheibe altes Brot oder ein paar Würste, und heute habe ich sogar ein Stück Fleisch bekommen. Ich muss zugeben, dass die Angel, die ich ausgeworfen habe, als wir uns trafen, gestohlen war. Aber ohne den selbstgeangelten Fisch hätte ich nicht überleben können. Nur hängt mir der ganze Fisch inzwischen, weiß Gott, zum Hals heraus. Ich habe versucht, auf ein Schiff nach Norwegen zu kommen, aber ohne Erfolg. Wie Sie wissen, hat man mir ja meine norwegische Staatsbürgerschaft aberkannt.

Eigentlich schreibe ich Ihnen diesen Brief, weil ich Ihnen noch einmal dafür danken möchte, dass Sie mir ohne Vorurteile begegnet sind, mir zu essen gegeben und sich um mich gekümmert haben. Das hat mir mehr bedeutet, als Sie ahnen.

Hochachtungsvoll,

Ihre Tekla Adler

Tekla Adler. Mir schwirrte der Kopf. Großmutter hatte Otto geheiratet! Sie war in Deutschland gewesen, und auch Lilla musste dort zur Welt gekommen sein. Bevor sie Großvater getroffen hatte. Aber was war mit Otto geschehen? Wo war er?

Schnell nahm ich den nächsten Brief.

Liebe Tekla,

danke für Ihren Brief, über den ich mich sehr gefreut habe. Er erreichte mich, als unser Schiff im Hafen von Portsmouth lag. Ich habe jeden Tag an Sie gedacht. Verzeihen Sie mir

meine Direktheit, aber ich habe gehofft, von Ihnen zu hören. Ich verstehe, dass Ihre Lebenssituation sehr schwierig ist, aber wenn Sie wollen, werde ich alles, was in meiner Macht steht, unternehmen, um Sie nach Hause nach Norwegen zu holen. Am 19. Mai komme ich wieder nach Bremerhaven. Danach fahren wir direkt zurück nach Oslo. Ich hoffe, dass Sie mich am Kai treffen können.
Hochachtungsvoll
Konrad Bjerke

Kurz stand ich vom Bett auf, setzte mich aber rasch wieder hin. Auf einem anderen Umschlag sah ich Großmutters Namen: *Tekla Bjerke* – also Großvaters Namen, nicht den deutschen Namen, Adler. Die Adresse war in Oslo. Der Brief war vom 10. Dezember 1947, abgeschickt aus Hannover. Es war eine Weihnachtskarte darin.

Liebe Tekla!
Ich habe an dich gedacht, seit du aufgebrochen bist, und mich voller Sorge gefragt, wie es dir wohl ergangen ist. Deshalb habe ich mich wirklich sehr über dein Lebenszeichen gefreut. Es macht mich unendlich froh, zu hören, dass du wieder heil zu Hause in Norwegen bist.
All die Verluste, die du erlitten hast, sind so grausam. Aber das Leben hat dir eine neue Chance gegeben. Jetzt musst du all das, was in Demmin geschehen ist, hinter dir lassen. Es gibt eine Zeit für Tränen und eine fürs Lachen. Es kommen immer wieder neue Zeiten, außerdem hast du ja einen neuen Mann und die kleine Lilla, über die du dich freuen kannst.

Ich bin endlich schwanger geworden. Das Kind kommt im April, und Stephan und ich freuen uns sehr.
Ich hoffe, dass wir Kontakt halten können. Vielleicht können wir uns ja irgendwann, wenn die Zeiten nicht mehr so verrückt sind, wiedersehen. Ich hoffe es sehr, und ich glaube fest daran!
Ich wünsche dir und den Deinen ein frohes Weihnachtsfest und alles Gute für das neue Jahr!
Deine gute Freundin,
Sonja

Auf der Rückseite des Briefumschlags stand die Adresse; Sonja hieß Irgens mit Nachnamen.

Mit dem Finger fuhr ich über die Schrift auf dem dünnen Papier.

All die Verluste, die du erlitten hast. All das, was in Demmin geschehen ist.

Mein Kopf versuchte, das Gelesene zu verarbeiten. Wie hatte Großmutter in einer derart hoffnungslosen Situation landen können? Allein mit Lilla in Bremerhaven? Und wo war Otto Adler abgeblieben? Hatte er sie verlassen?

Als ich die Briefe zurück in den Karton legte, bemerkte ich einen weißen Umschlag, der sich am Boden verhakt hatte. Darin lag eine Fotografie und meine Geburtsurkunde. *Mutter: Lilla Bjerke, Vater: unbekannt.* Das Schwarzweißfoto zeigte Lilla und einen Mann. Er hatte den Arm um ihre Schultern gelegt. Beide lachten, als hätte gerade jemand einen Witz erzählt. Lilla trug ein schimmerndes Kleid mit Blumenmuster. Ihre langen Haare waren in Bewegung, und ihr Pony war ihr wie ein Schleier vor das eine Auge gefallen.

Der Mann war blond, die Haare mit Wasser gekämmt, das Gesicht lang und schmal. Seine Lippen waren dünn, und er hatte große, gleichmäßige Zähne. In der Hand hielt er eine Zigarette. Er trug ein weißes Hemd und einen schwarzen Schlips. Ich sah mir das Bild genauer an und studierte die Nase. Sie war spitz und hatte einen leichten Knick an der Nasenwurzel. Genau wie meine.

Lilla strahlte. Sie sah glücklich aus. Schön.

Viele Jahre lang war ich wütend auf sie gewesen. Weil sie zu viel trank, weil sie mir nichts über meinen Vater sagen wollte und weil sie sich ständig mit Großmutter stritt. Ich hatte nicht eine Träne um sie geweint. Nicht eine. Weder im Krankenhaus noch auf der Beerdigung oder später.

Ich nahm das Kleidchen mit den winzigen Kirschen, drückte es mir auf das Gesicht und rollte mich auf dem Bett zusammen. Leise kamen die Schluchzer.

Den Rest des Tages lag ich auf dem Sofa und sah fern. Gegen Nachmittag setzte ich mich mit einer Flasche Rotwein auf die Glasveranda. Ich musste mich verdammt zusammenreißen, um mir nichts anmerken zu lassen, als Alfred kam, um sich die Bandage wechseln zu lassen. Ich spürte aber seinen musternden Blick. Er sah mir sicher an, dass ich geweint hatte. Vielleicht entging ihm auch nicht, dass ich getrunken hatte.

»Ich habe Farbe gekauft«, sagte er. »Lillesandweiß. Das hat Konrad immer genommen.«

Als ich nicht antwortete, sagte er. »Jaja, die Tage werden langsam wieder heller, das ist gut. Vielleicht solltest du das Boot zu Wasser lassen. Und ich kann dir dann auch mit dem Garten helfen, wenn du willst.«

Ich beeilte mich mit der Bandage.

Er stand auf, stellte sich groß und ernst vor mich, legte mir die Hand auf die Schulter und sah mich mit seinem warmen Blick an.

»Du darfst nicht wie Lilla werden, Juni.«

Dann drehte er sich um und ging.

Alfreds Worte verfolgten mich. Ich fand keine Ruhe und lief im Garten auf und ab, um wenigstens frische Luft zu bekommen. Die Rosenbeete, auf die Großvater so stolz gewesen war, waren voller Unkraut. Und aus der großen Kletterrose am Anbau, in dem Großmutters Atelier war, mussten die toten Äste herausgeschnitten werden. Ich fuhr mit den Fingern über den Türrahmen. Der Schlüssel war noch immer da.

Großmutters weißer, fleckiger Malerkittel hing über der Stehleiter, und die Staffelei war so platziert, dass das Licht durch die Fenster auf sie fiel. Alles stand noch genau so da, wie ich es in Erinnerung hatte. Als würde Großmutter jeden Augenblick wiederkommen, eine ihrer alten Klassikplatten auflegen und zu malen beginnen. An einer Wand lehnte ein großes Gemälde. Ein typisches Bild: starke Farben, Meer und Himmel in Rot, Orange, Gelb und Lila. Irgendwo war immer etwas Lilafarbenes in ihren Bildern, egal, welches Motiv sie zeigten. Es gab kaum Details. Der

Hügel in der Ferne war ein blauer Bogen, mit einer dünnen, glühend orangen Konturlinie. Die Wolken darüber waren in verschiedenen Rottönen gemalt, und ganz oben stand die Sonne – oder vielleicht der Mond –, ein gelber Kreis, aus dem die Farbe auf den blauen Hügel lief.

In einer Ecke des Ateliers lehnten weitere Gemälde an der Wand. Ich drehte sie um und starrte sie erstaunt an. Eines der Bilder nahm ich mit zum Fenster, um es mir genauer anzuschauen. Die Farben waren vollkommen anders, genau wie auf dem Bild, das ich bei Birgit gesehen hatte: Schwarz, Dunkelgrün, Blau und Braun. Ich holte die restlichen Bilder und stellte sie auf. Die meisten zeigten dunkle Nachthimmel, auf einigen waren Flammen zu erkennen, wie von kleinen Lagerfeuern. Vereinzelte Gestalten verschwammen im Dunkel. Auf einem erkannte ich einen Zug oder einen Bus mit dunklen Fenstern vor eingestürzten Gebäuden. Die Bilder strahlten Hoffnungslosigkeit und Tristesse aus, eine apokalyptische Stimmung. Sie ließen mich an die Tage denken, an denen Großmutter und Lilla gestritten und dann nicht miteinander geredet hatten. Oder an die Tage, an denen Großmutters Gesicht so dunkel und verschlossen gewirkt hatte. So kraftlos. An solchen Tagen hatte ich immer gehofft, es möge zu regnen beginnen – damit sie in den Garten gehen und tanzen konnte, bis die Trauer von ihr abfiel und sie zurück ins Haus kam, um mit Großvater Portwein zu trinken und zu reden.

15

Es wehte eine steife Brise, als die Poseidon gegen Wind und Wellen über den Skagerrak in Richtung Kiel fuhr. Jedes Mal, wenn das Schiff ins Rollen kam und auf eine Welle schlug, zuckte Tekla zusammen. Es klang immer wie eine Explosion, der harte, metallische Laut pflanzte sich durch den Stahlkörper des Schiffes fort und jagte Tekla Todesangst ein.

Sie hatte gedacht, dass ein Schiff, das fast tausend Menschen transportieren sollte, riesig sein müsse, um genug Kabinen für alle zu haben. Aber die Poseidon war kein Passagierschiff, die Menschen waren in den Laderäumen wie Vieh zusammengepfercht worden. Nur Familien mit kleinen Kindern hatten Matratzen bekommen, die anderen mussten auf dem harten Boden sitzen.

Ein Baby begann zu weinen. Es war einer der Zwillinge von Ruth. Ihr Mann legte ihr einen Seesack auf den Schoß, stapelte ein paar Kleider darauf und gab ihr dann beide Kinder. Ruth knöpfte die Bluse auf und legte sie an. Dann schloss sie die Augen und streichelte ihnen sanft über die Rücken.

Im gleichen Moment verlor der Zweijährige, der sich an das Bein seines Vaters geklammert hatte, das Gleichgewicht. Tekla kroch auf allen vieren zu ihnen. »Hast du dir weh getan, Markus?«, fragte sie. »Komm, ich puste.« Sie nahm ihn auf den Schoß, und sein Weinen verstummte. »Alles wird gut«, flüsterte sie. »Bald sind wir da.«

Als Ruth fertig gestillt hatte, holte sie ein Brot aus ihrer Tasche. Sie begutachtete es und schnippte etwas weg. Sicher eine Kakerlake. Im Dunkel des Laderaumes wimmelte es davon, und immer wieder fanden sie auch ihren Weg zu den mitgenommenen Lebensmitteln. Ruth steckte sich etwas hartes Brot in den Mund, kaute es weich und fütterte damit Markus. Anschließend wickelte sie die beiden Zwillinge. Tekla sah, dass sie die Windeln zusammenrollte und in ihren Koffer steckte. Sie hatte nichts, um sie einzupacken, und es gab auch keinen anderen Ort dafür.

Tekla blieb bei Ruth sitzen, und nach einer Weile schlief Markus in ihren Armen ein.

Wenn sie nur an Deck gehen, das Meer und den Horizont sehen und frische Luft bekommen könnte. Doch sie alle hatten strenge Order erhalten, unten im Laderaum zu bleiben, wo es schon nach wenigen Stunden unerträglich nach Urin, Kot und Erbrochenem stank.

Im Laufe des Tages wurde der Drang, Wasser zu lassen, immer schlimmer. Ihre Blase war kurz vor dem Platzen. Trotzdem hätte sie sich für nichts auf der Welt vor aller Augen auf einen der Eimer gesetzt. Vor den Männern. Sie wusste nicht, was sie machen sollte, und versuchte, sich nicht zu bewegen, aber das war bei der schweren See nicht möglich. Otto bemerkte, dass etwas mit ihr nicht stimmte, bis sie es ihm schließlich widerwillig erzählte.

»Komm!«, sagte er und zog sie zu einem der großen Bottiche in der Ecke des Laderaums. Die meisten waren halbvoll. Einer war umgestürzt. Der Inhalt schwappte über den Boden.

»Nein«, protestierte sie.

»Doch«, sagte er, stellte sich vor sie, zog seinen Mantel aus und schirmte sie damit wie mit einem Vorhang ab.

Tekla zog ihren Rock hoch, streifte die Unterhose nach unten und stützte sich an der Wand ab, während sie die Luft anhielt, um sich nicht zu erbrechen.

16

»Du darfst nicht wie Lilla werden.«

Alfred hatte recht. Ich war im Begriff, wie sie zu werden: Rotwein, Selbstmitleid, Depressionen – eine einsame, pathetische Figur.

Nachdem ich Lillas Zimmer aufgeräumt hatte, hatte ich einen ganzen Tag nur dagesessen und geweint. Erstaunlicherweise hatten mir die Tränen aber gutgetan, als wäre ich mit ihnen etwas losgeworden und hätte dadurch plötzlich wieder Platz für Energie und Tatendrang. Am einfachsten wäre es natürlich gewesen, einen meiner Onkel anzurufen und zu fragen, was er wusste.

Ich konnte mich aber nicht daran erinnern, dass Lilla jemals viel mit ihren Brüdern zu tun gehabt hätte. Sie trafen sich immer nur auf irgendwelchen Familienfesten. Onkel Ove und Onkel Oscar waren erfolgreich. Erst als Gründer einer Elektronikfirma, dann als Investoren, die ihr Geld sowohl in Immobilien als auch in diverse andere Gesellschaften gesteckt hatten.

Ich hatte reichlich schlechte Erinnerungen an diese Familienfeste, insbesondere aus meiner Jugendzeit. Meine Onkel hatten zusammen sieben Kinder. Fünf Mädchen, von denen zwei ein Jahr jünger als ich waren, zwei im gleichen Jahr geboren worden waren und eines ein Jahr älter war. Das Ganze endete häufig damit, dass ich mich im Bad einschloss, wo ich allein sein und weinen konnte, ohne dass mich jemand sah. Alles an mir war irgendwie falsch, und was ich sagte, war offensichtlich so dumm, dass sie tuschelnd die Augen verdrehten. Niemand lachte, wenn ich einen Witz zu machen versuchte, und ich wurde auch nie gefragt, ob ich mit ihnen spielen oder irgendetwas unternehmen wollte. In ihrer Gesellschaft fühlte ich mich wie eine Aussätzige, wenn sie mich denn überhaupt beachteten.

Ich hatte mir früher keine Gedanken darüber gemacht, aber jetzt fragte ich mich, ob Lillas Beziehung zu ihren Brüdern ähnlich gewesen war. War auch sie nie gut genug gewesen? Wussten sie, dass ihr Vater ein deutscher Soldat war? Wussten das alle außer mir?

Der Gedanke entwickelte mit der Zeit einen dunklen Sog, er ging mir nicht mehr aus dem Kopf, womit ich mich auch beschäftigte. Im Gegenteil, er wuchs heran und rief lang zurückliegende Geschehnisse und Episoden in mir wach.

Großmutter war die Letzte, die auf der Insel beerdigt wurde. Sie hatte nach Großvaters Tod einen Brief an den Pastor geschrieben, in dem sie um eine Trauerfeier in der Inselkirche bat und erklärte, neben Großvater beerdigt werden zu wollen. Sie hatte im Detail beschrieben, wie alles ablaufen, welcher Pastor predigen und welche Musik gespielt werden sollte, ja sogar den Sarg und den Blumenschmuck hatte sie vorher bereits ausgesucht. Er war rot mit glänzenden Messinggriffen – ein ganz außergewöhnliches Modell. Alle Kränze und Blumengebinde bestanden aus rosafarbenen Rosen. Rot und Rosa, eine seltene Kombination, die aber gut zu ihr passte. Während wir sangen »Wir sind nur Gast auf Erden«, dachte ich, dass sie das wohl nur selten so empfunden hatte. Den größten Eindruck auf mich machte aber ein Gedicht von Märta Tikkanen aus dem Buch »Die Liebesgeschichte des Jahrhunderts«. Der Pastor sprach die Worte:

Du musst stark sein
sagen manchmal
Leute zu mir

Und ich denke
an alles, was passiert ist –
vielleicht bin ich stark

Ja, es mag wohl sein
Ich bin wohl stark

Starke Menschen lassen sich nicht beugen
Sie werden gebrochen

oder zerbrechen

Mehr sagte er nicht. Keine Ansprache, nur dieses Gedicht.

Gebrochen und zerbrechen? Hatte sie deshalb getanzt? Um nicht zu zerbrechen oder gebrochen zu werden?

Eine andere Erinnerung tauchte in mir auf. Eine unangenehme Szene. Von dem Abend nach Großmutters Beerdigung. Nachdem wir alle Gäste am Kai verabschiedet hatten, hatte Lilla sich betrunken. Und genau in dem Moment hatten es meine Onkel für passend empfunden, über die Verteilung des Erbes zu reden.

»Wir haben schon alles vorbereitet«, sagte Onkel Ove.

»Schließlich treffen wir uns ja so selten«, fügte Onkel Oscar hinzu. »Deshalb dachten wir, dass es vielleicht gut wäre, die Gelegenheit zu nutzen und die Sache direkt hinter uns zu bringen.«

»Wir haben einen Anwalt gebeten, den Nachlass durchzugehen und die notwendigen Dokumente vorzubereiten«, sagte Onkel Ove.

Lilla saß auf einem der Sessel am Fenster und hielt ein volles Glas Rotwein in der Hand. Ihr Blick wurde dunkel und trotzig.

»Anwalt?«, schnaubte sie. »Was für ein Anwalt?«

Meine Cousinen tauschten Blicke aus. Ich war peinlich berührt.

»Ein guter Anwalt«, sagte Onkel Ove steif und holte einen Stapel Papiere aus seiner Aktentasche. Er reichte sie Lilla. Sie machte keine Anstalten, die Unterlagen entgegenzunehmen, weshalb er sie schließlich mir gab. »Wie viel bekomme ich?«, fragte Lilla und versuchte aufzustehen, fiel dann aber schwer auf den Sessel zurück. Meine Cousinen hätten fast losgebrüllt vor Lachen. Sie konnten sich kaum noch beherrschen.

»Lass mich sehen …«, begann Onkel Ove.

»Bla, bla, bla«, schimpfte Lilla. Ein Schnauben kam über ihre Lippen, als sie den nächsten Schluck trank.

Onkel Ove ließ sich nicht beeindrucken. »Alles wird durch drei geteilt, abgesehen von den Aktien der Reederei, in der Vater gearbeitet hat, und dem Haus.«

In diesem Moment hatte ich mir gewünscht, Jahn wäre hier. Er wäre ihnen gewachsen gewesen, hätte ihnen widersprechen können und gewusst, was zu tun war. Aber er war an diesem Tag irgendwo auf Reisen.

»Wie viel bleibt für mich übrig?«, Lilla war den Tränen nahe.

»Schauen wir mal …« Onkel Ove setzte seine Brille auf und begann durch die Papiere zu blättern. Als wüsste er es nicht ganz genau.

»Hier ist es«, sagte er. »Insgesamt sind das fünfhundertundfünfundfünfzigtausend Kronen. Eine schöne Summe, nicht?« Er lächelte fragend in meine Richtung.

Ich antwortete nichts.

»Wir haben gedacht, dass du das Haus bekommst«, sagte Onkel Oskar zu Lilla.

»Bla, bla, bla«, antwortete Lilla.

»Klar, ihr braucht ja vermutlich keine weiteren Ferienhäuser«, sagte ich. »Und ihr nehmt dann die Aktien?«

»Ja, wir haben das überprüft, das ist eine ziemlich gerechte Verteilung. Wir erben die Wertpapiere, und Lilla bekommt das Haus. Die Immobilie ist mindestens genauso viel wert wie die Aktien.« Er zeigte auf die Papiere. »Das steht alles hier drin.«

Lilla unterschrieb die Vereinbarung. Ich versuchte ihr

das auszureden und bat sie, abzuwarten und nachzudenken. Riet ihr, vielleicht noch einen anderen Anwalt zu beauftragen und die Werte von Aktien und Haus neu schätzen zu lassen, aber sie lehnte ab. Nachdem sie unterschrieben hatte, sah sie zu ihren Brüdern und sagte: »Verschwindet! Ich will euch nie mehr sehen!«

Nachdem sie gefahren waren, saß sie für den Rest des Abends vor dem Fernseher auf dem Sofa und trank, wobei sie immer mehr in sich zusammensackte. Dann begann sie zu weinen. Ich fragte sie, warum sie so traurig sei und an was sie denke, sie sagte aber nichts. Gegen Mitternacht brachte ich sie dann nach oben ins Bett.

»Entschuldige«, sagte sie.

»Wofür?«

»Dass ich die bin, die ich bin.«

Worte wie diese sahen ihr gar nicht ähnlich. Sie war nicht der Mensch, der um Verzeihung bat.

Ich saß eine Weile mit dem Handy in der Hand da, dann wählte ich Onkel Oves Nummer. Ich hatte sie in dem kleinen Buch mit Telefonnummern gefunden, das im Flur neben dem Telefon lag.

»Hallo. Hier ist Juni«, sagte ich, als er sich meldete.

»Oh, hallo, Juni. Das ist eine Überraschung.«

Wir redeten erst über dies und das, und er drückte mir sein Bedauern aus, dass er nicht zu Lillas Beerdigung hatte kommen können. Ich erzählte ihm, dass ich auf der Insel sei, behauptete, von der Arbeit freigestellt zu sein, um das Haus ausräumen zu können.

»Oh ja«, sagte er lachend. »Da gibt es bestimmt einen Haufen alten Kram zu entsorgen.«

»Ich habe ein paar Sachen gefunden, die mich stutzig gemacht haben«, sagte ich.

»Ja?«

Seine Stimme hatte mit einem Mal einen anderen Klang angenommen. Wachsamer, aber vielleicht bildete ich mir das auch nur ein, weil mir vor dem graute, was ich sagen wollte. Ich erzählte ihm von dem Foto von Großmutter mit dem deutschen Soldaten und dass Lilla zur Welt gekommen war, bevor Großmutter Großvater geheiratet hatte.

»Willst du damit sagen, dass …?«, fragte er irritiert.

»Ich … ich frage mich einfach, wie das alles zusammenhängt.«

»Was zusammenhängt?« Seine Stimme war nun weder abwartend noch irritiert. Er war wütend. »Was du da andeutest, ist unerhört. Wie kannst du Mutter auf diese Art in den Dreck treten, was erlaubst du dir eigentlich?«

»Ich …«

»Ich will nichts mehr davon hören.«

»Ich will doch nur herausfinden …«

Klick, und weg war er.

Ich sah zu der halbvollen Rotweinflasche, die auf dem Küchentisch stand und mich verlockend anschaute. Nein, dachte ich und ging auf den Flur. Verdammt nochmal, jetzt mach etwas Positives!

Also griff ich nach meinen Joggingschuhen.

Es war später Nachmittag, und die Sonne senkte sich bereits zum Horizont. Ich ging nach unten zum Wasser, bog auf den Pfad ein, der zur südlichen Landspitze führte, und begann zu laufen. Mein Körper setzte sich knirschend zur Wehr. Reiß dich zusammen, rief ich mich innerlich zur Ordnung – ein Echo der Worte, die ich so oft an Lilla gerichtet hatte.

Ich lief nah am Wasser entlang, mit Aussicht auf Fjord und Festland, kletterte über Steine und spazierte über abgelutschte Felsen weiter bis zu dem Steinhaufen am äußersten Ende der Landzunge. Auf dem Rückweg folgte ich dem Pfad an der Meerseite, wo die Brandung an die Felsen klatschte. Mit einem Mal stand ich vor einer Gruppe Schafe. Als ich noch klein war, hatte es hier viele Schafe gegeben. Jetzt gab es auf der Insel keine Bauern mehr, die Tiere mussten also jemandem auf dem Festland gehören. Sie glotzten mich eine Weile an, wie nur Schafe das können. Dann versuchten sie, Reißaus zu nehmen, liefen dabei aber direkt vor mir her und wurden immer panischer. Erst als ich anfing, sie auch noch lauthals zu scheuchen, merkten sie, dass es vielleicht klüger war, den Weg zu verlassen.

An der Nordspitze lief ich hinauf bis zum höchsten Punkt der Insel, Storetua, von wo aus ich einen Rundumblick hatte. Weit hinten am Horizont sah ich ein Kreuzfahrtschiff. Anschließend passierte ich den Friedhof in der Inselmitte, den man dort angelegt hatte, wo die Erdkrume am dicksten war. Auch ein paar Laubbäume und einige windgepeitschte Kiefern wuchsen unweit davon. Der Friedhof war von einem Steinwall umgeben. Hinter dem schmiedeeisernen Tor lag eine kleine Totenhalle, in der früher die

Verstorbenen aufgebahrt worden waren, wenn der Boden im Winter zu tief gefroren war, um sie zu begraben. Jetzt wurde das Haus als Geräteschuppen genutzt.

Es war schon fast dunkel, als ich zurück zum Haus kam. Ich war mehr als eine Stunde unterwegs gewesen und fühlte mich so stark wie schon lange nicht mehr. Nachdem ich geduscht hatte, setzte ich mich an den Küchentisch, auf dem noch die Fotos und Briefe lagen. Ich betrachtete die blaue Keramikfigur von Mutter und Kind, die ich aus Lillas Zimmer geholt und auf die Fensterbank gestellt hatte. Hatte sie überlegt abzutreiben, als sie mit mir schwanger war? Ich verdrängte den Gedanken und nahm den Brief von Sonja Irgens. Lebte sie noch? War es möglich, mit ihr in Kontakt zu kommen? Nach einem kurzen Zögern wählte ich die Nummer der Auslandsauskunft.

Es gab zwei Frauen mit Namen Sonja Irgens in Hannover, aber keine an der Adresse, die auf der Weihnachtskarte stand. Die erste, die ich anrief, hörte sich wie eine ältere Frau an, aber sie war nie in Norwegen gewesen. Die andere war, dem Klang der Stimme nach, eine junge Frau. Mein Schuldeutsch war sehr begrenzt, aber zum Glück sprach die Frau Englisch. Ich erklärte ihr mein Anliegen.

»*Oh yes!*«, platzte sie heraus. »*I understand.* Sie suchen nach meiner Großmutter, sie stammt aus Norwegen.«

Ich konnte vor Aufregung nicht mehr still sitzen und lief in der Küche auf und ab. »Wie kann ich sie erreichen?«, fragte ich.

»Es tut mir leid, aber Großmutter ist letzten Winter gestorben«, sagte sie. »Um was geht es denn?«

Ich erzählte ihr von dem Brief, sagte, dass meine Großmutter tot sei und ich einfach gerne gewusst hätte, woher sie sich kannten. »Erinnern Sie sich, ob Ihre Großmutter jemals eine Norwegerin namens Tekla erwähnt hat?«

»Nein, … ich glaube nicht«, sagte sie. Es tat ihr leid, dass sie mir nicht helfen konnte.

Resigniert legte ich auf. Es war zu spät.

Meine einzige Spur zu einem Menschen in Deutschland, der Großmutter gekannt hatte, war damit buchstäblich tot.

17

Erschöpft und zerschlagen krochen Tekla und Otto aus dem Laderaum. Sie hielt sich die Hand über die Augen und schirmte das Licht ab, obwohl der Himmel bewölkt war. Niemand redete, nur das Weinen der Kinder schnitt durch die Stille. Die Erleichterung, die Tekla empfand, stand auch in die Gesichter um sie herum geschrieben.

Teile der Kaianlagen waren zerbombt, Kräne lagen am Boden, und mehrere große Gebäude waren dem Erdboden gleichgemacht worden. Drei Lastwagen standen wie schwarze, ausgebrannte Metallskelette im Hafen, und etwas entfernt ragte der Bug eines Schiffes aus dem Wasser.

Otto wollte etwas herumgehen, um mehr von Kiel zu sehen. Der Wind war so stark, dass Tekla sich ihren Schal um den Kopf band. Sie kamen um die Ecke eines Lagergebäudes und blieben stehen. Teklas Blick ging zu Otto. Zuerst sah sie nur seine Überraschung, dann presste er die Lippen zusammen, und seine Kiefer bewegten sich ein paar Sekunden stumm. »Mein Gott!«, flüsterte er schließlich.

Alle Häuser waren weg, die Straße nur noch ein schmaler Pfad zwischen Bergen von Schutt. Mancherorts standen noch die Reste von Schornsteinen, Balken und Holzteile waren verkohlt, und Telefonmasten lagen mit zerrissenen Kabeln kreuz und quer zwischen den Trümmern. Der Gestank der Fäkalien mischte sich mit dem beißenden Rauch einzelner kleiner Feuer. Tekla bedeckte Mund und Nase mit dem Kragen ihres Mantels.

»Ich hatte ja keine Ahnung ... dass es ... dass es so schlimm ist«, sagte Otto.

Sie gingen weiter und bemerkten erst jetzt die kleinen Öffnungen in den eingestürzten Gebäuden. Sie führten in Keller, in denen Menschen ein und aus gingen. Fast alle trugen irgendwelche Sachen: Möbel, Matratzen, Eimer mit Wasser oder Bündel von Zweigen und Brennholz. Langsam gingen sie an einer Frau vorbei, die in einem Kessel rührte, der auf einer Feuerstelle aus Trümmersteinen stand. Neben ihr saß ein sechs- oder siebenjähriger Junge mit einem kleinen Kind auf dem Schoß. Keiner der beiden hatte Schuhe an den Füßen.

Etwas entfernt saß ein Mann in einem Sessel, seine Augen waren geschlossen, und er hatte den Kopf nach hinten gelehnt. Er rührte sich nicht, und Tekla fragte sich plötzlich, ob er tot sei. Denn sein Gesicht war staubgrau, und die Hände auf seinem Schoß bestanden nur noch aus Haut und Knochen.

Sie folgten einem Pfad über einen Berg aus Sand und Steinen. Tekla hörte Otto seufzen, als er ein paar Häuser erblickte, die noch unbeschädigt aussahen. »Nicht alles ist dem Erdboden gleichgemacht worden«, sagte er.

»Es sieht so aus, als würden die Menschen auf der Straße wohnen«, erwiderte Tekla.

»Sie haben nichts mehr, wo sie hingehen können«, antwortete er. »Bestimmt sind aber nur die großen Städte so zerbombt worden«, sagte er. »Zu Hause ist es sicher besser.«

Zu Hause? Sie hatte sich nie zuvor so fremd gefühlt. Und wie konnte er sich sicher sein, dass es dort anders war, wenn er doch auch nicht gewusst hatte, wie es hier aussah?

»Ja, bestimmt wird alles gut, wenn wir nach Demmin kommen«, sagte sie.

Nach vier Stunden in Kiel kamen endlich die Busse, die sie zu einem Park in Hamburg bringen sollten. Das Gelände wurde als Transitlager für Tausende von Soldaten und deren Frauen und Kinder genutzt, die aus den vormals von den Deutschen besetzten Ländern zurückkehrten.

Vor dem Eingang der Baracken hingen Eimer mit Reinigungsmitteln. Sie bekamen eine Blechwanne zum Waschen, und vor den Türen lagen Berge von Decken. Die Schlafsäle waren mit Etagenbetten ausgerüstet und boten Platz für jeweils vierzig Menschen.

»Beeil dich!«, rief Sonja Tekla zu. »Nehmt mehr Decken, als ihr braucht.«

Tekla verstand nicht ganz, warum, tat aber, was ihre Freundin sagte. Als sie die Baracke als zwei der Ersten betraten, stürzte Sonja sofort los, um das Bett in der hinteren Ecke am Fenster für sich und Stephan zu sichern. Tekla und Otto bekamen das Bett daneben. Sonja hängte die zusätzlichen Decken auf und baute eine Art Zelt, in das niemand hineinsehen konnte, und Tekla tat es ihr gleich.

»So!«, sagte Sonja zufrieden. »Jetzt haben wir wenigstens ein bisschen Privatsphäre.«

Das Bettzeug widerte Tekla an. Sie fragte sich, wie viel Ungeziefer und Hinterlassenschaften anderer Menschen wohl in den mit Stroh gefüllten Kissen steckten. Sie hatten weder Kissen- noch Bettbezüge, bloß Decken, und für einen Moment musste sie an ihr Bett zu Hause denken. Die weiche Decke mit dem frisch gewaschenen Bettzeug, das zum Trocknen in einer lauen Sommerbrise gehangen hatte. Sie suchte ein Hemd von Otto und einen Unterrock von sich heraus und legte sie um die Kissen.

Hinter der Baracke war die Latrine. Doch als Tekla aufs Klo musste, bemerkte sie, dass es keine Trennwände gab, ja dass nicht einmal der Männerbereich von dem der Frauen abgeschirmt war. Vor Entsetzen gelähmt, sah sie Frauen und Männer auf dem Balken sitzen und wandte sich angeekelt ab. Erst als es dunkel wurde, ging sie zurück und setzte sich auf eines der Löcher, ohne die anderen anzusehen.

Die Nacht war alles andere als still. Überall hörte sie Schnarchen, Husten und Räuspern. Die Menschen putzten sich die Nasen und niesten, Kinder weinten. Nach einer Weile stand sie auf. Sie sehnte sich nach einer Dusche. Noch im Hellen hatten sie herausgefunden, dass es im Lager nur wenige Duschen gab, weshalb sie den Entschluss gefasst hatte, mitten in der Nacht zu duschen, wenn alle schliefen. Doch als sie zu dem Sanitärgebäude kam, war die Schlange so lang, dass sie erst nach Stunden an der Reihe gewesen wäre. Ernüchtert ging sie zurück in die Baracke und kroch unter die Decke. War es wirklich erst einen Monat her, dass sie zu Hause in der Badewanne ihrer Eltern untergetaucht war und ihren Körper mit einer wohlduftenden Seife gewaschen hatte?

Es kam ihr so vor, als wäre das alles nicht nur eine Ewigkeit her, sondern wie ein Einblick in das Leben einer anderen.

Jeden Morgen erhielten sie zwei Scheiben Brot und eine Tasse Ersatzkaffee. Um zwölf Uhr gab es Mittagessen, das sie sich in einer Blechdose holten. Meistens handelte es sich um eine warme Suppe oder eine Grütze, die nach nichts schmeckte. Abends gab es dann wieder Brot, manchmal mit einem Stückchen Wurst.

Die Tage verliefen alsbald nach einer festen Routine. Tekla und Sonja fanden ein paar Seilreste, die sie zu einer Wäscheleine zusammenbanden und zwischen zwei Bäumen aufspannten. Abwechselnd bewachten sie die aufgehängte Wäsche, da die Menschen im Lager wie die Raben stahlen.

Die Soldaten, die keine Familie bei sich hatten und aus der Nähe kamen, wurden als erste entlassen. Wer nach Osten wollte, musste mehrere Wochen bleiben. Es kursierten Gerüchte, dass die Verhältnisse dort noch schlechter waren als im Westen. Doch kaum jemand konnte sich vorstellen, dass ein Noch-schlechter überhaupt möglich war.

Der menschliche Verfall im Lager erschütterte Tekla;

wie schnell manche Leute ihre Würde verloren und Sachen taten, die sie zuvor niemals getan hätten, war ihr unbegreiflich. Die Scham legte aber auch sie schnell ab und saß neben den anderen auf der Latrine und verrichtete ihre Notdurft. Viele schien es auch nicht zu kümmern, dass alle – Männer wie Frauen – sie sehen konnten, wenn sie sich auszogen und wuschen. Manche Paare schliefen sogar in der Baracke miteinander. Und eines Nachts, als sie nicht schlafen konnte, weil eines der Kinder weinte, hörte sie, wie jemand einfach auf den Betonboden pinkelte.

Auch Hamburg war ein schrecklicher Anblick, noch schlimmer als Kiel. Sie durften sich frei außerhalb des Lagers bewegen, und ein paar Tage nach ihrer Ankunft gingen Tekla und Otto durch die Stadt, sahen aber nicht ein einziges heiles Haus, nur enorme Haufen aus Ziegeln, Beton und ausgebranntem Material. Überall roch es nach Moder, Verwesung und Exkrementen. Der Rauch der zahllosen offenen Feuerstellen blieb einem in den Kleidern hängen. Die Wasserleitungen waren zerstört, und die Toiletten funktionierten nicht richtig, doch nur an wenigen Stellen waren provisorische Latrinen errichtet worden.

Viele Straßen waren gesperrt, weil einzelne Steinen sich aus den Ruinen zu lösen und herabzustürzen drohten. An den Häuserecken florierte der Schwarzhandel. Männer mit Handkarren verkauften Kartoffeln und Karotten oder tauschten sie gegen Wertsachen oder andere Waren ein. Tekla bemerkte ein sechzehn- oder siebzehnjähriges Mädchen, das sich langsam an einen Händler heranpirschte. Plötzlich rannte sie los, schnappte sich eine Karotte und wollte weglaufen. Sie war aber nicht schnell genug. Der Mann packte sie, riss sie zu Boden, nahm ihr die Karotte aus der Hand und schimpfte auf sie ein. Das Mädchen blieb noch eine Weile am Boden liegen, bis es sich aufrappelte. Ihre Kleider waren steif vor Dreck, das Gesicht blass und die Haare zerzaust und fettig.

Gleich daneben kam eine alte Frau aus einem Loch in der Wand gekrochen. Sie schwankte, versuchte, auf den Beinen zu bleiben, musste sich dann aber auf einen Stein setzen. Sie stützte den Kopf in die Hände.

Es kann doch nicht sein, dass es im Osten noch schlimmer ist, dachte Tekla. Wie soll das denn gehen? In Demmin ist es bestimmt anders. Ganz bestimmt.

18

Großvaters Bootshaus war außen rot gestrichen, innen waren die Wände aber vom Alter grau geworden und schluckten das Licht der einzelnen schwachen Glühbirne. Ich öffnete die Tür zum Wasser, kein Windhauch ging, dafür nieselte es leicht. Meine Lungen füllten sich mit der frischen Meeresluft, während hinter mir die übliche unverwechselbare Mischung aus Teer, Motoröl, Diesel und ausgenommenem Fisch aus dem Holz zu strömen schien. Alles erinnerte an Großvater.

Ich sah ihn vor mir, wie er in der offenen Tür zum Meer hin auf einem Hocker saß. Die Zungenspitze ragte aus seinem Mundwinkel, während er konzentriert die Netze flickte, die Nadel durch eine Masche zog und einen Knoten band. Immer wieder hielt er das Netz ins Licht und nickte vor sich hin. Dann machte er eine Pause, zündete seine Pfeife an und paffte, bis sie richtig qualmte, wobei er zufrieden über den Hafen blickte.

Ich wich von der Tür zurück, als ich einen Außenborder hörte. Ein offenes, weißes Sportboot näherte sich dem Land. Der Mann an Bord vertäute es neben Alfreds alter hölzerner Snekke und wuchtete das Gepäck an Land. Es sah nach einem kompletten Umzug aus.

In meiner Erinnerung war auch Großvaters Boot solch ein 15 Fuß langer Außenborder. Aber auf dem Trailer im Bootshaus stand ein 22 Fuß langes Polar. Blau-weiß mit Teakdeck und innenliegendem Motor. Die Persenning lag zusammengefaltet auf einem der Sitze. Unter Deck gab es vorn im Bug zwei Schlafplätze. Dieses Boot konnte mich jederzeit zur Insel und zurück bringen, und wenn es wärmer wurde, könnte ich im Schärengarten Ausflüge machen und irgendwo über Nacht bleiben. Großmutter hatte davon gesprochen, dass er sich ein neues Boot kaufen wollte, ich wusste aber nicht, dass er es wirklich getan hatte. Für die schnellen modernen »Schärenjeeps« mit ihren angeberischen Aufbauten hatte Großvater immer nur ein verächtliches Schnauben übriggehabt. Stattdessen hatte er sich eine traditionelle, kleine Snekke aus Kunststoff mit hübschen Linien zugelegt.

Das Boot konnte mit dem Trailer zu Wasser gelassen werden, und während ich mich fragte, wie der Mechanismus funktionierte, hörte ich draußen Schritte. Der Mann mit dem weißen Boot hatte zwei Sackkarren geholt, die hier jeder hatte. Ich beobachtete ihn, während er einen Koffer, mehrere Rucksäcke und ein paar Kisten auf die Karren lud. Als er fertig war, setzte er sich auf die Treppe der Mole. Es hatte zu regnen aufgehört, und er nahm die Kapuze ab. Er drehte mir den Rücken zu, ich sah aber seine halblangen, blonden Haare. Wer war er? Und was wollte er hier mit all dem Gepäck?

Ich wartete, bis er gegangen war, ehe ich mich wieder dem Boot zuwandte. Der Trailer war per Stahlseil mit einer Winde verbunden, mit der man ihn ins Wasser hinunterlassen konnte. Und nach einigem Kurbeln begann das Boot tatsächlich zu schwimmen. Eine kindliche Freude breitete sich in mir aus, aber ich hatte vergessen, das Tau an Land zu befestigen. Das Wasser reichte mir schließlich bis zur Hüfte, als ich das Boot endlich zu fassen bekam.

»Brauchen Sie Hilfe?«

Der fremde Mann stand in der Tür des Bootshauses und beobachtete, wie ich mit dem Boot im Schlepptau wieder an Land watete.

»Nein, alles okay«, erwiderte ich.

»Das kann da so aber nicht liegen, sonst stößt es an die Steine. Sie müssen es draußen festmachen.« Er zeigte auf eine Boje. »Machen Sie es an der fest. Da liegt es gut.«

»Ja, verstehe«, log ich.

Er nahm ein Tau, das ich noch nicht bemerkt hatte. Es hob sich aus dem Wasser, als er daran zog, und war allem Anschein nach an der Boje befestigt.

»Ich helfe Ihnen«, sagte er. Noch ehe ich etwas erwidern konnte, war er auf das Boot geklettert, zog sich an dem Tau in Richtung Boje, knotete das Boot daran fest, zog sich zurück und sprang an Land. Dann nahm er das andere Ende des Taus und zog das Boot an die Boje.

»So!« Er wischte sich die Hände an den Hosenbeinen ab und reichte mir die Hand. »Georg Alsaker«, sagte er lächelnd.

Es war ein höfliches Lächeln, wie man es Fremden schenkt, aber trotzdem wirkte er dabei etwas verlegen.

Oder war er nur reserviert? Ich stellte mich vor, wobei mir unangenehm bewusst wurde, dass mir die nassen Klamotten am Körper klebten.

Gemeinsam gingen wir zu den Häusern, bis wir vor meinem Gartentor stehen blieben. Ich hatte keine Lust, ihn auf einen Kaffee einzuladen, tat es aber trotzdem. Man sollte sich wie ein zivilisierter Mensch aufführen, sagte ich mir, auch wenn man vor der Zivilisation geflohen ist.

Während ich den Kaffee aufsetzte, erzählte Georg, dass er an einer Doktorarbeit in Geschichte arbeite. Er wollte sie hier auf der Insel schreiben und dabei Alfreds Nachbarhaus renovieren, das er von seinem Onkel geerbt hatte.

»Dann werden Sie eine Weile hier sein?«, fragte ich.

»Ja, ich denke schon«, antwortete er.

Nun, dachte ich. In ein paar Wochen, wenn die Ferien begannen, würden ohnehin viele Menschen auf der Insel sein. Neben den Urlaubern kamen dann auch jene, die den Sommer über hier wohnten und zur Arbeit in die Stadt pendelten. Die Häuser wären dann voller Menschen, Familien mit Kindern, die laut schreiend herumrannten, Jugendliche, die abends auf der Mole mit ihrer lauten Musik die Stille störten.

»Haben Sie Familie?«, fragte ich.

»Nein«, erwiderte er kurz und sah auf seine Hände. Strich die eine über die andere. Dann lächelte er wieder sein steifes Lächeln. »Wie lange planen Sie, hier zu bleiben?«

»Ich bin erst neulich hier rausgezogen«, hörte ich mich selbst sagen. Und spürte schlagartig, dass es so war. Ich würde mir keine Wohnung kaufen, wie ich es gedacht hatte. Ich würde hier wohnen bleiben.

»Ui, nicht schlecht«, sagte er überrascht. »Ziemlich abseits der Wege. Wollen Sie auch im Winter hier leben?«

»Ja«, sagte ich.

Vielleicht ist es so, dass man manchmal nicht weiß, was man wirklich denkt, wenn man so lange alleine ist. Und erst wenn einem die Worte über die Lippen kommen, realisiert man, was im eigenen Hirn eigentlich vor sich geht.

»Das wird nicht einfach«, sagte er.

»Es wird schon gehen«, erwiderte ich.

»Klar«, sagte er, als läge das irgendwie auf der Hand.

»Ich habe … nun, wie soll ich das sagen … ich brauche wohl eine Pause von all dem Stress, all den Anforderungen.«

»Verstehe«, sagte er nickend und sah mich lange an. »Dann sitzen wir irgendwie im selben Boot.«

»In welchem Boot?«

»Ich brauchte auch ein bisschen Abstand.«

»Wir sind nicht im selben Boot, wir sind auf derselben Insel, und die ist ziemlich einsam«, sagte ich lächelnd.

»Und wer bin dann ich? Freitag?«

»Nein, ich bin Freitag, und Alfred ist Robinson Crusoe. Sie kennen Alfred?«

»Ja«, antwortete er und fügte hinzu: »Dann bin ich Donnerstag.« Seine Stimme war auf einmal voller Lachen, bis sein Lächeln wieder zurückhaltend wurde. »Tja, wenn Sie mal Lust auf einen Kaffee haben, müssen Sie einfach nur vorbeikommen.«

Der würde mir die Tür schon nicht einrennen, dachte ich erleichtert. Nun, umso besser. Denn außer Robinson Crusoe brauchte ich niemanden zum Kaffeetrinken.

19

Sodom und Gomorra, dachte Tekla, als Otto und sie auf der Ladefläche eines überfüllten Lastwagens saßen und durch Hamburg fuhren. Während des Konfirmationsunterrichts hatte der Pastor ihnen aus dem Alten Testament vorgelesen, wie Gott Feuer und Schwefel über die Städte hatte regnen lassen und alles zerstörte, um die Menschen für ihre Sünden zu bestrafen.

Wie konnte Otto sicher sein, dass es in Demmin so viel besser war, wenn er nichts von seiner Familie gehört hatte? Irgendwie spürte sie, dass er das nur sagte, um sie zu beruhigen, denn das Entsetzen und die Angst vor dem, was vor ihnen liegen könnte, sprach auch aus seinen Augen. War auch Demmin bombardiert und ein Opfer der Flammen geworden? Was war mit dem Hof? Sie hatten Gerüchte gehört, dass Gutsbesitzer wegen ihrer antikommunistischen Einstellung von den Russen verhaftet worden waren. Wie ging es seinen Eltern und seiner Schwester? Und seinem Bruder Niklas? War er bereits aus dem Krieg zurück?

Nach einer Stunde Fahrt hielten sie an einem kleinen Bahnhof und kletterten vom Lastwagen. Es war herrlich, endlich in einem richtigen Zug zu sitzen, und auch eine große Erleichterung, durch eine Landschaft voller grüner Wiesen und Sommerblumen zu fahren. Zwischendurch sahen sie aber auch immer wieder die Spuren des Krieges. Zerbombte Gebäude und ausgebrannte Autowracks, Panzer und anderes Kriegsmaterial, das an den Straßenrändern vor sich hin rostete.

Sonja und Stephan und zwei andere deutsch-norwegische Paare, die sie im Lager in Hamburg kennengelernt hatten, waren im Westen geblieben. Stephan war eine Arbeitsstelle in einem Krankenhaus in Hannover angeboten worden. Sie waren dorthin aufgebrochen, als Tekla und Otto sich in den Zug gen Osten gesetzt hatten. Tekla sagte nicht, dass auch sie am liebsten nach Hannover gefahren wäre, alles wäre so viel leichter für sie gewesen, wenn sie Sonja in ihrer Nähe gewusst hätte. Und die Gerüchte über das Elend im Osten machten ihr Angst. Es wurde behauptet, die Russen hätten Höfe und Fabriken geplündert und alle Maschinen, Fahrzeuge und landwirtschaftlichen Geräte nach Russland geschafft. Ja sogar Möbel sollten sie mitgenommen haben.

Tekla dachte, was sie nicht denken wollte: Ich will nach Hause. Zurück zu Mutter und Vater, zu dem Haus mit dem Badezimmer und dem sauberen Trinkwasser. Sie wollte sich waschen, anständiges Essen bekommen, mit Haakon über die Anhöhen reiten, mit Vater segeln und mit Eva und Bjørg ins Café gehen. Ein ganz normales Leben führen. Ohne Angst vor der Zukunft.

Sie sah nach draußen durch das Fenster, damit Otto nicht merkte, wie nah sie den Tränen war. Die Fensterscheibe war kaputt, aber das machte nichts, es war Sommer, und die Luft war warm. Der Zug wurde langsamer und hielt an einem weiteren kleinen Bahnhof. Ein Mann kletterte außen am Zug hoch, hielt sich am Fenster fest und begrüßte sie lachend.

Er ist froh, dachte sie. Er hat überlebt. Der Krieg ist vorbei, und er darf nach Hause. Vielleicht hat auch er Angst vor der Zukunft, aber er lacht trotzdem, schließlich ist er einer der Glücklichen, die es geschafft haben.

Sie nahm Ottos Hand.

Wir leben. Wir haben einander. Das ist das Wichtigste.

Dann schloss sie die Augen und tat so, als schliefe sie.

Manchmal, wenn der Zug hielt, rannte Otto nach draußen, um ihre Wasserflasche zu füllen. Essen war nirgends zu bekommen, sie hatten aber etwas aus dem Lager mitgenommen. Der Zug war immer voller geworden, mittlerweile saßen auch Menschen im Mittelgang, und oben auf der Hutablage schliefen Kinder.

Tekla nahm das Parfüm aus ihrer Tasche, benetzte ihre Fingerkuppe, hielt sie sich unter die Nase und schloss für einen Moment die Augen. Dann nahm sie ihren Skizzenblock und begann, ihren Vater im Segelboot zu zeichnen. Er stand breitbeinig am Ruder, beugte sich zu einer Seite des Bootes und sah nach Wind und Sonne. Ihre Mutter zu zeichnen, fiel ihr deutlich schwerer. In ihrer Erinnerung sah sie sie nur undeutlich vor sich. Der Bleistift bewegte sich über das Papier, und die Striche wurden zu einer Frau mit hochgesteckten Haaren und tropfenförmigen

Goldohrringen, die sich über ein Bett beugte, ein kleines Mädchen zudeckte und leise sang:

Guten Abend, gut' Nacht,
mit Rosen bedacht,
mit Näglein besteckt,
schlupf unter die Deck:
Morgen früh, wenn Gott will,
wirst du wieder geweckt.

An vielen Orten waren Männer und Frauen am Aufräumen. Sie schoben Handkarren mit Baumaterial. Putz wurde von den Ziegeln geklopft, damit sie wiederverwendet werden konnten. Mitten auf einer Straße parkte ein Rotkreuzlastwagen, hinter dem eine lange Schlange von Menschen stand, die Blechdosen in den Händen hielten. Aber all die Eindrücke, die sie aufschnappte, wurden Sekunden später bereits wieder durch andere ersetzt. Es war, wie weit oben in einem Theatersaal zu sitzen und die Vorstellung unter sich zu betrachten. Nur der Geruch störte das Gefühl der Unwirklichkeit. Es stank nach Schweiß, ungewaschenen Körpern und Kleidern, die all die Verzweiflung und Nervosität ihrer Träger auszudünsten schienen.

Für einen Moment sah sie ein paar Jungs auf einem Feld Fußball spielen. Einer von ihnen schoss ein Tor und riss die Hände jubelnd über den Kopf. Plötzlich schwappte so etwas wie eine Welle der Zuversicht durch sie. Es gab Kinder, die spielten, die etwas Normales taten.

Kurz bevor es dunkel wurde und das Licht draußen einen silberblauen Schimmer bekam, erreichte der Zug die Ostzone. Plötzlich räumte niemand mehr auf, Handkarren oder Lastwagen mit Baumaterial waren nicht mehr zu sehen.

Die Dämmerung war viel kürzer als zu Hause, aber die Dunkelheit war nicht vollkommen, nicht so tief. Sie hatte etwas Dunkelbraunes, Dunkelgrünes, Blaues, so dass sie zwischen den Häusern die Silhouetten von Menschen erkennen konnte. Manche hatten sich an offenen Feuern versammelt, die ihre Gesichter rotorange färbten. Ein alter Mann stützte sich auf einen Stock, eine Frau hielt ein Kind in den Armen, ein anderer wärmte seine Hände über der Glut.

Otto küsste sie zärtlich auf die Wange. »Bereust du es?«

»Nein«, sagte sie, denn er sollte nicht wissen, was sie dachte. Er hatte so schon genug Sorgen.

»Wenn ich all das sehe, dann … Ich denke, dass ich dich niemals mit hierher hätte nehmen dürfen.«

»Ich will da sein, wo du bist«, sagte sie.

»Die Angst um Mutter und Vater, Katharina und Niklas, den Hof, alle da zu Hause … ich weiß nicht, wie ich das ohne dich aushalten würde, Tekla.«

Sie sah zum Himmel. Es war sternenklar. Keine Wolke zu sehen. Wenn es doch nur zu regnen begänne, mittlerweile erdrückte die Hitze sie fast, und das mitten in der Nacht.

»Erzähl mir von eurem Hof, Otto.«

»Noch einmal?«

»Ja, noch einmal.«

Otto nahm ihre Hand und lächelte sie an. »Bevor wir zum Hof kommen, müssen wir über die Lindenallee, an der der kleine Teich mit den Enten und den Seerosen liegt.«

Tekla schloss die Augen, sperrte alle Sinneseindrücke aus und konzentrierte sich nur auf Ottos Stimme.

Er führte sie mit seinen Worten durch das Haus. Von der Halle ging es nach links in die große Bibliothek, in der sich die Bücher bis unter die Decke stapelten. Von dort kamen sie in den größten Raum des Hauses: das Esszimmer mit der weißen Seidentapete. Über dem langen Tisch hing ein gewaltiger Kronleuchter. Sie stellte sich vor, wie sie die französischen Türen zur Terrasse öffnete und nach draußen ging. Vor ihr lag der Garten. Sie schritt eine Treppe hinab und kam auf einen von Rosenbeeten gesäumten Pfad, der bis in den Obstgarten führte. Sie lief über das Gras zwischen den Pflaumen- und Apfelbäumen. Die Früchte waren bald reif. Etwas entfernt lag der Küchengarten von Ottos Mutter Sofie mit Zuckererbsen, Kohlrüben und Rettichen. Rechter Hand war das Haus der Mamsell und linker Hand lagen die Stallungen und die Scheune.

Otto führte sie zurück ins Haus, zeigte ihr die gediegene Küche mit dem großen Tisch auf dem im Schachbrettmuster gefliesten Boden. Dann gingen sie über die Treppe nach oben, vorbei an zahlreichen Jagdtrophäen. Sie folgten einem langen Flur, bis Otto eine Tür öffnete und sagte: Und das ist unser Zimmer.

Sie sah ein großes Bett aus dunklem Holz und eine rot-grüne Tapete. Otto ging zu einer weiteren Tür, öffnete sie und sagte mit Stolz in der Stimme: »Und hier ist ein Zimmer für all deine Sachen.«

Das Zimmer war in Gelb- und Weißtönen gehalten. An einer Wand stand ein Schreibtisch, an der anderen eine burgunderfarbene Chaiselongue und ein weißer Schminktisch mit drei Spiegeln – einem großen in der Mitte und zwei kleineren, beweglichen an den Rändern. Sie schaute durch das Fenster und ließ ihren Blick über die Felder schweifen. Auf der weitläufigen Koppel hinter dem Stall grasten die Pferde.

»Wir reiten über die Äcker bis in die Wälder. Und dann suchen wir uns ein schönes Plätzchen, wo du malen kannst«, sagte Otto. »Im Herbst wirst du sämtliche Farben deines Malkastens brauchen können.«

Tekla öffnete die Augen. »Erzähl mir von den Menschen, die dort arbeiten.«

»Als Erstes ist da die Mamsell. Sie ist schon seit bald fünfzig Jahren bei uns. Seit mein Vater ein Kind war. Sie ist verantwortlich für den Haushalt, aber für uns Kinder ist sie wie eine Reservemutter. Sie ist unverheiratet, hat keine Kinder und wohnt in ihrem eigenen Haus im Garten. Wir haben auch mehrere männliche Diener. Sie kommen und gehen, und Vater nennt sie alle nur Heinz. Er behauptet, sich nicht an ihre Namen zu erinnern, und Heinz ist dafür zuständig, dass immer alles blitzblank ist. Von den Reitstiefeln bis zum Silberzeug.«

»Und jetzt setzen wir uns noch in den Damensalon«, sagte Tekla.

»Ja, und dort spielt Katharina auf dem Flügel Chopin«, sagte Otto.

»Chopin habe ich noch nie gehört.«

»Du wirst die Musik lieben.«

Tekla sah nach draußen. Der junge Mann, der sich an den Zug geklammert hatte, war weg. Sie warf einen Blick auf die Uhr. Mittlerweile waren sie schon fast sechs Stunden unterwegs. Sie hatte sich gefragt, wie lange der Mann sich wohl würde festhalten können. Die Landschaft draußen war noch immer dieselbe: ziemlich flach, nur sanfte Hügel, mit großen Feldern und hier und da einem kleinen Laub- oder Nadelwäldchen. Für ein paar Sekunden sah sie ein totes Pferd, umringt von Menschen, die darum stritten, sich ein Stück Fleisch davon abschneiden zu können.

Mit einem Mal heulten die Bremsen auf. Sie wurden erst nach vorn geworfen, dann zurück in die Sitze, bis der Zug nach mehrmaligem Rucken stehen blieb. Menschen schrien, und Kinder begannen zu weinen.

»Ich gehe nachsehen, was da los ist«, sagte Otto und verschwand gemeinsam mit anderen Männern.

Es dauerte lang, bis er zurückkam und sich schwer neben ihr auf den Sitz fallen ließ. »Einer der Waggons ist entgleist«, sagte er. »Es ist aber niemand ernsthaft verletzt worden. Wir sollten aber trotzdem zu Fuß weiter. Es ist unmöglich zu sagen, wann die das wieder hinkriegen.«

»Wie weit ist es denn noch?«

»Ein ziemliches Stück, vierzig, vielleicht fünfzig Kilometer. So ganz genau weiß ich das nicht.«

Tekla blickte auf die Menschen, die draußen an den Schienen entlanggingen.

»Wenn die laufen können, können wir das auch«, sagte sie und stand auf.

Ein paar Kilometer weiter bemerkten sie ein Schild mit der Aufschrift »Minengefahr«. Die Kette der Menschen wurde schmaler, und Otto bat sie, dicht hinter ihm zu gehen und in den Spuren der Panzerketten zu bleiben.

Hinter ihnen ging eine Familie mit drei Kindern. Die Mutter hatte sich ein Baby mit einem Schal vor den Bauch gebunden. Auf den Schultern des Vaters saß ein kleiner Junge. Beide trugen schwere Rucksäcke und Taschen. Das älteste Kind, ein vielleicht fünf- oder sechsjähriges Mädchen, begann zu weinen.

»Ich kann nicht mehr«, jammerte es.

»Schaffst du es für eine Weile, Koffer und Rucksack zu tragen«, fragte sie Otto und deutete mit dem Kopf nach hinten. Otto nickte und nahm ihr den Rucksack ab.

»Komm«, sagte sie zu dem Mädchen. »Du darfst auf meinen Schultern sitzen.«

Zögernd nahm das kleine Mädchen ihre Hand. Es war leicht wie eine Feder, und Tekla hielt sie an den Beinen fest und spürte die Haare an ihrer Wange und die kleinen Hände an ihrem Hals.

In diesem Moment musste sie an etwas denken, das ein norwegischer Soldat in Mandal gesagt hatte: Die Deutschen leiden mindestens ebenso wie wir, der Unterschied ist nur, dass sie sich das selbst eingebrockt haben.

Überall sah sie Resignation, Verbitterung und Gleichgültigkeit in den Gesichtern der Menschen. Sie hatten niemand anderen, auf den sie ihre Wut richten konnten, denn die Katastrophe war ihre eigene Schuld.

Aber dieses kleine Mädchen kann doch nichts dafür, dachte Tekla.

20

Eine Woche nach meiner Ankunft auf der Insel stand Jahn plötzlich im Garten und beobachtete mich beim Laubharken.

Er kam mit ausgestreckten Händen auf mich zu, umarmte mich und drückte mich fest an sich. »Juni! Hier bist du! Ich habe mir solche Sorgen um dich gemacht!«

Ich stand steif da und umklammerte die Harke.

»Schicker Anzug«, sagte er und zog den Reißverschluss von Großvaters Overall herunter. »Trägst du was drunter?«, flüsterte er anzüglich, warf die Harke zur Seite und zog mich hinter sich her. Ich blieb so, wie ich in Jahns Armen immer war: fügsam, geduldig, stumm. Ich konnte nicht fliehen, hätte niemals fortlaufen können.

»Ich freue mich, wenn du nach Hause kommst«, sagte er anschließend.

Ich antwortete nicht, sondern stieg aus dem Bett. Beklommen, voller Übelkeit, zitternd.

»Du bist zu dünn, du solltest ein bisschen zulegen. Nicht viel, nur ein bisschen.«

Ich schlüpfte in den Morgenmantel und ging nach draußen.

»Wir fahren morgen nach Hause«, rief er mir nach.

Ich setzte mich auf die Treppe vor der Glasveranda. Es war ein schöner Abend, die Sonne ging langsam unter, und der Himmel war rosa. Ich fühlte mich schmutzig und schämte mich. Für einen Moment erwog ich, zu Alfred zu laufen, doch dann kam auch schon Jahn nach draußen und setzte sich neben mich.

Wieder begann er mit seinem Gerede, welche Sorgen er sich gemacht hätte. Er hatte Großvaters Cognac gefunden, trank in großen Schlucken, und seine Stimme wurde immer härter, weil ich nicht antwortete. »Warum sagst du nichts? Hast du auch nur die geringste Ahnung, wie peinlich dein Verschwinden war?« Er sah mich mit hochgezogenen Augenbrauen an. »Alle fragen, wo du bist. Eine Kollegin von deiner Arbeit hat mich angerufen und wollte wissen, wie es dir denn geht. Ob es etwas Schlimmes ist. Verstehst du, wie ich mich dabei fühle?«

Ich öffnete den Mund, um ihm zu sagen, dass ich krankgeschrieben sei, weil ich so ausgebrannt und deprimiert bin, dass es zwischen uns aus ist. Aber ich sagte nichts, es machte keinen Sinn. Seine Wut baute sich bereits auf, er redete sich mehr und mehr in Rage.

»Hörst du nicht, was ich sage?«, fragte er.

Als ich nicht antwortete, packte er meinen Arm.

»Findest du nicht, dass du mir eine Erklärung schuldest?«

Ich zog den Kopf ein, machte mich klein und öffnete den Mund, um zu sagen: Bitte, nicht schlagen! Stattdessen erbrach ich mich, und ein Teil des Erbrochenen spritzte auf die teuren Schuhe, die er im letzten Herbst in Italien gekauft hatte.

»Verdammt!«, schrie er. Der Drink fiel ihm aus der Hand, und er ließ mich los.

Ich sprang auf, schrie und rannte über die Treppe nach unten in den Garten, wo ich mich noch einmal erbrach. Ich schrie, wie ich noch nie zuvor geschrien hatte, lief zur Straße, hörte aber schon seinen Atem hinter mir. Im nächsten Moment packte er mich. Ich drehte mich um, wollte mich mit den Händen schützen, aber er erwischte mich trotzdem dicht unter dem Auge, so dass ich nach hinten taumelte. Sein nächster Schlag traf mich an der Schulter und ließ mich zu Boden stürzen. Als ich ihn das Bein heben sah, drehte ich mich auf die Seite und hielt mir die Hände schützend vor den Bauch. Sein Fuß traf mich an der Hüfte. Aus dem Augenwinkel sah ich, wie er zu einem weiteren Tritt ausholte.

Im gleichen Moment hörte ich ein Brüllen. Wie ein Schatten flog Alfreds mächtiger Körper an mir vorbei, und plötzlich lag Jahn auf dem Boden. Alfred saß rittlings auf ihm und hatte seine Arme gepackt. Gleich danach war auch Georg zur Stelle. Er rannte zu mir, als er sah, dass Alfred Jahn unter Kontrolle hatte.

»Lass mich los! Verdammt nochmal!«, schrie Jahn.

Alfred sah mich abwartend an.

Georg half mir hoch. »Halt ihn fest«, sagte ich.

Alfred schlug vor, Jahn in das kleine Klo neben der Küche zu sperren. Der Raum hatte nur ein winziges Fenster oben unter der Decke. Jahn änderte seine Taktik und flehte mich an, Alfred und Georg dazu zu bringen, ihn loszulassen. Als er verstand, dass es dazu nicht kommen würde, ließ er seiner Wut auf mich wieder freien Lauf.

Ich drehte ihm den Rücken zu, als Alfred und Georg ihn in die Toilette sperrten.

»Ich rufe die Polizei«, sagte Georg und schloss die Tür.

Ein paar Stunden später kam ein Polizeiboot mit zwei Beamten. Wir machten alle drei unsere Aussagen, und sie schossen ein paar Fotos von meinem Gesicht und meinem Körper. Als sie damit fertig waren, sagten sie, dass sie sich am nächsten Tag noch einmal bei mir melden würden.

Ich verschwand von der Bildfläche, als sie Jahn aus dem Haus führten. Versteckt hinter der Küchentür, wo ich auch immer gestanden hatte, wenn Großmutter und Lilla verbal aufeinander losgegangen waren, hörte ich, wie er erregt behauptete, ich hätte ihn angegriffen. Alfred hätte die Situation missverstanden, sie müssten doch verstehen, dass ich nicht ganz klar im Kopf sei. Schließlich sei ich einfach so verschwunden, so dass er außer sich vor Angst gewesen sei. »Sie müssen dafür sorgen, dass sie Hilfe bekommt, sie ist psychisch angeschlagen, außer Kontrolle«, hörte ich ihn sagen. »Sie hat mich angegriffen, nicht umgekehrt.«

Ich nahm eine Schere, ging ins Bad und schnitt mir die Haare ab. Direkt unter den Ohren. Jahn liebte meine langen, dunklen Haare.

21

»Du zitterst«, sagte Georg und legte mir eine Decke um die Schultern.

Auch Alfred war eine Weile geblieben, dann aber nach Hause gegangen. Georg bestand darauf, zu bleiben, obwohl es mir lieber gewesen wäre, wenn auch er mich allein gelassen hätte. Es fühlte sich an, als wäre mein Körper irgendwie zu groß für meine Haut, und ich wollte nicht, dass jemand mich so sah.

Die Tränen kamen mit einem langen, lautlosen Atemzug. Seine Arme legten sich um mich, und es fühlte sich an, als würde er mich im Fallen auffangen.

Als das Weinen und das Zittern nachließen, stand ich auf und ging auf die Glasveranda. Es war mir unangenehm, dass ein Fremder mich so sah. Georg folgte mir mit zwei Tassen Tee. Wir saßen schweigend da, und ich spürte, wie die Unruhe sich langsam auflöste. Der Abend brach herein, und auch über dem Meer verschwand der letzte Rest von Tageslicht.

»Dein Mann …?«, fragte Georg nach einer Weile. »Hat er das schon öfter gemacht?«

»Ja, das ist schon einmal geschehen«, sagte ich. »Er hat aber auch gute Seiten«, fügte ich hinzu.

Ich merkte, wie dumm das klang.

»Deshalb bist du hier«, sagte er nur. »Du bist vor ihm geflohen.«

Ich nickte.

»Und du?«, fragte ich. »Musstest du auch von jemandem weg?«

Er sah an die Decke, als suchte er dort oben nach den richtigen Worten. »Ich … ich habe gerade eine Scheidung hinter mir.«

Ich hörte einen Anflug von Trauer in seiner Stimme.

Die Dunkelheit legte sich schwer auf die Fenster. Wir sind wie zwei Schiffe in der Nacht, dachte ich und versuchte, die Stille zwischen uns zu ergründen. Sie war nicht unangenehm wie sonst zwischen Fremden.

Am nächsten Tag überprüfte Georg, ob die Haken an allen Fenstern intakt waren. Das Schloss an der Verandatür müsste ausgetauscht werden, meinte er. Es habe drinnen einen einfachen Riegel. Man müsse nur eine Scheibe einschlagen, um die Tür zu öffnen. Alfred musste in die Stadt und bot an, ein richtiges Schloss zu besorgen.

Georg hatte im Gästezimmer übernachtet. Ich fand das nicht nötig, er hatte aber darauf bestanden. Ich hörte, wie er sich im Bett umdrehte und das Licht einschaltete, nachdem ich ins Bett gegangen war. Es gab mir Sicherheit, dass er hier war.

Während Georg das Schloss austauschte, kam eine Polizistin. Sie wollte nicht nur wissen, was am Vortag geschehen war, sondern auch die ganze Vorgeschichte hören.

Georg meinte, er könne gehen, aber ich wollte, dass er blieb. Ich wollte, dass er verstand, wie ich so schwach hatte werden können. So schwach, wie er mich am Abend zuvor gesehen hatte.

Kennengelernt habe ich Jahn im Krankenhaus. Er hatte beim Joggen eine Gehirnblutung erlitten, es aber geschafft, zurück zu seinem Wagen zu kriechen, wo er dann von einem Passanten gefunden worden war. Er hatte Glück gehabt. Dank der schnellen Hilfe hatten sich die Schäden in Grenzen gehalten, aber trotzdem lag er ein paar Wochen auf der Abteilung, wo ich arbeitete, bevor er in eine Rehaklinik kam.

Er war hübsch, amüsant und extrovertiert – und er flirtete gern. Das Erste, was er zu mir sagte, nachdem man ihn von der Herz-Lungen-Maschine befreit hatte, lautete: »Darf ich Sie zum Essen einladen?« Ich glaube, dass ich mich schon in diesem Moment in ihn verliebt habe. Und gerade mal vier Monate später waren wir verheiratet.

Wie gut kennt man den Menschen, in den man sich verliebt, von dem man glaubt, geliebt zu werden? Als ich ihn traf, wirkte er offen und ganz er selbst – er war einer dieser Männer, zu denen man schnell Zugang findet. Und dann war da dieser Blick, er sah mich so voller Stolz an, mich zu besitzen. Mir gefiel das, ich wollte von ihm besessen werden, es fühlte sich gut an, die Seine zu sein. Ich war sehr verliebt, geblendet und blind von seinem Erfolg, den teuren Geschenken und den häufigen Auslandsreisen. Er war der, auf den ich gewartet hatte, das Wunder, auf das ich immer gehofft hatte. Mein Märchenprinz.

Das Leben war perfekt.

Bis wir drei Monate nach unserer Hochzeit von einem Fest nach Hause kamen.

»Du hast lange mit Christoffer gesprochen«, sagte er.

Christoffer war Junggeselle und einer von Jahns Jugendfreunden.

»Ja«, sagte ich und zog meine Schuhe aus. »Er wollte mich nicht mehr gehen lassen.« Ich lächelte.

»Du hast mit ihm geflirtet.«

»Geflirtet? Nein, jetzt hör aber auf, wir haben nur miteinander geredet.«

»Alle haben das bemerkt. Du hast dich lächerlich gemacht.«

»Du weißt doch, wie Christoffer ist«, sagte ich überrascht über die Härte in seiner Stimme.

Jahn kam zu mir. Mit Wut im Blick.

Ich wich erschrocken einen Schritt zurück. »Das ist doch nicht so wichtig.«

Er packte mich hart am Handgelenk. »Ich habe es ganz genau gesehen. Du hast Lust auf ihn. Du warst geil, gib es ruhig zu!«, fauchte er.

»Nein, Jahn, du irrst dich.« Ich stieß ihn gegen die Brust, was ihn nur noch wütender machte.

»Und wie geil du warst!«, schrie er.

Dann kam der erste Schlag. Ich fiel auf das Sofa, blieb liegen und rang nach Atem. Jahn stürmte ins Schlafzimmer und knallte die Tür zu.

Natürlich hätte ich es schon damals verstehen müssen, aber ich suchte irgendwelche blöden Erklärungen; dass er zu viel getrunken hatte und nur eifersüchtig geworden war, weil er mich so liebte.

Ich war immer gut darin, Begründungen für das Unangenehme zu finden.

Lilla mochte Jahn nicht, und sie tat nichts, um das zu verbergen. Die Ablehnung war gegenseitig. Eine psychisch kranke Schwiegermutter mit erheblichen Alkoholproblemen passte einfach nicht zu Jahns Leben. Auch Großmutter betrachtete ihn skeptisch. Jahn spürte das und fand immer wieder Ausreden, um nicht mitfahren zu müssen, wenn ich sie besuchte. Jedes Mal, wenn ich auf die Insel kam, fragte Großmutter nach ihm und erkundigte sich, warum er nicht mitgekommen sei. »Gefällt es ihm hier nicht?«, fragte sie. Ich entschuldigte sein Fehlen mit der vielen Arbeit, die er hatte. »Aber es geht euch gut zusammen?«, fragte sie dann, als spürte sie bereits, dass etwas nicht stimmte.

Die Polizistin erklärte mir, dass sie Jahn verbieten könnten, sich in bestimmten Bereichen aufzuhalten, mich zu verfolgen und telefonisch oder über andere Wege Kontakt mit mir aufzunehmen.

»Muss ich ihn dafür anzeigen?«, fragte ich. »Das kann ich nicht.«

»Nein, wir bestimmen darüber, wann ein Kontaktverbot ausgesprochen wird, aber das Gericht muss das natürlich noch beschließen. Sowohl Sie als auch Ihr Mann werden dazu vorgeladen, als Opfer sind Sie aber nicht verpflichtet zu erscheinen«, sagte sie. »Und wenn er gegen das Kontaktverbot verstößt, kann er mit einer Geld- oder Gefängnisstrafe belegt werden.«

Ich atmete einmal tief durch. Die Ausführungen der Polizistin waren eine große Erleichterung für mich. Ich sagte ihr aber nichts von meiner Schwangerschaft, die ging sie nichts an. Außerdem war ich jetzt wirklich sicher, dass ich Jahns Kind nicht austragen wollte. Der Gedanke, für den Rest meines Lebens etwas zu haben, das mich unauflöslich mit ihm verband, war ebenso erschreckend wie unerträglich.

Als die Polizistin gegangen war, setzten Georg und ich uns auf die Gartentreppe. An der Wand des Schuppens blühten die Leberblümchen, und hinten am Gerätehäuschen war der Boden gelb von Huflattich. Der Rest war Wildnis.

»Ich muss etwas mit dem Garten machen«, sagte ich. »Er war so schön, als Großvater noch lebte.«

»Ich helfe dir gerne«, meinte Georg.

22

Georg war noch am Kochen, als ich ein paar Tage später an seine Tür klopfte. Er hatte mich anlässlich des 1. Mai zum Essen eingeladen. Er gab mir ein Glas Wein. Der Tisch war bereits gedeckt und das Essen bald fertig. Eine dunkle, raue Stimme kam aus den Lautsprechern.

»Ist das Tom Waits?«, fragte ich.

»Ja«, antwortete er, und ich blieb stehen und hörte zu. *I can see that you are lonesome just like me, and I'm feeling like you'd like some company.*

»Nein, den Song habe ich nicht bewusst aufgelegt«, sagte Georg und stach lächelnd die Messerspitze in die Kartoffeln. »Aber es passt schon für zwei Leute, die auf einer Insel gestrandet sind.«

Ich nippte am Wein und ging zu einem großen Gemälde, das für sich an einer Wand hing und wie in einer Galerie angestrahlt wurde. Motiv und Technik waren mir bekannt. Es war ein Bild von Großmutter.

»Ist das nicht schön?«, sagte Georg, »Ich mag die starken Farben.«

Ich beobachtete ihn, wie er zum Tisch und wieder zurück ging. Er servierte Dorsch, den er selbst gefangen hatte, mit Kartoffeln, Karotten und Sandefjordbutter.

»Hast du von Jahn gehört?«, fragte er.

»Nein. Er hat mir nicht mal eine SMS geschickt«, sagte ich und setzte mich an den Tisch.

»Gut«, erwiderte er und deutete einladend auf die Schale mit dem Fisch.

Wir blieben lange sitzen. Georg hatte Tom Waits gegen eine meiner Lieblingssängerinnen ausgetauscht, Jennifer Warnes. Auf dem Sofa lagen schöne Kissen, auf dem Tisch und vor den Fenstern standen Teelichter, und draußen auf der Terrasse brannten kleine Lämpchen.

»Es ist sehr schön hier«, sagte ich.

»Meine Ex hat das Haus eingerichtet«, sagte er. »Als wir letztes Jahr hier waren.«

Mit einem Mal war wieder dieser verletzte Ausdruck in seinem Blick. Die Trennung schien nicht von beiden Seiten ausgegangen zu sein. Aber er sprach nicht über sie.

Der Tisch stand am Wohnzimmerfenster, von dem aus wir über das Meer blicken konnten. Der Himmel war lila mit grauen Schattierungen.

»Genau dieses Licht hat Großmutter in ihren Bildern immer einzufangen versucht«, sagte ich.

»Ich war dabei, als mein Onkel dieses Bild gekauft hat«, sagte er. »Ich habe sie damals tatsächlich sogar getroffen. Eine attraktive Frau. Sehr jung für ihr Alter.«

»Sie ist bestimmt einmal im Monat zum Friseur gegangen, hat sich die Haare färben und Strähnchen machen lassen«, sagte ich. »Ich kann mich nicht daran erinnern, dass sie auch nur einmal kurze Haare gehabt hätte. Die waren immer lang und blond. Was das anging, war sie ziemlich eitel.«

»Es war interessant, mit ihr zu reden. Sie hat darüber gesprochen, wie die Landschaft hier draußen sich verändert, war fasziniert von dem wechselnden Licht. Obwohl sie oft an den gleichen Punkten gemalt hat, waren ihre Bilder nie identisch.«

»Warst du häufig hier?«

»Nein, mein Vater und mein Onkel hatten wenig Kontakt. Ich weiß nicht, warum.«

»So etwas gibt es wohl in allen Familien«, sagte ich.

Georg nickte. »Meine Mutter ist gestorben, als ich noch klein war, und als dann auch mein Vater starb, habe ich Kontakt mit meinem Onkel aufgenommen. In den letzten fünf oder sechs Jahren war ich ein paarmal hier.«

»Komisch, dass wir uns nie getroffen haben.«

»Ja, aber ich wusste von dir.«

»Wirklich?«

»Tekla hat mir erzählt, dass du Krankenschwester bist und in Drammen wohnst, aber oft zu Besuch kommst.«

Ich erwähnte, dass in ihrem Atelier noch viele Bilder stünden. »Aber die sind anders. Dunkler und düsterer, und sie zeigen auch nicht das Meer. Wald und Wiesen, flache Landschaften und so etwas wie Ruinen. Nichts daran erinnert an die Gegend hier.« Ich stand auf. »Komm mit, ich zeig sie dir.«

Wir stellten die Bilder an die Wand. Es waren insgesamt zehn Gemälde. Georg trat einen Schritt zurück, stützte das

Kinn auf die eine Hand, den Ellbogen auf die andere und betrachtete sie.

»Und?«, fragte ich.

»Die sind wirklich anders«, sagte er.

»Was meinst du, könnten das Kriegsruinen sein?«

Georg drehte sich um und sah mich an. »Warum glaubst du das? Weißt du, was das für Motive sind?«

»Deutschland, glaube ich.«

»Hm.«

Er stand still, und sein Blick ging zwischen den Bilder und mir hin und her, während ich ihm kurz erzählte, was ich herausgefunden hatte.

»Was für eine Geschichte«, sagte er, als ich fertig war. »Weißt du, aus welcher Stadt Otto Adler kam? Wo sie hingegangen sein könnten?«

»Die Stadt heißt Demmin.«

»Nordostdeutschland«, sagte er.

»Woher weißt du das?«, fragte ich verblüfft. »Das ist nicht gerade der Nabel der Welt.«

»Ein Freund von mir wohnt in Lübeck. Wir sind einmal mit dem Zug kreuz und quer durch Deutschland gereist und haben dabei auch in Demmin übernachtet. In einer Jugendherberge. Meine Doktorarbeit handelt davon, wie unterschiedlich sich Katholiken und Protestanten zum Rechtsextremismus und Nationalsozialismus in den 1930er Jahren verhalten haben. Protestanten jenseits der Arbeiterbewegung machten den Großteil der Leute aus, die die Nazis gewählt haben.« Er sah gedankenverloren auf die Bilder. »Demmin liegt im Osten. 1945 waren da die

Russen. Mein Freund in Lübeck ist wie ich Historiker, ich kann ihn morgen mal anrufen und fragen, was er über die Stadt weiß. Vielleicht kriegt er etwas raus.«

»Hast du nicht genug andere Dinge zu tun?«

»Es ist schon lange her, dass ich das letzte Mal an meiner Doktorarbeit geschrieben habe. Das war vor meiner Scheidung …« Er unterbrach sich selbst. »Die Sache ist spannend. Eine Art Rätsel, ein Mysterium. Es wäre doch toll, wenn wir da Licht ins Dunkel bringen könnten.«

Mit einem Mal schien er von einem Eifer gepackt, den ich zuvor noch nicht an ihm bemerkt hatte, und ich spürte, dass seine Energie auch auf mich abfärbte.

23

Sie waren am frühen Morgen aufgebrochen. Die meiste Zeit hatte es geregnet, aber als sie sich an diesem Tag Anfang August Demmin näherten, brach die Sonne durch die Wolkendecke und ließ die nasse Landschaft glitzern.

Otto beschleunigte seinen Schritt, so dass Tekla kaum noch mit ihm mithalten konnte.

»Da hinten an der Kreuzung müssen wir nach links«, sagte er und streckte den Arm aus. »Dann sehen wir gleich die Brücke nach Demmin.«

Sie sah der Begegnung mit Ottos Familie mit Spannung und Nervosität entgegen. Doch als sie an der Kreuzung waren, blieben sie entgeistert stehen. Von der Brücke waren nur noch die Fundamente auf beiden Ufern geblieben, die Stahlträger sahen wie geknickte Streichhölzer aus.

»Nein, nein …«, flüsterte er.

Tekla griff nach Ottos Arm. Ihr Kopf schmerzte, ihr Bauch verkrampfte sich vor Hunger, und ihre Füße waren geschwollen. In den letzten acht oder neun Stunden hatten sie bloß ein bisschen Wasser zu sich genommen.

Sie wusste nicht, wie lange sie schweigend dastanden. Vielleicht war es eine Ewigkeit, vielleicht waren es aber auch nur ein paar Sekunden. Otto fuhr sich mit der Hand hastig über das Gesicht und schien sie überhaupt nicht mehr wahrzunehmen, als er weiterging. Unmittelbar bevor der Weg im Nichts endete, bog Otto seitlich von ihm ab und folgte dem Flussufer.

»Otto?«, sagte sie fragend.

Keine Antwort – er ging einfach weiter.

»Otto!«, rief sie und rannte hinter ihm her.

Er blieb stehen und wartete auf sie. »Dieser Fluss umschlingt fast das gesamte Stadtgebiet«, erklärte er. »Es gibt aber noch eine Brücke.«

Nach wenigen hundert Metern begegnete ihnen ein junger Mann. Otto fragte, ob die andere Brücke noch passierbar sei, aber der Mann schüttelte den Kopf.

Tekla sackte ins Gras, und Otto setzte sich schweigend neben sie. Nach einer Weile ließ er sich nach hinten fallen und starrte in den Himmel. Tekla faltete ihren Mantel zu einem Kissen zusammen und schmiegte sich an ihn.

Als sie wach wurde, richtete sie sich auf den Ellenbogen auf. Rings um sie herum wuchsen Feldblumen, Weidenröschen färbten ein ganzes Areal rosarot. Es roch nach warmer Erde und saftigem Gras.

Sie musterte Otto, der noch immer schlief. Sein Gesicht war entspannt, fast wie das eines Kindes, als wären alle Sorgen von ihm abgefallen. Er war in der letzten Zeit dünner geworden, hatte markantere Züge bekommen und konnte die Unruhe, die ihn quälte, nicht mehr so gut verbergen wie früher. Seit sie Hamburg verlassen hatten, war er sichtlich angespannt.

Auf der anderen Seite des Flusses setzte sich ein Mann in ein Ruderboot.

»Otto«, sagte sie und schüttelte ihn etwas. »Schau mal, vielleicht kann der uns hinüberrudern.«

Otto trat ans Flussufer und rief dem Mann etwas zu, der ihm daraufhin zuwinkte.

»Otto Adler?«, fragte der Mann, als er anlegte. »Bist das wirklich du?«

Der Mann redete schnell und unzusammenhängend, Tekla bekam nur Bruchstücke mit, schnappte aber die Worte *Tragödie* und *schrecklich* auf. Otto fragte den Mann, ob er wisse, wie es in Klaushagen aussehe. »Wie geht es meiner Familie?«

Der Mann schüttelte den Kopf. »Du musst mit deinem Vater reden«, sagte er ausweichend.

Ottos Augenbrauen zogen sich zusammen, die Falte an seiner Nasenwurzel wurde tiefer und die Augen schmaler. Es sah so aus, als hätte er Schmerzen.

Hand in Hand gingen sie die letzten Schritte in Richtung Zentrum. Otto hielt Tekla so fest, dass es ihr beinahe weh tat. Überall waren Brandruinen, verkohlte Wände, Schornsteine, die wie tote Finger in den Himmel ragten. Es roch verbrannt.

Hin und wieder sah Otto sie an, als wollte er sich vergewissern, dass sie noch da war. Als sie an einer Kirche vorbeikamen, sahen sie aus einem Fenster im Kirchturm ein zerrissenes, weißes Tuch hängen.

»Demmin hat vor den Russen kapituliert, als sie kamen«, sagte Otto. »Die Stadt ist aber trotzdem zerstört worden.«

Er fuhr sich mit der Hand über die Bartstoppeln. Dann wandte er sein Gesicht ab, streckte den Rücken und drückte die Brust raus. Den Blick auf das Ende der Straße gerichtet, gingen sie schweigend weiter.

Demmin war nur noch das Skelett einer Stadt. Auch waren keine Menschen zu sehen, die die Trümmer für den Wiederaufbau sortierten. Auf dem Markt waren keine Stände, es kaufte niemand ein, keine laufenden Kinder, keine Fahrräder. Lediglich ein paar Militärfahrzeuge fuhren an ihnen vorbei.

Unter ihren Füßen knirschten Glassplitter. Vor einer ausgebrannten Tankstelle war ein riesiger Haufen leerer Flaschen. Ladenschilder lagen wie Grabmonumente unter dem Schutt auf der Straße und zeigten, dass dort einmal ein Metzger oder eine Blumenhandlung gewesen war. An der Wand eines ehemaligen Gemüse- und Obsthändlers hing ein Schild: *Plündern wird mit dem Tod bestraft.* Etwas entfernt hatte jemand mit kindlicher Schrift notiert: *Lieber Papa! Wir sind zur Tante nach Lübeck gefahren.*

Als sie auf die Lindenallee kamen, strich Tekla ihren Mantel mit den Händen glatt, er war faltig und voller Flecken. Sie fuhr sich mit den Fingern durch ihre Haare, die schon lange nicht mehr gewaschen worden waren. Sonja hatte sie ihr geschnitten und versucht, aus den nachgewachsenen Strähnen so etwas wie eine Frisur zu zaubern. Aber besonders hübsch war das nicht, sie sah noch immer aus wie ein Junge. Der Hut, den sie hatte tragen wollen, und die Seidenstrümpfe und das Kleid, in dem sie geheiratet hatte, lagen im Koffer. Was würde Ottos Familie über sie denken?

»Ich sehe schrecklich aus«, seufzte sie.

»Du bist schön«, antwortete Otto abwesend.

Zwischen den Bäumen sahen sie bereits einen Teil des Hauses am Ende des Weges. Es steht also noch, dachte Tekla erleichtert. Vermutlich hatten die Russen nur die Häuser im Zentrum in Brand gesteckt.

»Ich will mich umziehen«, sagte sie.

Mit tauben Fingern öffnete sie den Koffer. Sie sah sich um, bemerkte niemanden, ging aber trotzdem zu einer Hecke, wo sie sich die Bluse auszog und das Kleid überstreifte, bevor sie den Rock auszog. Dann band sie sich den Seidenschal um den Kopf, den sie von Henrik zu Weihnachten bekommen hatte, und trug eine dünne Schicht Lippenstift auf. Ich stinke, dachte sie und tupfte etwas Parfüm auf die Vorderseite ihrer Schultern.

Otto stand noch immer da und sah über den Weg zum Haus.

»Was denkst du, Otto?«

»Ich will nicht denken«, sagte er und nahm ihre Hand. »Ich will Gewissheit.«

24

Es war wärmer geworden, und in den nächsten Tagen war ich jeden Tag auf dem Wasser. Von Jahn hatte ich nichts gehört, ich fühlte mich durch das Kontaktverbot aber sicherer. Dass er eine Gefängnisstrafe riskierte, wenn er mich aufsuchte, war vielleicht Drohung genug, damit er mich in Ruhe ließ. Eine strafrechtliche Verurteilung würde das Bild, das er von sich aufgebaut hatte, in sich zusammenstürzen lassen. Auf dem Boot waren Seekarten, und während ich das Netz auslegte, das ich im Bootshaus gefunden hatte, fühlte ich innerlich plötzlich eine ungewohnte Freude. Ich würde es nicht Glück nennen, eher war es die plötzliche Abwesenheit von Angst. Ein Gefühl wie Freiheit.

Ich bekam wieder mehr auf die Reihe, und es gelang mir, endlich Sachen anzupacken, die ich lange vor mir hergeschoben hatte. Es waren beinahe anderthalb Wochen vergangen, seit ich bei meiner Ärztin gewesen war. An diesem Nachmittag rief ich sie an und bat sie, einen Termin in der Klinik zu machen, außerdem suchte ich mir einen Scheidungsanwalt und machte einen Termin mit ihm aus.

Anschließend begann ich, Großvaters Sachen in der alten Kommode unter der Wanduhr durchzusehen. Die oberste Schublade war voller Papiere. Kontoauszüge, Briefe, Quittungen, Grundbuchauszüge, ein Plan von Haus und Grundstück und von Bootshaus und Hafen. Dass er an Letzterem als Miteigentümer beteiligt war, hatte ich nicht gewusst. Ich zog die untere Schublade heraus und musste lächeln, als ich seinen alten Kassettenrecorder sah. Er hatte viele unterschiedliche Kassetten, am häufigsten hatte er aber Jim Reeves und Vera Lynn gehört. »The Forces' Sweethart«, nannte er sie immer. Ich drückte auf Play, und ihre Stimme erfüllte den Raum. *There'll be blue bells over the white cliffs of Dover. Tomorrow, just you wait and see.*

Wenn Großvater seine Kassetten abspielte, sang er meistens mit. Und Großmutter sagte dann immer: »Was für eine schöne Stimme du hast, Konrad.« Seine Antwort war immer nur ein Grunzen gewesen, es war ihm aber anzusehen, wie gerne er das hörte.

Ich schaltete den Recorder aus, als ich ein Klopfen an der Tür hörte. Es war Georg. Er hatte eine Antwort von seinem Freund in Deutschland erhalten.

»Peter hat etwas über Otto Adlers Familie herausgefunden«, sagte er aufgeregt und hängte seine Jacke an die Garderobe. Er hatte eine Mappe mit Ausdrucken bei sich. »Diese Sachen hat er mir per Mail geschickt«, sagte er. »Und das hier«, er zog einen weiteren Zettel heraus, »steht auf dem Grabstein von Ottos Familie.«

Klaus Adler, 1.3.1889–3.10.1945
Sofie Adler, 23.8.1891–1.5.1945
Katharina Adler, 14.10.1919–1.5.1945

»Ottos Name ist nicht mit darauf«, sagte ich. Mein Magen knurrte. »Hast du schon gegessen?«, fragte ich.

»Nein.«

»Dann sollten wir das tun.«

»Soll ich was kochen?«

»Hast du Lust? Alfred hat mir eben einen Seelachs gebracht, den er heute Morgen gefangen hat.«

»Dann brate ich uns den«, sagte Georg und stand auf. »Du kannst dir derweil die Unterlagen aus Deutschland anschauen.«

»Ottos Mutter und Schwester sind am selben Tag gestorben, dem 1. Mai 1945«, sagte ich. »Ist das nicht erstaunlich? Vielleicht ein Unfall?«

»Bei den Ausdrucken sind auch ein paar Artikel aus deutschen Medien über Demmin«, antwortete Georg. »Lies sie, die könnten so einiges erklären.«

25

»Sind das Russen?«, fragte Tekla, als sie die Militärfahrzeuge auf dem großen Platz vor dem Hof von Ottos Eltern sah. »Was machen die hier?«

Otto lief zur Tür und ging hinein, während Tekla am Fuß der Treppe stehen blieb. Gleich darauf kam er mit einem Soldaten wieder nach draußen. Otto redete schnell und gestikulierte wild. Er sah wütend aus. Der Soldat streckte mehrmals irritiert den Arm aus und deutete zur Stirnseite des Hauses. Was er sagte, hörte sich wie ein Befehl an.

»Komm!« Otto rannte die Treppe nach unten und lief um die Ecke des Hauses. Nach einer Weile ließ er den Koffer fallen, drehte sich aber nicht zu ihr um. Er lief zu einem Fachwerkhaus, an dessen Wand sich ein Klettergewächs nach oben rankte, und betrat das Haus, ohne zu klopfen.

Tekla stellte ihren Rucksack draußen vor der Tür ab. Langsam trat sie über die Schwelle, kam in einen dunklen Windfang und von dort in eine Küche. Sie fand Otto in einer Kammer, wo er vor einem schmalen Bett kniete, in dem ein Mann lag. Der Raum roch unangenehm. Der Mann war abgemagert, unter der fast durchsichtigen Haut zeichneten sich an der Schläfe dicke blaue Adern ab. Seine Hand streichelte Otto über den Kopf.

Auf einmal stand eine ältere Frau in der Tür. Sie stellte den Eimer ab, den sie in der Hand hielt, und das Wasser schwappte heraus.

»Otto!«

Er stand auf und nahm sie in die Arme.

Tekla hatte Otto niemals weinen sehen. Jetzt tropften dicke Tränen in die Haare der Frau, bis er sich irgendwann zu Tekla drehte. »Das ist Tekla, meine Frau«, sagte er und wischte sich das Gesicht mit dem Handrücken ab. »Und Tekla, das ist die Mamsell.«

Tekla hatte sie sich als kräftige, kantige Frau vorgestellt, dabei hatte diese Mamsell in Wirklichkeit etwas Feines, fast Vornehmes. Die langen, grauen Haare waren zu einem Zopf gebunden, den sie mit einem Stück Schnur zusammenhielt. Das Leben hatte auch auf ihrem Gesicht seine Spuren hinterlassen, die Lachfalten und Grübchen waren aber nicht zu übersehen.

Die Mamsell nahm ihre Hand und streichelte ihr über die Wange. Es fühlte sich an, wie von einem Menschen empfangen zu werden, der sie kannte.

»Habt ihr Hunger?«, fragte sie. »Ich habe kaum etwas da.« Sie verschwand in der Küche und kam mit vier Scheiben Brot und etwas Marmelade zurück. »Das ist alles«, sagte sie. »Morgen kann ich aber Nachschub holen.«

Sie legte zwei Scheiben auf Ottos Teller, die beiden anderen waren für Tekla und sie.

»Was ist mit Vater?«, fragte Otto.

»Er isst nicht«, sagte sie.

»Aber …«

»Er kann das Essen nicht bei sich halten.«

»Dann muss er zu einem Arzt. Es gibt doch bestimmt Medikamente, wir müssen …«

»Es gibt keine Medikamente«, unterbrach die Mamsell ihn und breitete resigniert die Arme aus. »Ich glaube, er hat aufgegeben. Vielleicht kommen die Lebensgeister ja zurück, weil ihr jetzt gekommen seid.«

Es war so wenig Marmelade, dass die dünne Schicht auf dem Brot kaum zu sehen war. Als Tekla gegessen hatte, gab Otto ihr auch noch eine von seinen Scheiben. Sie protestierte, er winkte aber nur ab, drehte sich zur Mamsell und bat sie zu erzählen, was geschehen war.

Die Mamsell strich mit den Fingern über den Rand der Decke, dann nahm sie ein Taschentuch aus ihrer Schürze.

»Bitte«, sagte Otto und legte ihr die Hand auf den Arm. »Ich *muss* es wissen.«

Sie schnäuzte sich, nickte und begann zu erzählen.

Am 1. Mai brannte die ganze Stadt. Von Klaushagen aus sahen sie, wie die Flammen und der Rauch sich immer weiter ausbreiteten. Nach einer Weile waren die Feuer dann aber verloschen, und sie dachten, dass die Gerüchte über das barbarische Verhalten der Russen vermutlich doch übertrieben waren.

Ottos Vater, Klaus, fettete sein Jagdgewehr, packte es in ein geöltes Futteral und versenkte es im Teich, und die Mutter, Sofie, sorgte dafür, dass Silberzeug und Schmuck versteckt wurden. Sie vergruben die Sachen unter dem Geräteschuppen im Küchengarten. An diesem Tag waren die Mamsell, Sofie, Klaus und Ottos Schwester Katharina im Haus. Außerdem die Dienstmägde Hannah und Ursula und der Knecht Erich.

»Sofie hat alle im Esszimmer versammelt«, sagte die Mamsell. »Sie hat uns ermahnt, die Fassung zu bewahren, und uns darauf vorbereitet, dass die Russen uns ausplündern würden. Wenn sie kämen, sollten wir ihnen mit Freundlichkeit begegnen, ihnen Essen anbieten. Dein Vater hat sogar ein paar Jahrgangsweine aus dem Keller geholt. Dann hat deine Mutter Katharina gebeten, sich oben in dem großen Kleiderschrank in ihrem Zimmer zu verstecken.«

Sie erzählte weiter, dass sie am Fenster gestanden und die Soldaten kommen gesehen habe.

»Es war ein ganzer Trupp, mindestens zwanzig, verdreckt, ungepflegt und betrunken«, sagte sie. »Sie grölten herum, hatten Flaschen in den Händen. Ihre Gesichter waren wettergegerbt und ihre Augen allesamt so zusammengekniffen, als hätten sie ihr ganzes Leben bei Gegenwind verbracht. Ihre Haut hatte eine braune Patina aus Fett und Staub, und ihre Hosen waren so steif vor Dreck, dass der Stoff wie Leder aussah.«

Teklas Blick huschte kurz zu Otto. Seine Kiefer zuckten.

»Die Tür des Esszimmers wurde aufgerissen«, fuhr die Mamsell fort. »Die Soldaten blieben stehen, als sie den hübsch gedeckten Tisch sahen. Dann lachten sie, klopften sich auf die Schenkel und setzten sich.

Der Anführer kommandierte alle im Haus an die Wand, von wo aus sie ihnen zusehen sollten. Die Russen aßen wie Schweine, es wirkte so, als hätten sie seit Wochen nichts mehr bekommen. Als sie satt waren, stand der Offizier auf, zeigte mit seiner Pistole auf Klaus und Erich und befahl ihnen, zur anderen Seite zu gehen – weg von den Frauen.

»Wir … wir wussten, was passieren würde. Die Mägde rannten zur Tür, wurden aber von den Soldaten aufgehalten. Der Chef zeigte auf Ursula, und zwei der Soldaten legten sie auf den Tisch. Sie schrie und trat wild um sich, schlug nach ihnen, aber weitere Soldaten kamen hinzu und rissen ihr die Kleider vom Leib.«

Tekla nahm Ottos Hand, sie war zur Faust geballt.

»Die anderen standen im Kreis um sie herum und johlten, wobei sie mit den Füßen auf den Boden stampften.

Nach einer Weile hörte Ursula zu schreien auf, sie lag einfach still da, als wäre sie tot. Danach war dann Hannah an der Reihe.«

Die Mamsell starrte vor sich hin, als sie erzählte. Manchmal verbarg sie ihr Gesicht in den Händen, meistens war ihr Blick aber auf die Tischplatte oder nach draußen gerichtet.

»Und Mutter?«, fragte Otto.

Die Mamsell sah ihn kurz an. »Sie auch.«

Tekla wollte sie bitten, innezuhalten, sie hätten es jetzt verstanden. Sie wollte nicht noch mehr hören. Aber Otto sagte nichts, er fuhr sich mit dem Handrücken unter der Nase entlang, wischte sich die Wangen ab und wartete. Wenn er das aushält, dachte sie, muss auch ich das tun.

»Was hat Vater getan?«, fragte er.

»Er ist nach vorn gesprungen und hat versucht, sie festzuhalten, aber ein Soldat hat ihn mit dem Gewehrkolben zu Boden geschlagen.«

»Und du?«, fragte Otto.

Sag, dass es dir erspart geblieben ist, flehte Tekla innerlich.

»Ich habe mir vorgestellt, an einem anderen Ort zu sein«, sagte die Mamsell und beugte sich über den Tisch.

Tekla streichelte ihren Rücken, bis die Tränen versiegt waren.

»Und Katharina?«, fragte Otto.

»Die Russen haben sie erst später gefunden«, sagte die Mamsell. »Als sie das Haus nach Wertsachen durchsuchten. Als sie mit ihr fertig waren … wir haben das nicht bemerkt, aber sie ist nach unten zum Fluss gegangen. Das haben viele gemacht. Die Leute haben Panik bekommen. Sie liefen auf die Straßen, rannten über die Felder, um wegzukommen, ganze Familien haben sich ertränkt. Frauen mit kleinen Babys haben ihre Rucksäcke mit Steinen gefüllt, ihre Kinder an sich gebunden, damit sie sie nicht loslassen konnten, und sind ins Wasser gesprungen. Männer haben ihre Familien erschossen, bevor sie sich selbst das Leben nahmen. Mütter haben ihren Kindern und sich selbst Gift gegeben.«

»Was ist mit Mutter passiert?« Ottos Stimme zitterte. »Was?«

»Dein Vater hat sie im Schlafzimmer gefunden. Sie … sie …« Die Mamsell breitete die Arme aus und zeichnete mit dem Finger einen Strich über ihr Handgelenk.

»Sind das dieselben Russen, die jetzt im Haus sind?«

»Nein, ein paar Tage später kamen andere und sind dann im Haus eingezogen. Ich erhielt die Erlaubnis, dort wohnen zu bleiben, und dein Vater ist hier eingezogen. Es gibt jetzt keine Plünderungen oder Massenvergewaltigungen mehr. In Einzelfällen kommt das natürlich aber noch immer vor. Die Menschen bleiben zu Hause.«

»Und Niklas?«

Die Mamsell schüttelte den Kopf.

»Wo?«

»In Ungarn.«

»Was ist mit dem Rest, den Pferden, wo sind die alle?«, fragte Otto.

»Weg, die Russen haben alles mitgenommen. Ich bin die Einzige, die hier gearbeitet hat, die noch da ist. Sie haben mich hier wohnen lassen. Dafür muss ich ihre Sachen waschen und sie bekochen. Sie führen sich ordentlich auf, und ich gehe nur selten hungrig zu Bett. Ich zweige mir ein bisschen von ihrem Essen ab.«

»Wie viele Menschen haben sich das Leben genommen, als die Russen nach Demmin kamen?«, fragte Tekla.

Die Mamsell seufzte schwer.

»Viele. Hunderte. Das weiß niemand. Man hat sie nicht gezählt.«

26

Als das Essen bereit war, räumte ich die Papiere beiseite, damit Georg die Teller auf den Tisch stellen konnte. Mir war übel, und der Fischgeruch machte das nur noch schlimmer. Ich lief auf die Toilette.

»Bist du krank?«, fragte Georg, als ich zurückkam.

»Von all den Massenvergewaltigungen und Selbstmorden ist mir schlecht geworden«, log ich. Ich hatte mich an beiden vorangegangenen Morgen übergeben, niemals aber mitten am Tag. »In welche Hölle Großmutter da in Demmin gekommen ist«, fügte ich hinzu.

»Aber sie hat es zurück nach Norwegen geschafft und schließlich ein gutes Leben mit Konrad führen können. Das darfst du nicht vergessen.«

»Nein ... Ich frage mich nur, was da in Demmin mit ihnen passiert ist. Und was aus Otto wurde. Wenn ich den Artikel im *Stern* richtig verstanden habe, kann man die Zahl der Toten nicht sicher beziffern. Die Aussagen der Experten variieren von Hunderten bis zu mehr als tausend. Aber wie dem auch sei, die Zahlen sind komplett verrückt. Ich verstehe nicht, wie so viele Menschen gleichzeitig Selbstmord begehen konnten.«

»Als die Rote Armee sich aus Osten näherte, haben die

Nazis eine Wahnsinnspropaganda gestartet und die Russen als Unmenschen dargestellt, die vor nichts zurückschrecken«, sagte Georg. »Und Hitlers Propagandaminister, Joseph Goebbels, hat erklärt, dass es besser sei, sich selbst das Leben zu nehmen, als ein Opfer der Bolschewiken zu werden und dabei einen noch viel grauenvolleren Tod zu erleiden. Viele hielten diese Propaganda bestimmt für übertrieben, aber den Menschen in Demmin muss das, was sie erlebt haben, wie eine Bestätigung seiner Warnungen erschienen sein.«

»Aber warum habe ich niemals zuvor von Demmin gehört? Das muss doch einer der größten Massenselbstmorde aller Zeiten gewesen sein?«

»Alles, was geschah, als die Rote Armee vorrückte, wurde von der ostdeutschen Regierung unter dem Deckel gehalten. Das Leben musste unter der neuen Führung weitergehen. Immerhin war das ein kommunistischer Staat auf der Grundlage des politischen Systems der Siegermacht Sowjetunion. Niemand redete laut über das Geschehene. So war es sicher auch in Demmin. Wer gesehen hat, wie die Stadt niedergebrannt wurde, wer die Morde und Vergewaltigungen mitbekommen und Familienangehörige verloren hatte, hat ebenso geschwiegen wie alle jene, die vergeblich versucht hatten, sich umzubringen. Überall in Ostdeutschland wurden Menschen zum Schweigen gezwungen.«

Er zeigte auf den Zettel, auf dem die Grabschrift für Ottos Familie notiert war. »Sollen wir hinfahren? Das ist vermutlich die einfachste Methode, um mehr herauszufinden.«

»Du würdest mit mir zusammen nach Deutschland fahren? Nach Demmin?«

»Ja, ein bisschen Tapetenwechsel tut uns doch sicher gut, oder meinst du nicht?«, sagte er. »Finden wir heraus, was mit Otto geschehen ist. Wir können doch nicht einfach aufgeben.«

Die Tür zum Garten stand offen. Es begann zu regnen, das leichte Prickeln war durch das Holz zu hören. Ich stellte mich in die Türöffnung und steckte die Hand hinaus.

»Es ist nicht mehr kalt«, sagte ich. »Der erste Regen, in dem ein bisschen Sommer steckt.«

»Regen, in dem Sommer steckt?«, fragte Georg und trat neben mich.

»Ja, fühl mal«, sagte ich, und auch er streckte seine Hand hinaus.

»Du hast recht, das Wasser ist ja lauwarm.«

Ich erzählte ihm von Großmutter und dem Regen.

»Seit ich hierhergekommen bin, habe ich sie ständig vor Augen. Als schwebte sie zwischen den Bäumen hindurch. Ich glaube, Großvater hatte recht. Er hat immer behauptet, es mache sie froh und stark, durch den Regen zu tanzen.«

»Was meinte er damit?«

»Ich weiß es nicht. In letzter Zeit habe ich aber immer wieder gedacht, dass es etwas mit ihren Erinnerungen zu tun haben könnte, dass sie durch das Tanzen etwas loswerden konnte.« Ich zeigte zu den Apfelbäumen. »Da vorne ist sie gestorben. Während sie tanzte. Ist das nicht schön?«

»Komm«, sagte er und nahm meine Hand. »Lass uns tanzen.«

»Du kannst tanzen?«

»Ich bin der reinste Tanzbär.«

»Ich will Tango tanzen.«

»Okay«, sagte er, legte seine Hand fest um meine Taille, zog mich an sich und streckte die Arme aus. Wir gingen hin und her, dramatisch, übertrieben, und lachten bei jedem Schritt. Georg war ein schrecklicher Tänzer.

»Und jetzt Walzer, das klappt sicher besser«, sagte ich. »Englischer Walzer.«

»Sehr wohl«, sagte er und verbeugte sich.

Der Walzer ging wirklich besser. Georg tanzte mit langen Schritten und drehte mich im Kreis um die Obstbäume und Beerensträucher. Irgendwann waren wir durchnässt. Trotzdem ließ er mich nicht los, seine Hände lagen auf meinen Hüften, und sein Gesicht war dem meinen so nah, dass ich seinen Atem auf den Wangen spürte.

»Ich ... die Last, die ich trage, ist noch zu groß«, sagte ich und wich langsam zurück.

»Meine auch«, erwiderte er nickend und fügte dann vorsichtig lächelnd hinzu: »Wir sollten einen Ort suchen, wo wir die abstellen können.«

»Wir können es wie Großmutter und Großvater machen.«

»Wie haben die das gemacht?«

»Sie haben Portwein getrunken und miteinander geredet.«

Georg nippte an Großmutters Kristallglas.

»Hm, süß, aber nicht schlecht«, sagte er und sah mich an. »Du ... es ist schön, mit dir zusammen zu sein.«

Wie leicht es ihm fällt, so etwas zu sagen, dachte ich.

»Es ist so eine Ruhe in diesem Haus«, fuhr er fort.

»Findest du? Es gibt aber auch Unruhe.«

»Wie das?«

Ich breitete die Arme aus. »Erinnerungen«, sagte ich nur, und er fragte nicht weiter. Ich bemerkte, dass die Unruhe sich aufzulösen schien, wenn ich mit ihm zusammen war. Aber ich sprach den Gedanken nicht aus. Er hingegen tat es:

»Auch in mir steckt diese Unruhe, ich spüre sie aber nicht, wenn ich hier bei dir bin.«

Er hielt meinen Blick fest, suchend. Vielleicht fragte er sich, ob er mir wieder zu nahe kam. Ich nickte. Seine Augen waren warm und der Puls des Hauses ruhig. Meiner schlug etwas schneller. Das Gefühl kam vollkommen unerwartet. Ich, die ich mich so heftig verbrannt hatte, dass ich geglaubt hatte, nie wieder einem Mann trauen zu können, spürte plötzlich eine Sehnsucht nach Nähe.

»Demmin«, beeilte ich mich zu sagen und nippte an meinem Portweinglas. »Die Hölle auf Erden.«

»Der britische Autor und Historiker Antony Beevor behauptet, dass die Russen in Deutschland für etwa zwei Millionen Vergewaltigungen verantwortlich sind. Allein in Berlin geht man von hunderttausend aus. Circa zehntausend Frauen sollen da an den Verletzungen gestorben sein, in ganz Deutschland sogar bis zu zweihundertundvierzigtausend. Die Zahl der Abtreibungen schoss in die Höhe, es wurden aber mindestens hunderttausend Kinder mit russischen Vätern geboren.«

»Aber wie konnten die Russen so komplett die Kontrolle verlieren?«

»Das ist die Brutalität des Krieges«, sagte Georg. »Man muss das in einem größeren Zusammenhang sehen.«

»Willst du damit etwa sagen, dass man das verstehen kann?«

»Vielleicht. Um diese Brutalität zu verstehen, muss man das Wesen der Rache verstehen, wie sie entsteht und Menschen dazu bringen kann, Dinge zu tun, die man ihnen sonst niemals zutrauen würde. In jedem Krieg gibt es diese Brutalität, und zwar auf beiden Seiten. Denk nur an den Balkan, an Vietnam, den Nahen Osten. Viele der russischen Soldaten, die nach Demmin kamen, hatten vermutlich erlebt, wie ihre Mütter, Frauen, Schwestern von Deutschen in der Sowjetunion vergewaltigt worden sind. Auf jeden Fall wussten sie von den deutschen Vergewaltigungen, den Plünderungszügen und Morden an Zivilpersonen und Kriegsgefangenen. Die sowjetische Kriegspropaganda versuchte auch gezielt, den Hass auf die Deutschen unter ihren Soldaten noch anzustacheln.«

»Aber gerade weil die Russen solche Untaten erlebt haben«, wandte ich ein, »sollten sie doch wissen, dass sie der Zivilbevölkerung unerträgliche Leiden zufügen.«

»So einfach ist das nicht. Gewissen Theorien zufolge haben Brutalität und Zerstörungslust eine beinahe erotische Anziehungskraft. Die Ausübung von Gewalt kann ein Gefühl des Wohlbehagens wecken. Die intensive Kameradschaft, die die Soldaten erleben, das ekstatische Glücksgefühl, überlebt zu haben, und die extremen Eindrücke von der Front führen dazu, dass Gewalt als eine berauschende, verführerische Kraft erfahren wird. Außerdem kann der Ehrenkodex schnell zu Rachegelüsten führen: Man will es mit gleicher Münze heimzahlen, Mord mit Mord sühnen, Vergewaltigung mit Vergewaltigung. Es sind diese Rachegedanken, die einen Soldaten zu einem Vergewaltiger oder Mörder machen oder durch die jemand, der eigentlich gegen Terrorismus kämpft, selbst zum Terroristen werden kann. Das Motiv der Vergeltung leitet sich von dem Glauben ab, dass man durch die Rache die Ehre wiederherstellen und den Schmerz lindern kann. Das Fatale daran ist, dass das persönliche Moralempfinden des Soldaten dadurch untergraben wird, was dann zu neuen Tragödien und einer Eskalation der Gewalt führen kann.«

Ich musterte Georg, während er sprach. Er beugte sich vor, stemmte die Ellenbogen auf die Knie und war ganz bei der Sache. Seine halblangen Haare lockten sich. Er hatte sich seit Tagen nicht rasiert, was ihm einen herben Charme verlieh. Mir gefiel das, und ich dachte, dass er in Großvaters Sessel am richtigen Ort Platz genommen hatte. Er strahlte dieselbe Ruhe aus.

»Warum lächelst du?«, fragte er.

»Ich glaube, du bist ein guter Dozent«, sagte ich. »Du bist bestimmt der Liebling aller Studentinnen.«

Er lachte. »Das glaube ich ganz und gar nicht.«

»Doch«, erwiderte ich. »Du verstehst es, deinen Stoff zu

vermitteln, dein Engagement springt über, und du siehst die Menschen und bringst sie dazu, sich wahrgenommen zu fühlen.«

»Ach ja? Du fühlst dich gesehen?«

»Hm, mein Lieblingsdozent wärst du jedenfalls.«

»Das gefällt mir«, sagte er und hielt meinen Blick für ein paar Sekunden fest. Dann wurde er ernst. »Jetzt wissen wir, was Tekla und Otto in Demmin erwartet hat.«

»Ja, aber warum hat sie das nie erzählt? Sie war doch Norwegerin, keine Deutsche. Sie war eine Fremde, eine Außenstehende. Es macht doch keinen Sinn, dass das, was vor ihrer Ankunft in Demmin passiert ist, sie ein Leben lang hat schweigen lassen – wie so viele Deutsche.«

»Tja, sie lebte in einer anderen Zeit. Allein die Tatsache, eine Tyskerjente zu sein, eine ›Deutschenhure‹, war beschämend«, sagte Georg.

»Ja, an dem Punkt beginnt ihr Schweigen.«

Ich wandte meinen Blick ab und schaute aus dem Fenster. Es hatte zu regnen aufgehört. Der Mond kam heraus und spiegelte sich im Meer.

Ich dachte an meinen Termin im Krankenhaus in gut einer Woche. Plötzlich kam es mir wichtig vor, so schnell wie möglich aufzubrechen.

»Was meinst du, wann können wir nach Deutschland fahren?«, fragte ich.

»Ich kann morgen Kontakt mit dem Museum und der Kirche in Demmin aufnehmen, und wenn du willst, kümmere ich mich auch um die Flugtickets.«

»Ja, mach das. Ich bin bereit.«

Er hatte die Ärmel seines Hemdes bis über die Ellenbogen hochgeschoben. Hin und wieder strich er sich die Haare hinter die Ohren, das schien eine Angewohnheit zu sein. Plötzlich spürte ich ein Verlangen danach, mir seine Locken um den Finger zu wickeln und ihm über den Arm zu streicheln.

Als er mich ansah, fiel irgendetwas an seinen Platz. Was ich fühlte, spiegelte sich in seinem Blick. Sowohl die Lust als auch die langsam weichende Verlegenheit.

27

Hinter dem Gut floss die Peene in einem großen Bogen um weite Teile der Ländereien herum. Tekla ließ Otto und die Mamsell allein und setzte sich am Flussufer ins Gras.

Er fließt ins Meer, dachte sie. Eines Tages werde auch ich aufs Meer hinausfahren.

Seit Monaten war sie permanent von Menschen umgeben gewesen, eng auf eng und viel zu nah für ihren Geschmack. Es hätte daher eine Erleichterung für sie bedeuten müssen, endlich allein zu sein, aber die Stille war ihr unangenehm.

Sie legte die Finger um das Medaillon, wie sie es immer tat, wenn sie Angst hatte, und murmelte wie ein Mantra vor sich hin: »Wir werden leben, nicht nur überleben. Wir werden leben, ich werde stark sein, werde alles tun, damit Otto und ich ein gutes Leben haben.«

Sie drehte sich schnell um, als sie eine Bewegung hinter sich bemerkte.

Es war ein russischer Soldat. »Du solltest hier nicht allein sein«, sagte er.

Tekla stand auf. Ihr Herz hämmerte.

»Geh«, sagte er.

Sie wich zurück, dann drehte sie sich um und rannte.

Die Felder reichten bis zu dem dichten Laubwald ein Stück entfernt. Alles kam ihr bekannt vor, die Gebäude und die Umgebung waren genau so, wie Otto sie ihr so oft beschrieben hatte. Und trotzdem war alles anders. Die Menschen waren verschwunden, die Pferde, auf denen sie über die Felder und durch den Wald hatten reiten wollen, gab es nicht mehr, und sie würde nicht in dem feinen Haus mit den schmucken Zimmern leben, keine Hochzeit feiern, weder tanzen noch Champagner trinken.

Ein paar Soldaten standen rauchend auf der Terrasse. Im Garten vor ihnen hing das Obst schwer an Bäumen und Sträuchern, aber dorthin wagte sie nicht zu gehen. Sie folgte dem Pfad bis hinter die Hecke und kam zu einem Geräteschuppen, an dessen Wand Rhabarber wuchs. Sie brach ein paar Stängel ab, riss die Blätter weg und ging zurück zum Haus der Mamsell.

Otto holte Wasser aus einem Brunnen, und die Mamsell kam mit einem Krug mit selbst eingekochtem Zuckerrübensirup, mit dem Tekla ihre Suppe süßte. In der Küche gab es glücklicherweise einen Holzofen, denn Elektrizität hatten sie keine.

Schweigend aßen sie ihre Rhabarbersuppe. Otto versuchte seinem Vater etwas einzuflößen, der aber kniff die Lippen zusammen.

In ihrer ersten Nacht in Demmin liebte Otto sie mit einer für ihn ganz ungewohnten Härte. Er legte sich schwer auf sie, ohne ihren Namen zu flüstern, wie er es sonst immer tat. Keine zärtlichen Worte, keine Hingabe.

Sie spürte keine Lust, hatte keine Kraft, keine Energie, ihn aufzufangen, zu liebkosen und zu beruhigen. Aber sie protestierte nicht, lag einfach reglos mit geschlossenen Augen da und dachte: Es ist nicht mein Schmerz, es ist Ottos. Ich muss ihn mit ihm teilen.

Er stöhnte angespannt, ehe er sich auf den Rücken wälzte, schwer atmete und dann zu schluchzen begann.

Sie legte den Arm um ihn, streichelte ihm über die Haare, während er wieder und wieder flüsterte: »Vergib mir, Tekla, vergib mir.«

Am nächsten Morgen stand sie in der Morgendämmerung auf und ging in den Obstgarten, bevor die Soldaten wach waren. Sie pflückte Äpfel und schwarze und rote Johannisbeeren. Anschließend lief sie über die Felder und stoppelte Karotten und Kartoffeln. Am Rand des Küchengartens fand sie auch eine Rübe und einen Rettich. Sie zog ihre Bluse aus dem Rock und legte alles in die entstandene Tasche.

Als sie sich umdrehte, um zurück zum Haus der Mamsell zu gehen, stand der russische Soldat wieder vor ihr. Ihr erster Gedanke war, einfach wegzulaufen, aber er lächelte freundlich und reichte ihr etwas, das in Papier eingewickelt war.

»Nimm es«, sagte er und trat einen Schritt vor. Sie wich zurück. »Nimm es«, wiederholte er ruhig.

Tekla streckte zögernd den Arm aus, und er legte ihr das Päckchen auf die Hand.

Es war ein Stück Fleisch. Noch bevor die Mamsell und

Otto aufgestanden waren, hatte sie einen großen Topf Fleischsuppe mit Kartoffeln, Karotten, Rüben, Tulpenzwiebeln, Löwenzahn und Sauerampfer gekocht.

28

Der Herbst kam mit kaltem Wind und Regen, der das Laub von den Bäumen fegte. Der Sommer war unwiderruflich vorbei, und auch mit Klaus Adlers Leben ging es zu Ende.

Tekla saß oft an seinem Bett, manchmal nahm er ihre Hand und flüsterte ihren Namen. Und »Tekla« war auch das letzte Wort, das über seine Lippen kam, als sie gemeinsam mit Otto und der Mamsell in seinen letzten Stunden bei ihm saß. »Geht nach Westen«, flüsterte er und sah sie an, »liebe Tekla.«

Wenig später tat er seinen letzten, schweren Atemzug. Die Mamsell streichelte ihm über das Gesicht und schloss seine Augen.

»Es ist besser so«, sagte sie. »Er wollte nicht mehr.«

Tekla sah nach draußen in den Regen. Es fühlte sich an, als befände sie sich zwischen der Sehnsucht des Sommers und der Kälte des Winters, zwischen dem Abschied von Norwegen, der mit so viel Erwartung verknüpft war, und der Endstation ihrer Reise: ein Dasein, in dem die Angst vor dem nächsten Tag alles überschattete. Manchmal dachte sie, dass sie eigentlich keinen Schritt weitergekommen war, sie war noch immer auf dem Weg zu einem gemeinsamen Leben mit Otto.

Spät am selben Abend verschwand Otto nach draußen und kam mit ein paar Brettern und einer Schachtel Nägel zurück. Die ganze Nacht hindurch zimmerte er einen Sarg, sägte und hämmerte, und als Tekla am nächsten Morgen aufstand, war er fertig. Es war ein einfacher Holzsarg, aber Otto hatte die Ecken und Ränder abgeschliffen und Lack besorgt, der das Holz glänzen ließ. Gemeinsam hoben sie Klaus Adler in den Sarg. Er war leicht wie ein Kind. Dann nagelte Otto den Deckel zu, bevor sie den Sarg in den Holzschuppen trugen. Anschließend fuhr Otto zum Pastor. Er blieb lange weg, und als er am späten Vormittag zurückkam, verschwand er gleich im Schlafzimmer unter dem Dach und legte sich hin. Tekla folgte ihm und schmiegte sich an ihn, bis seine Tränen versiegten und er einschlief.

Sie legten den Sarg auf einen alten Karren, den Otto aus der Scheune geholt hatte. Er und Tekla gingen voraus und zogen, während die Mamsell von hinten schob. Als sie an der breiten Treppe des Hauptgebäudes vorbeikamen, bemerkte sie, dass die drei russischen Soldaten, die draußen standen und rauchten, ihre Mützen abnahmen. Einer der drei hatte ihr das Fleisch zugesteckt.

Es waren ein paar Kilometer bis zum Friedhof, und unterwegs schlossen sich ihnen immer mehr Menschen an. Am Ziel angekommen, war die Menschenmenge hinter Klaus Adlers Sarg auf mehrere hundert Trauergäste angewachsen. Ottos Vater musste in Demmin ein hochangesehener, respektierter Mann gewesen sein.

Der Pastor wartete an einem offenen Grab auf sie. Während des ersten Liedes dachte Tekla, dass diese Beerdigung das Normalste war, was sie seit ihrer Abreise aus Norwegen erlebt hatte.

Erst erklang das Lied nur zögerlich, doch bald schlossen sich immer mehr Stimmen an, und der Gesang wurde lauter und lauter. Ganz so, als hätte sich durch das gemeinschaftliche Zusammensein am offenen Grab ein lang aufgestautes Gefühl Bahn gebrochen.

Tekla verstand den Text nicht, sie stand nur da und betrachtete die Gesichter um sich herum. Der Protest, den sie so sehr vermisst hatte, gab sich mit einem Mal in diesem Lied zu erkennen. Die Menschen riefen damit eine höhere Macht an, machten ihrer Wut und ihrer Frustration Luft, beteten aber auch für Hoffnung und Zuversicht, für eine Zukunft und ein Leben.

29

Eine Woche nach Klaus Adlers Beerdigung zog die Mamsell zu ihrer Schwester nach Rostock. Die Arbeit bei den Russen erinnerte sie Tag für Tag an das Geschehene, was für sie immer unerträglicher wurde. Tekla verstand, dass sie schon lange über diese Entscheidung nachgedacht hatte und nur geblieben war, weil sie sich um Klaus hatte kümmern wollen und vielleicht auch darauf gehofft und gewartet hatte, dass Otto nach Hause kam.

»Es ist nicht weit bis Rostock. Wir können uns treffen, uns gegenseitig besuchen«, sagte sie am Abend vor ihrer Abreise zu Tekla. »Und jetzt weiß ich ja, dass mit Otto alles gut werden wird, er hat ja dich.«

Das Haus der Mamsell war klein und einfach eingerichtet. Neben dem Wohnzimmer, dem Bad und der Küche mit der kleinen Nebenkammer gab es zwei Schlafzimmer mit Dachschräge. In der blau gestrichenen Küche standen eine Küchenmaschine, ein zusätzlicher Holzofen und ein kleiner Esstisch am Fenster.

Das Wohnzimmer war mit einem braunen Sofa, einem Couchtisch und einem Esstisch mit sechs Stühlen versehen. Vor dem Kamin standen zwei flaschengrüne Sessel, und auf dem Sims hatte die Mamsell zahlreiche Fotos von

Otto, Katharina und Niklas aufgestellt – von Kindertagen an bis zum Erwachsenenalter. Es war verblüffend, wie ähnlich sich die Geschwister darauf sahen.

Die Russen ließen Tekla und Otto bis auf weiteres im Haus wohnen. Otto half ihr, Brennholz und Essen zu beschaffen, nicht selten saß er aber schweigsam und antriebslos herum. Tekla bedrängte ihn in diesen Phasen nicht, sie gab ihm Zeit zu trauern.

Sie hatten noch immer keinen Strom, weshalb Tekla mit Grauen an den Winter dachte, da das Haus zugig und fußkalt war. Sie heizten mit Holz und Kohle, die aber nur schwer zu bekommen war, weshalb sie darauf achten mussten, möglichst wenig zu verbrauchen.

Die Russen begannen schließlich mit den Aufräumarbeiten und dem Wiederaufbau der Stadt. Das Ganze ging aber nur sehr langsam voran. Tekla und Otto ließen sich in einem Büro, das die Russen eingerichtet hatten, registrieren, und gleichzeitig stellte sie einen Antrag auf einen deutschen Pass. Am gleichen Ort holten sie auch die Essens- und Kleidermarken, die aber kaum für etwas gut waren, da es nichts gab. Die Russen hatten alle Nahrungsmittellager geplündert und sogar das Saatgut mitgenommen. Tekla und Otto standen jeden Tag in der Schlange, kamen aber oft mit leeren Händen zurück. Als der Metzger in der Stadt seinen Laden wieder öffnete, bildeten sich schon vor Anbruch der Morgendämmerung endlos lange Schlangen vor dem Geschäft. An manchen Tagen fuhren die Russen mit Lastwagen in die Stadt und teilten Lebensmittel aus. Die verbliebenen Bewohner reihten sich dann mit Blechdosen und Emailleschalen auf, es gab aber nie genug für alle. Otto bekam ein paar Briketts, die aber schon nach ein paar Tagen verbraucht waren, und als die Kälte kam, zersägten sie einige Möbel, um damit zu heizen.

Wenn sie dann abends vom Schlaf übermannt wurden, war das wie ein Segen. Tekla aber schlief immer schlechter ein. Häufig lag sie wach da und lauschte Ottos Atem. Sie teilte ihre Sorgen nicht mit ihm, er sollte nicht merken, wie es ihr ging. Und dass sie Heimweh hatte, erwähnte sie mit keinem einzigen Wort. Ich bereue es nicht, redete sie sich immer wieder ein, wenn sie aufstand und nach dem Medaillon an ihrem Hals griff.

Anderen ging es wesentlich schlechter als ihnen, immerhin wohnten sie auf einem Hof mit fruchtbarem Boden. Während des Spätsommers war Tekla jeden Abend im Küchen- und Obstgarten gewesen. Sie hatte Marmelade aus Rhabarber und Beeren gemacht, Pflaumen eingeweckt und Zuckerrübensirup gekocht, mit dem sie die Beeren und das Obst süßte.

Als das Gemüse aufgebraucht und alle Pflanzen welk waren, war ihre Geduld gefordert. Aber wie sollte es werden, wenn der Winter erst richtig da war? Schon jetzt, Mitte Oktober, aßen sie so kleine Portionen, dass sie niemals richtig satt wurden. Außerdem brauchten sie eine ausgewogenere Kost, das hatte sie in der Schule gelernt. Ihre Haare waren bereits ganz stumpf geworden. An Milch, Käse, Butter, Eier, Fisch und Fleisch war aber kaum heranzukommen. Im Fluss könnten sie nicht fischen, meinte Otto, der sei durch all die Leichen vergiftet. Sie müssten noch eine Weile warten. Es war mittlerweile aber so lange her, dass dort die letzten Leichen gefunden worden waren, dass sie sich fragte, ob es Otto nicht einfach widerstrebte, Fische aus dem Fluss zu essen, in dem seine Schwester gestorben war.

Weder Tekla noch Otto hatten warme Wintersachen. Sie ribbelte mehrere alte Pullover auf, die sie im Haus der Mamsell gefunden hatte, und strickte neue für sie beide. Im Wohnzimmer stand auch eine Nähmaschine, auf der sie aus zwei alten Mänteln einen neuen für Otto nähte. Aus ein paar alten Teppichen schneiderte sie einen Umhang für sich.

Wenn sie abends die Augen schloss, tauchten mitunter noch immer die Gesichter ihrer Eltern und ihres Bruders auf, die sie verbittert ansahen. Sie lag im Dunkel neben Otto und sagte sich, dass ihre Familie jetzt einer anderen Welt angehörte, sie brauchte sich keine Gedanken um sie zu machen, wie ihre Eltern sich umgekehrt nicht um sie zu kümmern schienen. Denn noch immer hatte sie keine Nachricht von ihnen erhalten, dabei mussten sie doch mittlerweile ihre Adresse haben. Otto tröstete sie und meinte, dass sie sicher geschrieben hätten, man sich auf die Post aber einfach nicht verlassen könne. Tekla hatte sich mehrmals vorgenommen, ihnen noch einmal zu schreiben, sich aber immer wieder entschieden, die Antwort abzuwarten, um sicherzugehen, dass sie überhaupt etwas mit ihr zu tun haben wollten.

Der Kloß im Hals löste sich erst auf, wenn die Tränen kamen. Sie nahm das Medaillon in ihre Hand und dachte:

Ich darf nicht bereuen, denn dann werde ich schwach. Ich muss stark sein. Ich *muss*.

Noch immer kam es vor, dass der russische Soldat, von dem sie inzwischen wusste, dass er Offizier war, ihr etwas Milch, Mehl und Butter zusteckte. Einmal bekam sie sogar eine Schokolade mit zugesetzten Proteinen, etwas Ersatzkaffee aus Zichorien und ein paar Eier.

Tekla war so dankbar, dass ihr die Tränen in den Augen standen. Der Russe sah sie mitfühlend an.

»Willst du bei uns im Haus arbeiten?«, fragte er, legte ihr die Hand auf die Wange und streichelte mit den Fingern über ihren Hals.

Tekla erstarrte. »Darüber muss ich erst mit meinem Mann reden«, flüsterte sie atemlos.

Er nickte und nahm seine Hand weg.

Sie sagte Otto nichts davon, hatte keine Ahnung, wie er es auffassen würde. Sie mussten sich gut mit den Russen stellen. Sie riskierten es, aus dem Haus der Mamsell geworfen zu werden, wenn Otto irgendwelchen Unsinn machte. Und wohin sollten sie dann gehen? In eines dieser Flüchtlingslager? Niemals im Leben! Sie wollte nie wieder in einem Lager leben. Fast jeden Tag dachte sie über das Angebot des Russen nach und fragte sich, wie sie Otto dazu bringen konnte, ihr seine Einwilligung zu geben. Denn wenn sie für die Russen arbeitete, könnte sie wie die Mamsell Essen für sie beiseiteschaffen.

Anfangs hatte Otto sich darüber aufgeregt, dass die Russen sich nicht um die Bevölkerung kümmerten, doch mit jedem Tag, der verging, wurde er stiller. Tekla dachte, dass es jetzt nur noch darauf ankam, den Winter zu überleben. Ich muss irgendetwas unternehmen, dachte sie. Eines Tages, als sie den Russen draußen sah, ging sie rasch zu ihm. Sie war so nervös, dass ihre Stimme zitterte, als sie fragte, ob die Stelle im Haus noch frei sei. Er nickte und lächelte sie freundlich an, wie er es immer getan hatte.

Ich habe mich bestimmt geirrt, dachte sie. Er wird nicht mehr von mir verlangen. Das war bestimmt nur eine simple Geste.

Otto wurde wütend, als sie ihm erzählte, dass sie das Angebot der Russen angenommen hatte. Er wollte nicht, dass sie als Dienstmagd in dem Haus arbeitete, das eigentlich ihnen gehörte, und lehnte ihren Vorschlag kategorisch ab.

Tekla versuchte zu argumentieren, aber er wich nicht von seiner Meinung ab.

»Dann musst du aber auch irgendetwas tun«, sagte sie verärgert. »Du kannst hier nicht einfach nur rumsitzen, sonst verhungern wir. Stell dir bitte mal vor, wie es um uns stünde, wenn ich mich genauso angestellt hätte wie du.«

Als er ihr nicht antwortete, platzte die Wut aus ihr heraus.

»Was zum Teufel ist bloß los mit dir? Du hast dich verändert, du bist nicht mehr der Otto, den ich kennen- und lieben gelernt habe! Reiß dich zusammen!«

»Nein, ich bin nicht mehr derselbe«, sagte er, ohne sie anzusehen. »Ich bin nicht mehr der, der ich war. Der dich hierher gebracht hat. Ich wollte dir alles geben, was du dir wünschst, ja von dem du jemals geträumt hast. Und jetzt kann ich dir gar nichts bieten. Glaubst du, ich sehe nicht, wie sehr du dich nach Hause sehnst? Wenn ich dir nur einen Bruchteil der Sorge und Angst abnehmen könnte, die du empfindest, dann würde ich das tun. Aber der, der ich jetzt bin, schafft das alles nicht mehr. Ich habe keine Kraft mehr.«

Er ließ sich auf den Sessel vor dem Kamin fallen, presste die Handflächen gegeneinander und starrte in die Flammen.

Tekla sah ihn mitleidig an. Ihre ganze Wut fiel plötzlich von ihr ab. Sie stellte sich dicht hinter ihn und legte ihre Hände um seinen Kopf.

30

An ihrem ersten Arbeitstag ging Tekla durch die Räume im Gut Klaushagen. Sie waren genauso, wie sie sie sich nach Ottos Beschreibung vorgestellt hatte. Ein Schauer lief ihr über den Rücken, als sie daran dachte, was im Esszimmer geschehen war, und sie hastete weiter in das Rauchzimmer und den Damensalon.

Das Klavier, auf dem Katharina Chopin gespielt hatte, war verschwunden. Die Räume waren kahl, alles von Wert war entfernt worden. Sie ging über die Treppe nach oben. Auch die Jagdtrophäen von Ottos Vater waren weg. Oben zählte sie die Türen, die vom Flur abzweigten. Das ist es, dachte sie und öffnete die Tür zu dem Raum, der ihr Schlafzimmer hätte werden sollen. Sie erkannte die rot-grüne Tapete, die Otto ihr beschrieben hatte, aber das große Doppelbett war weg. Stattdessen lagen ein paar Matratzen auf dem Boden, auf denen die Russen schliefen. Sie öffnete die Tür zum Nebenraum. Der Schminktisch war noch da, aber Schreibtisch und Chaiselongue fehlten.

Nichts, wovon ich geträumt habe, wird jemals in Erfüllung gehen, dachte sie. Otto hat nicht nur die Menschen verloren, die ihm wichtig waren, er hat alles verloren. Er hat jetzt nur noch mich.

Ihre Handflächen waren nass vor Schweiß, als der Russe sie im Laufe des Tages in sein Büro rief. Er hieß Ivan Kovalenko, war bestimmt eins neunzig groß und hatte breite Schultern. Sein Gesicht war lang und schmal mit hohen Wangenknochen, vollen Lippen, grauen Augen, kräftigen Augenbrauen und dunkelblonden Haaren. Er strahlte Stärke und Autorität aus. Unter anderen Umständen hätte sie ihn vermutlich attraktiv gefunden. Jetzt flößte er ihr Angst ein.

Er stand auf und kam um den großen Schreibtisch herum. Erst dicht vor ihr blieb er stehen, legte einen Finger unter ihr Kinn, hob es an und sah ihr voller Ernst in die Augen.

»Sind wir uns einig?«, fragte er.

Tekla schluckte. »Ja.«

Ruhig legte er seine Hand an ihr Haar. Sie hörte seinen langsamen Atem und spürte seine Finger an ihrem Hals.

Mein Gott, jetzt geschieht es, dachte sie.

Aber es geschah nichts, und nach einer Weile – sie wusste nicht, wie lange es gedauert hatte – ging er zurück zu seinem Schreibtisch. Ohne den Blick zu heben, sagte er, dass sie gehen könne.

Tekla ging eilig aus dem Zimmer und schloss die Tür. Draußen blieb sie stehen und lehnte sich an die Wand.

Kovalenko rief sie ein paarmal pro Woche in sein Büro. Jedes Mal geschah dasselbe: Er stellte sich so dicht vor sie, dass sie die Wärme seines Körpers spürte, streichelte ihren Hals und atmete ruhig in ihre Haare.

Eines Tages aber, etwa drei Wochen nach ihrem Arbeitsbeginn, führte er die Hand auf der Innenseite ihrer Bluse weiter nach unten. Vorbei an ihrer Achselhöhle und den Rippen bis zur Außenseite ihrer Brust.

»Nein«, sagte sie leise.

Die Bewegung stoppte.

»Glauben Sie, dass Ihr Mann als Chauffeur für mich arbeiten würde?«, flüsterte er. »Ich würde ihn gut bezahlen.«

Seine Hand legte sich auf ihre Brust. Sie wollte einen Schritt zurückweichen, er hielt sie aber fest.

Sie war verwirrt, voller Angst. Was meinte er? Was hatte er vor? Eine Arbeit als Fahrer war genau das, was Otto brauchte. Er würde Geld verdienen, und es würde ihm guttun, etwas zu tun zu haben, sich nützlich zu fühlen.

»Ja«, sagte sie.

Seine Hand glitt weiter nach unten. Leicht gebogen. »Sind Sie sich sicher?«

»Ja«, wiederholte sie.

»Gut«, flüsterte er in ihre Haare. »Dann haben wir eine neue Vereinbarung.«

Als sie zu Bett gegangen waren, erzählte Tekla Otto von der Arbeit als Chauffeur.

»Niemals im Leben«, schimpfte er. »Ich soll für die arbeiten, die mir alles genommen haben?«

»Aber …«

»Nein«, sagte er und drehte ihr den Rücken zu.

Tekla lag da und lauschte seinem Atem. Sie hörte, dass er nicht schlief, und es zerriss ihr das Herz, zu sehen, wie schlecht es ihm ging. Dabei hatte sie alles versucht, ihm in dieser schwierigen Situation eine Stütze zu sein. Aber er durfte nicht so apathisch bleiben. Auch sie hatte etwas verloren, hatte viel dafür geopfert, mit ihm zusammen sein zu können. Langsam verlor sie die Geduld. Die Arbeit würde Otto guttun, da war sie sich sicher. Aber er wollte nicht. Dabei kam es jetzt doch gerade auf den Willen an, man musste Stärke zeigen, durfte sich nicht aufgeben. Sein Verhalten verletzte sie, sie fühlte sich betrogen. Würde er es wirklich nicht schaffen, wieder aufzustehen und die Dinge selbst in die Hand zu nehmen? Am liebsten hätte sie ihn angeschrien: Alle sind tot, aber *ich* lebe! Du hast *mich*!

»Verdammt, ich habe einen Wahnsinnshunger«, sagte Otto abrupt.

Er stand auf, und sie beeilte sich, ihm zu folgen.

»Wohin willst du?«, fragte sie.

»Wir brauchen etwas Anständiges zu essen.« Er zog sich an. »Komm«, sagte er.

Er holte ein Netz aus der Scheune und ging zum Weiher. Eine dünne Eisschicht bedeckte fast die ganze Wasserfläche, an der einzigen noch offenen Stelle hatten sich ein paar Enten versammelt.

Otto und Tekla gingen in einem großen Bogen um sie herum, näherten sich langsam mit kleinen Schritten und blieben dann eine Weile ruhig stehen, bis Otto langsam den Arm hob und das Netz nach vorne warf. Das Eis brach, die Enten stoben in alle Richtungen davon und machten einen Heidenlärm. Dann holten sie das Netz ein.

Nur eine Ente hatte sich in den Maschen verfangen.

Tekla war glücklich, sah aber trotzdem angewidert weg, als Otto den Hals des Tieres umdrehte. Ein leises Quaken war noch zu hören, dann knackte es unter seinen Fingern. Otto hielt grinsend den Vogel hoch.

Plötzlich brodelte es in ihr, sie presste sich die Hand auf den Mund, um nicht laut zu lachen, als sie Otto mit der toten Ente in der Hand betrachtete. Er war nass bis zur Hüfte, und seine Zähne klapperten. Erst sah er sie nur verwundert an, dann begann auch er zu lachen.

Noch immer aufgedreht kichernd, liefen sie nach Hause. Tekla feuerte den Kamin an, während Otto die Ente rupfte und ausnahm. Herz, Leber und Knochen landeten in einer Schale, daraus könne Tekla eine Suppe kochen, meinte er. Die Reste sahen abscheulich aus, aber das musste ihr egal sein, denn jede einzelne dieser Fasern bedeutete Nahrung. Nachdem er einige Fleischstücke abgeschnitten hatte, ging er nach draußen und kam mit zwei Zweigen zurück, die er zu Spießen zurechtschnitzte. Tekla holte ihre Decken, und sie setzten sich vor den Kamin und grillten das Fleisch.

»Du hast recht«, sagte Otto. »Wir müssen das Beste aus unserem Leben machen. Ich mache das, ich nehme diese Arbeit an.«

Als sie fertig gegessen hatten, kniete er sich vor sie hin und massierte langsam ihre Beine.

»Ich verstehe gut, dass du dich nach Hause sehnst«, sagte er.

Tekla protestierte, aber er unterbrach sie. »Natürlich sehnst du dich nach Norwegen.« Er fuhr mit zwei Fingern über ihre Wange, folgte dem Bogen ihres Halses und glitt zwischen ihren Brüsten hindurch. »Eines Tages wird alles besser werden, das verspreche ich. Ich weiß nicht, was ich ohne dich getan hätte, Tekla. Du bist wunderbar.«

Tekla rutschte zum Rand des Sessels vor und zog ihn an sich. »Und was hätte ich ohne dich tun sollen?«, fragte sie und dachte: Jetzt ist er wieder er selbst. Endlich.

Dann beugte sie sich vor und drückte ihn zu Boden.

31

Im November sank das Thermometer auf unter zehn Grad minus. Sie hatten Wolldecken um sich geschlagen, um sich warm zu halten. Jeden Abend legten sie große Steine in die Glut des Kamins, packten sie in Handtücher und nahmen sie mit ins Bett. Es hieß, dass in den letzten Wochen viele Menschen an Kälte und Hunger gestorben waren. Aber Tekla und Otto gingen selten hungrig ins Bett, seit sie für die Russen arbeiteten.

Otto war nicht nur Ivan Kovalenkos Chauffeur, er half ihm auch mit seiner Lokalkenntnis, wenn die Russen in den Wäldern rund um Demmin auf die Jagd gingen. Anschließend bekamen sie manchmal sogar etwas von dem erlegten Wild geschenkt, und mit der ausgewogeneren, reicheren Kost kehrten auch die Lebensgeister zurück. Otto sagte allerdings nie, was er darüber dachte, für die Menschen zu arbeiten, die ihm alles genommen hatten. Teklas Fragen blieben unbeantwortet, er sagte immer nur, es sei alles in Ordnung.

Eines Abends saß er vor dem Kamin und trank Whisky, die Flasche hatte er von Kovalenko bekommen. Sie beobachtete ihn, während sie nach dem Essen abwusch. Es sah so aus, als quälte ihn etwas.

»Ich kann nicht hierbleiben«, sagte er plötzlich.

»Wie meinst du das?«

»Wir müssen hier weg. Ich halte das nicht aus. Der Hof … er gehört mir, uns … Und jetzt beschlagnahmen die Kommunisten alle Höfe, alle Felder und alles, was dazugehört. Sie behaupten, das sei jetzt Volkseigentum, und alles soll in volkseigene Güter umgewandelt werden. Im Frühling werden wir daher ausziehen müssen. Man wird uns ein kleines Fleckchen Erde anbieten, aber das wird nicht groß genug sein, um davon zu leben.«

»Und wohin sollen wir gehen?«

»Nach Westen. Vielleicht nach Hannover … zu Sonja und Stephan.«

»Aber wir haben nicht die Erlaubnis zu reisen. Überall gibt es Kontrollposten …«

»Wir machen das trotzdem«, fiel Otto ihr ins Wort und kam zu ihr. »Wenn wir erst woanders sind, können wir uns ein anständiges Leben aufbauen. Ein besseres Leben. Es kursieren Gerüchte, dass die Ostzone ein eigener, kommunistischer Staat werden soll, gesteuert von Moskau. Vater hatte recht, wir müssen nach Westen.«

»Aber denk doch an das Risiko. Wenn wir aufgehalten werden, können …«

»Soll es doch gefährlich sein«, sagte er wütend. »Ich bleibe nicht hier. Mutters Schmuck ist noch immer im Küchengarten versteckt, ich habe das überprüft. Wir graben ihn aus und nehmen ihn mit. Die Sachen sind wertvoll.« Er nahm ihre Hand. »Lass uns gehen, Tekla.«

»Wenn du wirklich glaubst, dass es das Beste ist …«

Otto lächelte. »Hör mal«, sagte er.

Sie lauschte. Aus dem Haupthaus war Tanzmusik zu hören. Er nahm ihre Jacke, legte sie um ihre Schultern, zog seine eigene an und führte sie nach draußen. Vor der Tür war die Musik deutlicher zu hören. Otto stellte sich hinter sie und schlang die Arme um sie.

»Du lachst so selten«, sagte er. »Dabei warst du so impulsiv und immer zu einem Lachen aufgelegt, als ich dich kennengelernt habe.«

Der Schnee fiel auf ihre Haare und schmolz. Ottos Gesicht wurde nass. Sie drehte sich um, stellte sich auf die Zehenspitzen und küsste seine kalten Lippen.

»Komm«, sagte sie, legte sich in den Schnee und schlug mit den Armen.

»Hier?«, fragte er und sah sie erschrocken an.

Tekla lachte. »Nein, Otto, nicht das.« Sie bewegte Arme und Beine. »Schneeengel«, sagte sie. »Komm!«

Otto legte sich neben sie. »*Du* bist ein Engel«, sagte er.

An diesem Abend liebte Otto sie wie beim ersten Mal zu Hause im Stall: zärtlich, voller Hingabe, lächelnd und mit leisem Flüstern. Sie liebte den Klang ihres Namens aus seinem Mund.

»Bleib ganz ruhig liegen«, sagte er und richtete sich auf den Ellenbogen auf. Er streichelte ihr langsam über die Schenkel und küsste ihren Bauch, bis sie nicht mehr still liegen konnte und ihn über sich zog.

»Du bist das Beste, was mir jemals passiert ist«, sagte er und schob sich zwischen ihre Beine.

Anschließend zündete er sich eine Zigarette an. Auch die Zigaretten hatte er von Kovalenko bekommen. Allem Anschein nach kamen sie gut miteinander aus.

Sie blieben lange liegen und redeten miteinander. Otto erzählte ihr von der Zeit vor dem Krieg. Demmin war eine hitlerfreundliche Stadt gewesen. Schon 1933 hatten die Nationalsozialisten mehr als die Hälfte der Stimmen bekommen, und 1938 hatten sich Tausende von Menschen an einer Demonstration gegen die Juden beteiligt. Noch im selben Jahr war eine Synagoge in eine Möbelfabrik umgewandelt worden.

»Und dann …«, sagte er. »Was hat Hitler mit den Juden gemacht?«

»Wie meinst du das?«

»Es gab große Lager sowohl in Deutschland als auch in Polen. Das müssen die reinsten Todesfabriken gewesen sein. Erinnerst du dich an die Hühnerdrahtverschläge in Mandal. Einer davon hieß Auschwitz.«

Tekla nickte.

»Das ist der Name von einem dieser Lager. Sie haben sie Konzentrationslager genannt. Jüdische Männer, Frauen und Kinder wurden dorthin gebracht und umgebracht, vergast und verbrannt. Und hier, in meiner Heimatstadt, haben die Menschen vor dem Krieg gegen die Juden demonstriert. Schon vor 1933 wurden Juden boykottiert, manche Leute haben sich geweigert, in ihren Geschäften einzukaufen. Weißt du, heute gibt es in Demmin keinen einzigen Juden mehr. Was haben wir getan? An was für einem Krieg war ich da beteiligt?«

»Aber du hast doch niemanden getötet, oder?«

»Ich habe auf der Seite gekämpft, die all diese Grausamkeiten begangen hat. Also war ich daran beteiligt. Es ist nicht zum Aushalten. Du bist keine Deutsche, du verstehst nicht so wie wir, wie Hitler uns verraten hat. Wie konnten wir, ein ganzes Volk, uns derart von ihm verführen lassen? Es ist unbegreiflich, dass wir nicht verstanden haben, auf was das alles hinausläuft.«

Die Frage, ob er jemanden getötet hatte, blieb unbeantwortet. Tekla fragte aber kein weiteres Mal, sondern schmiegte sich an ihn und schwor sich, ihm niemals von Kovalenkos Liebkosungen zu erzählen, dem Preis, den sie zahlte.

»Wir brechen hier auf, sobald das Frühjahr kommt«, sagte Otto.

32

Tekla hatte zu keiner Zeit Angst vor Kovalenko. Es geschah immer dasselbe, wenn er sie in sein Büro rief, er ging nie weiter, nahm sie nie mit Gewalt, wie sie es anfangs befürchtet hatte. Und er war immer ruhig, wirkte nie aufgeregt.

»Warum tun Sie das?«, rutschte es ihr eines Tages heraus, und dieses Mal setzte er sich nicht wie sonst wortlos an seinen Schreibtisch, sondern sah sie mit schmalen Augen an. Angst überkam sie.

»Entschuldigen Sie«, beeilte sie sich zu sagen.

»Nein, nein, du musst dich nicht entschuldigen.« Er saß ein paar Sekunden reglos da, bevor er fortfuhr: »Du erinnerst mich an meine Frau, die Art, wie du gehst, deine Bewegungen, deine Augen.«

Tekla war überrascht über den verletzlichen Ton in seiner Stimme. Sie musterte ihn ein paar Sekunden, dann ging sie um den Schreibtisch herum. Er sah sie verwundert an, als sie sich vorbeugte und ihn leicht auf die Stirn küsste.

Für ihn war sie nicht Tekla. Sie war eine Illusion. Was für eine Erleichterung!

An Weihnachten machte Tekla sich zum ersten Mal, seit sie nach Demmin gekommen waren, schön. Sie zog die Seidenstrümpfe und das Kleid an, das sie bei ihrer Hochzeit getragen hatte, und befestigte ihre mittlerweile wieder langen Haare mit Spangen hinter den Ohren. Einzelne Locken ließ sie in die Stirn fallen, die Lockenwickler, die sie im Bad gefunden hatte, hatten ein wahres Wunder bewirkt. Zum Schluss legte sie etwas Chanel auf und hielt den Flakon lange in der Hand. Vater, dachte sie. Wie geht es Vater? In der Fabrik hat er jetzt, da der Krieg zu Ende ist, sicher alle Hände voll zu tun. Und Henrik hat sicher an der Handelsschule begonnen, und Mutter … was macht Mutter? Bestimmt hat sie die Gardinen im Wohnzimmer gewechselt, sie hat so lange davon gesprochen.

Warum schreiben sie mir nicht?

Sie hatten zwei mit Otto befreundete Paare zum Weihnachtsessen eingeladen. Anton und Petra sowie Fritz und Anna, die eine vierjährige Tochter hatten. Für das Essen hatte Tekla über eine lange Zeit hinweg Nahrungsmittel gehamstert. Butter, Milch und Zichorienkaffee. Sogar etwas Sahne hatte sie sich gesichert. Otto hatte Hasenfleisch von einem Jagdausflug, und am Nachmittag war er mit drei Flaschen Wein und einer Flasche Cognac von Kovalenko zurückgekommen.

Vielleicht waren sie aus dem Weinkeller des Guts und damit eigentlich Ottos Flaschen, dachte Tekla, während sie die Sahne schlug, die sie zu den eingekochten Pflaumen servieren wollte. Sie deckte den Tisch mit einer weißen Decke und dem schönsten Service der Mamsell. Kurz bevor die Gäste kamen, zündete sie die Kerzen in dem großen dreiarmigen Leuchter an, den sie sich aus dem Haupthaus geliehen hatte.

Das kleine Mädchen, Gudrun, hatten sie in der Kammer neben der Küche schlafen gelegt. Die Tür war nur angelehnt. Nachdem sie den Tisch abgeräumt hatten, warf Tekla einen Blick zu ihr hinein und sah, dass sie wach war. Sie setzte sich auf die Bettkante.

»Du riechst gut«, sagte Gudrun.

»Findest du?«

Gudrun nickte. »Hast du Angst vor Gespenstern?«

»Bist du deshalb wach? Weil du über Gespenster nachdenkst?«

Gudrun nickte wieder und sah sie mit großen, ernsten Augen an.

»Ich habe eine Methode gelernt, durch die sie verschwinden«, sagte Tekla mit sanfter Stimme.

»Wirklich? Wie machst du das?«

»Ich liege ganz still da, schließe die Augen und tue so, als wären sie nicht da. Und in Gedanken reise ich dann an einen Ort, an dem es sie nicht gibt.«

»Wo ist das?«

»Dort, wo ich es schön finde und wo ich gerne bin.«

»Im Wald. Es ist da so schön, wenn die Sonne scheint.«

»Ja, denn Gespenster mögen keinen Wald, erst recht nicht, wenn die Sonne scheint. Das ist viel zu schön für sie.«

»Wenn ich daran denke, verschwinden sie dann wirklich?«

»Ja, sie merken dir an, dass du keine Angst mehr hast. Soll ich dir was verraten? Es gibt noch etwas anderes, das Gespenster nicht mögen. Gutenachtlieder. Soll ich dir ein Lied singen?«

Gudrun nickte.

Und Tekla sang:

Sov, du vesle spire ung,
ennå er det vinter,
ennå sover bjørk og lyng,
roser, hyasinter.
Ennå er det langt til vår,
langt til rogn i blomstring står.
Sov, du vesle spire,
ennå er det vinter.

»Das waren aber komische Worte«, sagte Gudrun. »Warum weinst du?«

»Ich muss an meine Mutter denken. Sie hat mir dieses Lied immer vorgesungen, als ich klein war«, antwortete Tekla, stand auf und fuhr sich mit der Hand rasch über die Wangen. »Jetzt kannst du sicher schlafen«, sagte sie.

Als Tekla zurück ins Wohnzimmer kam, hatte Otto gerade das Radio eingeschaltet und suchte einen Sender, auf dem Tanzmusik gespielt wurde. Erst seit kurzem hatten sie wieder Strom. Fritz zog Anna vom Stuhl und schob die Sessel vor dem Kamin zur Seite, um mehr Platz zum Tanzen zu haben. Anton sagte etwas zu Petra, aber sie schüttelte nur den Kopf. Sie hatte den ganzen Abend über kaum ein Wort gesagt, und ihre Bewegungen hatten etwas Angestrengtes. Ihr Lächeln wirkte freudlos und ihr Blick abwesend, als wäre sie dem Gespräch bei Tisch gar nicht gefolgt. Sie war sehr dünn und ihre Haut fast durchsichtig. Anton warf immer wieder kurze, besorgte Blicke zu ihr, und sein Arm lag die ganze Zeit über schützend auf ihrer Schulter. Er flüsterte ihr etwas zu, und Tekla las von ihren Lippen ab: »Es ist alles gut.«

Als Tekla den Tisch abgeräumt hatte, kam Anna in die Küche und half ihr beim Abwasch.

»Arme Petra«, flüsterte sie.

»Was ist denn mit ihr los?«

Anna beugte sich zu ihr hinüber und dämpfte ihre Stimme noch etwas mehr. »Darüber redet niemand. Aber als die Russen kamen …«

»Wurde sie …?«

Anna nickte.

»Und du?«

Anna sah ein paar Sekunden aus dem Fenster. Dann nickte sie wieder. »Aber das Leben muss weitergehen. Was geschehen ist, ist geschehen. Ich kann nichts daran ändern. Aber Petra … ist dir aufgefallen, wie Anton sie bewacht? Er passt den ganzen Tag auf sie auf, sogar wenn sie aufs Klo geht. Und nachts schließt er die Tür des Schlafzimmers ab, damit sie nicht nach draußen gehen kann, während er schläft.«

Petra und Anton brachen früh auf, und Tekla blieb noch eine Weile in der Tür stehen und sah ihnen nach. Manch einer schafft es nicht, solch schreckliche Erlebnisse hinter sich zu lassen, dachte sie. Wie vielen anderen Frauen es in Demmin wohl so ging?

»Ich glaube das nicht«, hörte sie Fritz sagen, als sie zurück ins Wohnzimmer kam. »Die Sowjets können doch nicht einfach einen Teil von Deutschland übernehmen.«

»Doch, die Siegermächte haben uns zwischen sich aufgeteilt, wir sind eine Kriegsbeute«, sagte Otto. »Darauf haben sie sich sogar schon vor Ende des Krieges geeinigt. Erst auf der Konferenz in Jalta und dann letzten Sommer in Potsdam. Es hilft alles nichts: Wir leben in dem Teil von Deutschland, den die Russen kontrollieren. Was glaubst du, wie unsere Zukunft aussehen wird?«

»Was meinst du?«, fragte Anna.

Otto schenkte Cognac nach. »Die Kommunisten werden alles Privateigentum verbieten, genau wie in der Sowjetunion. Dort kontrolliert der Staat alles bis ins Kleinste: Wirtschaft, Industrie, Bankwesen, Landwirtschaft, und es wird nur eine Partei geben: die kommunistische. So wird es auch hier kommen.«

»Woher willst du das mit solcher Sicherheit wissen?«, wandte Fritz ein. »Abgesehen davon waren es doch eigentlich die Kommunisten, die als Erste erkannt haben, wie gefährlich Hitler tatsächlich ist, und die gegen die Nazis gekämpft haben.«

»Ja, das ist richtig, aber jetzt bestimmen die Russen über uns.«

»Wir werden aber doch wohl eine eigene Regierung mit eigenen Politikern bekommen?«

»Das werden dann aber nur Marionetten sein. Ohne

Macht und Autorität, gesteuert von Moskau.« Otto redete weiter über Volkseigentum, volkseigene Betriebe und landwirtschaftliche Produktionsgenossenschaften.

Er hat sich wirklich intensiv mit der Sache auseinandergesetzt, dachte Tekla. Woher wusste er das alles?

»Und was passiert, wenn wir eine von den Sowjets geleitete Regierung bekommen?«, fragte er. »Ich werde es euch sagen. Niemand wird sich für das verantwortlich fühlen, was er tut. Weder für den Wiederaufbau noch für die Zukunft.«

»Im Westen sind die Lebensbedingungen aber doch auch nicht besser«, sagte Fritz. »Alles liegt in Schutt und Asche.«

»Ja, aber da passiert etwas, im Gegensatz zu hier. Die Amerikaner, Franzosen und Briten bauen das Land wieder auf. Während die Russen so gut wie nichts tun«, sagte Otto und grinste plötzlich breit. »Wisst ihr, was passiert, wenn eine Wüste kommunistisch wird?«

Fritz stieß ein paar Rauchwolken aus. »Nein, was?«

»Erst nichts, aber mit der Zeit gibt es Sandmangel.«

Fritz grölte vor Lachen und schlug sich auf die Schenkel. Tekla und Anna tauschten Blicke und lachten mit. Fritz nahm sein Glas und prostete Otto zu. Dann hoben sie ihre Gläser in Richtung der Frauen. Schließlich begann Fritz ein Weihnachtslied zu singen, das Tekla noch nie gehört hatte. Otto und Anna stimmten ein.

Kling, Glöckchen, klingelingeling!
Kling, Glöckchen, kling!

Lasst mich ein, ihr Kinder!
Ist so kalt der Winter!
Öffnet mir die Türen!
Lasst mich nicht erfrieren!

Wieder klirrten die Gläser.

Otto trank einen großen Schluck und räusperte sich. »Du, Fritz, warum will Anton eigentlich nicht darüber reden, wo er in den Kriegsjahren war?«

»Weißt du das nicht?« Fritz sah ihn überrascht an. »Er war in der SS.«

»Aber sind die SS-Leute nicht von den Russen interniert worden?«

»Doch, die meisten. Aber vielleicht wissen sie es nicht, oder er hat jemanden bestochen und ist so davongekommen. Es kursieren Gerüchte über Anton«, fuhr Fritz fort. »Ein Mann aus Demmin, der in Dachau inhaftiert war, behauptet, Anton sei dort Offizier gewesen.«

»In Dachau? Du machst Witze«, sagte Otto überrascht.

Fritz schüttelte den Kopf.

»Dachau?«, fragte Tekla entsetzt. »Hieß so nicht auch einer der Drahtverschläge in Mandal? Ist das auch eines dieser Todeslager?«

Otto drückte schnell seine Zigarette aus und stand auf. »Kommt, lass uns tanzen«, sagte er und zog sie vom Stuhl.

33

Georg und ich flogen nach Berlin und fuhren von dort mit dem Zug nach Demmin. Die Fahrt dauerte zweieinhalb Stunden und führte durch eine ziemlich eintönige Landschaft: weitgehend flach, geprägt von Feldern, Wiesen und viel Wald. Abgesehen von zwei, drei größeren Ortschaften und einigen Dörfern unterwegs schien die Gegend nur spärlich besiedelt zu sein. Alles wirkte so klein, auch die verstreut liegenden Höfe. Ich sah keinen einzigen stattlichen Gutshof. Obwohl wir uns in einem der reichsten Staaten der Europäischen Union befanden und der Fall der Mauer schon lange zurücklag, hatte ich den Eindruck, dass die frühere DDR noch immer geprägt war von dem Gleichheitsgedanken der ehemaligen Machthaber.

Zu meiner Verwunderung sah ich immer wieder Schrebergärtenkolonien: Hütten mit grünen Gärten, die durch Hecken voneinander getrennt waren. Ich hatte das für ein urbanes Phänomen gehalten. Die Gärten lagen dicht an dicht, mit schnurgeraden Gemüsebeeten, farbenfrohen Blumenrabatten, Obstbäumen und Beerensträuchern.

Wir sahen Bussarde und Fischadler durch die Lüfte schweben, und von Zeit zu Zeit tauchte der eine oder andere Storch in der flachen Landschaft auf. Die Felder wurden immer wieder unterbrochen durch große Streifen mit rotem Klatschmohn, Margeriten und Büschen mit kleinen weißen und gelben Blüten. Es war schön, wenn auch wenig abwechslungsreich und ganz anders als die Gegend, aus der Großmutter stammte. Das Meer musste ihr gefehlt haben, schließlich spiegelte es sich in fast allen ihren Bildern.

In Demmin angekommen, stiegen nur wir und ein älteres Ehepaar aus. Das Bahnhofsgebäude aus gelben und roten Ziegelsteinen musste früher einmal ein herrschaftlicher Bau gewesen sein, doch mittlerweile war es grau vom Alter. Es wirkte wie ausgestorben, kein Schalter, verschlossene Türen und dunkle Räume.

»Und, aufgeregt?«, fragte Georg und legte mir die Hand auf die Schulter.

»Sehr«, sagte ich.

Wir gingen am Bahnhofsgebäude vorbei und fragten einen älteren Mann mit einem Labrador nach dem Weg zum Zentrum. Er streckte den Arm aus und zeigte in Richtung einer Straße, an der ein Verkehrsschild nach Rostock stand. Welche Häuser die Brände am Kriegsende überstanden hatten und welche wiederaufgebaut worden waren, war nicht zu sagen. Einige Gebäude wirkten ziemlich baufällig, die Mauern waren verwittert, und von den Fensterrahmen blätterte die Farbe ab. Nur wenige Häuser schienen neu oder frisch renoviert zu sein. Viele Fenster aber waren mit Blumen und kleinen Dekogegenständen geschmückt.

Die Straßen waren beinahe menschenleer, und die wenigen Menschen, die wir trafen, waren alt. Die Stadt wirkte verlassen; wer jung genug war und noch Träume und Pläne für die Zukunft hatte, war weg.

Bis 1989 hatte Demmin hinter dem Eisernen Vorhang gelegen, aber war das Leben danach besser geworden? Hatten sich die Zukunftsträume der Menschen nach der Wiedervereinigung mit Westdeutschland erfüllt? Fühlten sie sich als ein Teil einer großen europäischen Gemeinschaft, als Teil einer Gesellschaft mit größeren Möglichkeiten und mehr Freiheit?

»Vielleicht sind sie hier keine Fremden gewohnt?« Georg nickte in Richtung eines unverputzten Backsteinhauses mit einer Treppe direkt bis auf den Bürgersteig, in dem ein alter Mann die Gardine zur Seite schob und uns beobachtete.

»Er ist so alt, dass er die Tragödie 1945 noch miterlebt haben könnte.«

»Gut möglich«, sagte Georg.

»Und vielleicht hat die da für die Stasi gearbeitet«, sagte ich und nickte in Richtung einer älteren Frau, die aus einem Geschäft kam und schwer an zwei Einkaufstaschen trug.

Oder sie hat einen Sohn verloren, der zu fliehen versucht hat, dachte ich. Vielleicht strahlte ihr Körper diese Schwere aus, weil der Mensch, der ihr am wichtigsten war, auf der Jagd nach dem Traum von einem Leben im Westen erschossen worden war. Wie hatte das Leben in Demmin ausgesehen, als die Mauer noch gestanden hatte? Hatten die Bewohner der Stadt von einem anderen Leben geträumt – einem Leben ohne die ständige Furcht und Unsicherheit im Kommunismus, ohne die Angst, von ihren Nachbarn oder Verwandten angezeigt und verraten zu werden? Hatten sie davon geträumt, frei und selbständig in einer demokratischen Gesellschaft leben zu können?

Wir kamen an einem Café vorbei, einem geschlossenen Restaurant mit Tischen auf dem Gehsteig, einem Friseur und einer Arztpraxis.

»Ich weiß nicht, ich denke immer wieder an das Schweigen dieser Menschen hier«, sagte ich. »Dass sie nicht über die traumatischen Geschehnisse reden durften.«

»Ja, es gibt kaum einen krasseren Beweis dafür, dass es die Sieger sind, die die Geschichte schreiben. Demmin ist da wirklich ein Paradebeispiel«, sagte Georg.

Wir gingen in die Tourist-Info unten am Fluss.

Eine Frau kam kauend aus dem Hinterzimmer und starrte uns überrascht an.

»Sie hat vielleicht noch nie ausländische Touristen gesehen«, flüsterte ich.

Wir bekamen eine Karte, eine Broschüre und ein paar alte Bilder, die zeigten, wie die Stadt vor dem Krieg ausgesehen hatte. Die Frau informierte uns auch darüber, wo der Friedhof mit den Massengräbern lag.

Das städtische Museum war im selben Gebäude wie die Tourist-Info untergebracht, und Herr Bosch, mit dem wir einen Termin vereinbart hatten, wartete bereits auf uns. Er war ein netter Mann mit freundlichen Augen, dunklen, buschigen Augenbrauen und kräftigen, hellgrauen Haaren. Er führte uns in ein Büro mit einem gewaltigen Schreibtisch voller Papierstapel.

Bis zu diesem Zeitpunkt waren die Vergewaltigungen und der Massenselbstmord für mich nicht mehr als eine schreckliche Episode der Geschichte gewesen. Sie ging mir nah, weil meine eigene Großmutter gleich danach hierhergekommen war. Trotzdem waren mir die Geschehnisse ebenso fern und unwirklich erschienen wie so viele andere historische Ereignisse. Doch als Herr Bosch zu reden begann, schien das Trauma unter seinen Worten geradezu physisch wiederaufzuerstehen. Ich konnte es fühlen, als wäre es gerade erst geschehen.

»Die deutschen Offiziere ergriffen am 28. April die Flucht, nachdem die Meldung gekommen war, dass die Russen sich näherten«, erzählte er. »Die NSDAP-Funktionäre konfiszierten alle Fahrzeuge. Das Lazarett wurde evakuiert, und alle, die bei der Polizei arbeiteten, sowie viele Einwohner verließen die Stadt. In den Wochen zuvor waren die Einwohner verpflichtet worden, einen fünf Kilometer langen Panzergraben um Demmin zu ziehen. Als die Russen dort ankamen, schickten sie drei Unterhändler aus. Ein Augenzeuge, ein neunzehn Jahre alter deutscher Soldat, der unten im Graben lag, bekam mit, wie alle Unterhändler von den Deutschen erschossen wurden. Danach entstand Chaos, und die letzten Wehrmachtssoldaten und die wenigen noch verbliebenen SS-Offiziere zogen sich durch Demmin zurück und sprengten am 30. April die beiden Brücken«, sagte Herr Bosch. »Etwa gegen Mittag kamen dann die ersten Russen ins Zentrum.«

»Aber haben die Menschen nicht gleich kapituliert?«, fragte Georg.

»Doch, die meisten hatten weiße Fahnen und Handtücher aus den Fenstern gehängt. Auch am Kirchturm hingen weiße Laken als Zeichen, dass alle sich kampflos ergeben wollten.«

»Wieso kam es dann trotzdem zu einer derartigen Gewalt?«, fragte Georg.

»Grund dafür war vermutlich die fatale Entscheidung eines Lehrers, des Studienrats Moldenhauer. Nachdem er seine Frau und seine Kinder getötet hatte, schoss er mit einer Bazooka eine Granate auf die Russen ab und tötete viele Soldaten. Danach hat er sich das Leben genommen. Die Russen reagierten wütend und begannen die Häuser im Zentrum anzuzünden. Die Einwohner waren in der Stadt gefangen: Im Norden, Westen und Süden versperrten ihnen die Peene und die Tollense, die die Stadt in einem Halbkreis umfließen, den Weg, und aus dem Osten näherten sich die Russen. Im Laufe von drei Tagen brannte die Rote Armee 80 Prozent der Häuser in der Stadt nieder. Außerdem gingen die Soldaten von Haus zu Haus und vergewaltigten die Frauen. Viele wurden dabei gleich von mehreren Soldaten vergewaltigt, teilweise zigmal. Die Russen liefen in Horden durch die Stadt. Die Menschen bekamen Panik, und in der entstehenden Massenhysterie kam es dann dazu, dass die Menschen sich selbst und ihre Familien umbrachten. Und das betraf nicht nur diejenigen, die bereits vergewaltigt worden waren. Viele Frauen nahmen sich aus Angst das Leben. Aber auch Männer, ganze Familien gingen in den Freitod. Allerdings nicht immer mit Erfolg. Es gibt mehrere Belege dafür, dass Mütter ihre Kinder vergifteten, dann aber bei sich selbst die Dosis falsch berechneten und überlebten. Einige von denen, die sich zu erhängen versuchten, wurden im letzten Moment von den Russen gerettet. Und manchen Kindern soll es auch gelungen sein, ihre Eltern davon abzubringen, erst sie und dann sich selbst umzubringen.«

»Hitlers Propaganda über die Russen als Unmenschen hat dabei vermutlich eine wichtige Rolle gespielt, oder?«, fragte Georg.

»Ja, es kursierten die schrecklichsten Geschichten. Menschen sollten gekreuzigt oder mit Bajonetten aufgespießt worden sein. Andere sollten mit Autos zu Tode geschleift oder von Panzern überrollt worden sein, darunter auch Kinder. Dazu kam noch, dass in dieser Zeit viele Flüchtlinge aus dem Osten nach Demmin gekommen waren, die die Verwüstungen durch die Russen miterlebt hatten. Die Gerüchte wurden dadurch vermutlich immer weiter angeheizt, so dass die Menschen schließlich Todesangst hatten, als die Russen kamen.«

Georg faltete die Karte auseinander, die wir in der Tourist-Info bekommen hatten.

»Hier ist das Massengrab«, sagte Herr Bosch und tippte auf die Karte. »Da ist erst kürzlich ein neuer Gedenkstein aufgestellt worden.«

»Wie viele Menschen liegen dort?«, fragte ich.

»Wir sind die schriftlichen Quellen durchgegangen, also die Register von Stadt und Kirche, und vermuten, dass dort mindestens 400 Menschen beerdigt wurden. Wie viele Menschen tatsächlich Selbstmord begingen oder durch Familienangehörige getötet wurden, werden wir aber wohl nie erfahren. Die Zahlen variieren. Die Quellen sind unsicher, denn in dem entstandenen Chaos hat kaum jemand genaue Aufzeichnungen angefertigt. Überdies wurden einige der Toten nie gefunden, sie wurden vom Fluss fortgespült. Und wie viele Menschen aus dem Osten hierher nach Demmin geflohen waren, weiß auch niemand.«

Am Tag vor unserer Fahrt nach Demmin hatte noch einmal Georgs deutscher Freund angerufen. Er hatte Kontakt mit einem Autor aufgenommen, der an einem Buch über die Tragödie arbeitete und dazu alle vorhandenen Quellen – sowohl schriftliche als auch mündliche – erneut gesichtet hatte. Der Autor war dabei zu der Überzeugung gekommen, dass die tatsächliche Zahl der Toten zwischen 700 und 1000 lag. Auf jeden Fall handelte es sich damit um einen der größten Massenselbstmorde aller Zeiten.

»Es ist doch seltsam, dass ich nie davon gehört habe, weder im Fernsehen noch in der Zeitung«, sagte ich. »Ich bin erst darauf gestoßen, als ich angefangen habe, in Großmutters Vergangenheit zu graben. Kriegshistorisch ist das doch ein erschütternder Vorfall.«

»Nach der Wiedervereinigung von Ost- und Westdeutschland wurde ein bisschen darüber geschrieben«, sagte Herr Bosch. »Ein paar Zeitzeugen haben ihr Schweigen gebrochen und ihre Geschichten erzählt. Für die meisten war das aber unmöglich. Die Wunden sind selbst heute noch nicht verheilt.«

34

Als wir aus dem Museum kamen, liefen wir noch einmal durch die Stadt. Zuerst passierten wir das Rathaus, ein wirklich schmuckes Gebäude, das wie viele andere Häuser 1945 niedergebrannt worden war. Erst Ende der neunziger Jahre war dann eine exakte Kopie des historischen Originals errichtet worden. Mir kam das Ganze wie ein Symbol dafür vor, wie viel Zeit hatte verstreichen müssen, bis die Stadt ihre eigene Geschichte zurückerhalten hatte.

Dicht neben dem Rathaus stand die St.-Bartholomaei-Kirche, deren Turm noch genauso majestätisch in den Himmel ragte wie 1945 – die evangelische Kirche war eines der wenigen Gebäude, die damals nicht zerstört worden waren.

»Die ersten russischen Truppen kamen über diese Straße hier«, sagte Georg und zeigte auf das Schild Treptower Straße.

Der Friedhof lag auf der anderen Seite der Schienen unweit des Bahnhofs. Ein schmaler Kiesweg führte an einer Hecke entlang zu einem rostigen Stahltor, hinter dem wir auf eine Allee mit hohen Bäumen kamen, deren Äste sich wie ein Dach über uns wölbten. An beiden Seiten waren kleine Hecken und Wege, Felder mit Einzelgräbern und große Familiengräber. Einige waren überreich mit Blumen geschmückt, andere wirkten verwildert. Genau hier mussten die mit Leichen bepackten Wagen angekommen sein.

Das Massengrab war ein offenes Feld von sicher fünfzig mal fünfzig Metern. Am Rand des Weges stand ein Gedenkstein mit einer Messingplatte.

»Freitote, am Sinn des Lebens irre geworden«

Hier ruhen im Massengrab und in Einzelgräbern
Hunderte bekannte und unbekannte Opfer
der Demminer Tragödie vom Mai 1945

»Freitote?«, fragte ich. »Ein komisches Wort.«

»Freiwillig in den Tod gegangen«, sagte Georg. »Bei uns im Norwegischen gibt es ein solches Wort nicht.«

Georg und ich betraten das Feld und gingen zu einem hohen Obelisken, der aus mehreren rechteckigen, übereinandergestapelten Steinen bestand. Ganz oben thronte eine Erdkugel aus Schmiedeeisen mit einem Kreuz, direkt darunter stand die Jahreszahl 1945. In den Sockel waren verschiedene Zitate geritzt.

Gottes ist der Orient, Gottes ist der Okzident.

Verteilt auf dem Feld lagen ein paar einfache, kleine Grabsteine, die ein Kreuz formten. Sie waren vermutlich später hier platziert worden, vielleicht von Familien, die einen ihrer Lieben in diesem Grab wussten.

Georg ging zu einem Stein am Rand des Feldes. Er war größer als die anderen. »Die hier sind am selben Tag gestorben«, sagte er. »3. Mai 1945.«

Es standen sechs Namen auf dem Stein, alle aus derselben Familie.

In der Broschüre hieß es, dass die Toten in mehreren Schichten beerdigt worden waren. In Ermangelung von Särgen waren die meisten in Leinen gehüllt worden, und die kleinsten Kinder waren in Pappkartons oder Papiertüten beerdigt worden. Man hatte die Toten in Reihen zur letzten Ruhe gebettet. Dann war ein Gebet gesprochen und Kalk ausgebracht worden, bevor die nächste Lage in das Grab gelegt worden war.

Unter meinen Füßen lagen Hunderte von Leichen. Wer hatte sich damals um die Beerdigung gekümmert? Es waren sicher viele Hände notwendig gewesen, um die Grube auszuheben, die Leichen abzuladen und die Toten ins Grab zu betten. Waren es die Geschwister der Toten, Vettern, Onkel, Nachbarn, Kollegen? Menschen, die sie kannten und gernhatten?

Ich hatte irgendwo gelesen, dass das Massengrab nicht gepflegt worden und zugewuchert war. Die Menschen sollten nicht hierherkommen, sie sollten die Trauer vergessen, schweigen, so tun, als wäre das alles nicht geschehen. Gleichzeitig hatten die Russen in der Stadt einen großen Gedenkstein für ihre eigenen Gefallenen errichtet. Wie waren die Menschen mit ihrem Schmerz umgegangen? Sie mussten doch darüber gesprochen, mussten ihre Trauer mit jemandem geteilt haben, dem sie vertrauten, vielleicht mit Familienmitgliedern und Freunden, die dasselbe erlebt hatten.

Georgs Freund hatte uns eine Beschreibung des Grabes

von Ottos Familie mitgegeben. Es lag auf der anderen Seite des Weges und wurde von einem schmiedeeisernen Gitter gesäumt. Das Grab selbst maß etwa zwei mal zwei Meter und war von Unkraut überwuchert. Der Stein war hell, die Schrift schwarz, doch obwohl die Farbe an manchen Stellen fehlte, waren die eingravierten Namen von Ottos Eltern und von seiner Schwester noch gut zu lesen.

»Es ist irgendwie unwirklich, hier zu stehen und zu wissen, dass dies das Grab meiner Urgroßeltern ist«, sagte ich beklommen. »Ohne Sofie und Klaus Adler gäbe es mich nicht.«

35

Am Samstag, dem 24. März, verließen Tekla und Otto kurz vor Mitternacht Klaushagen mit nur wenigen persönlichen Dingen in ihren zwei Rucksäcken. In der vorangegangenen Nacht hatten sie den Schmuck von Ottos Mutter ausgegraben. Das Silberzeug lag am gleichen Ort, es war aber so schwer, dass sie es nicht mitnehmen konnten. Den Schmuck hatte Tekla in ihre Kleider genäht. Vier Ringe steckten nun in den Falten einer Jacke mit Puffärmeln und eine Perlenkette im Schultersaum von Ottos Pullover. Sie hatte eine doppelte Borte an zwei Strickjacken genäht und in den entstandenen Hohlräumen drei Ketten und ein Armband versteckt.

Die Russen hatten Ottos altes Motorrad nicht gefunden, da es weit hinten in der Scheune stand und von einem Haufen Schrott verborgen wurde. Im Schutz der Nacht hatte Otto Benzin aus Kovalenkos Wagen abgezweigt. Außerdem hatte er auf eine Karte eingezeichnet, wo die russischen Kontrollposten lagen und wie sie fahren mussten – sowie mögliche Ausweichrouten, falls etwas Unvorhergesehenes passierte.

Sich um Passierscheine zu bemühen, war aussichtslos. Die Russen hatten mit den Alliierten die Vereinbarung getroffen, dass alle ostdeutschen Soldaten aus der Westzone zurückgeführt werden sollten, dasselbe galt für Kriegsgefangene und Flüchtlinge. Otto hätte niemals die Erlaubnis erhalten, in den Westen zu reisen. Beiden war bewusst, dass sie ein hohes Risiko eingingen. Sollten sie geschnappt werden, würden sie in einem Straflager landen. Sie mussten also alles daransetzen, nicht aufgehalten und kontrolliert zu werden.

Außerdem wussten sie nicht, wie die russischen Soldaten reagieren würden, wenn sie sie entdeckten. Soldaten, die Gewalttaten verübten oder die Bevölkerung drangsalierten, riskierten inzwischen eine Strafe. Trotzdem kam es noch immer zu Plünderungen. Und vor gerade einmal einem Monat war eine junge Frau unweit der Stadt vergewaltigt und ermordet worden. Niemand zweifelte daran, wer hinter dieser Untat stand.

Otto sagte kein Wort, als sie das Haus der Mamsell verließen. Er schloss die Tür, blieb ein paar Sekunden stehen und sah zum Haupthaus. Dann wanderte sein Blick zu der Scheune, den Stallungen und der leeren Koppel. Schließlich holte er tief Luft, ging mit schnellen Schritten um die Ecke des Hauses und holte das Motorrad, das er unter einer Plane versteckt hatte.

»Vielleicht ändert sich das alles irgendwann wieder«, sagte Tekla. »Vielleicht können wir eines Tages zurückkehren.«

»Daran glaube ich nicht«, sagte er.

Sie nahmen den Pfad entlang des Flusses und gingen über die Felder um die Stadt herum. Als sie auf die Straße kamen, waren weder Autos noch Menschen zu sehen, und Otto ließ den Motor an. Tekla setzte sich hinter ihn und schlang die Arme um seine Taille. Der Wollstoff seines Mantels kratzte an ihrem Kinn, als sie über seine Schulter auf die dunkle Straße vor ihnen sah.

Wohin würde sie diese Fahrt ins Ungewisse wohl führen, fragte sich Tekla und klammerte sich fester an Otto.

36

Der erste russische Kontrollposten befand sich zehn Kilometer südlich von Demmin. Etwas vorher bog Otto auf einen schmalen Weg ab, der sie über Felder und durch einen Wald, vorbei an ein paar Höfen führte, ehe er wieder auf die Straße mündete. Sie waren eine halbe Stunde unterwegs, als ein russischer Gaz, ein Militärjeep, plötzlich vor ihnen auftauchte und an ihnen vorbeifuhr. Die Straße war so kurvig, dass sie ihn nicht rechtzeitig bemerkt hatten. Der Jeep bremste und blieb nach fünfzig Metern stehen.

Otto bog gleich darauf auf einen Feldweg ab. Tekla klammerte sich an ihn und wurde auf dem holperigen Weg hin und her geworfen. Sie sah nach hinten und bemerkte das Licht der Scheinwerfer.

»Sie folgen uns!«, rief sie ängstlich.

Otto beschleunigte. »Halt dich fest!«

Sie waren ein paar hundert Meter gefahren, als das Vorderrad gegen eine Wurzel oder einen Stein schlug und das Motorrad aushob. Tekla landete schief auf dem Sitz und klammerte sich an Otto, aber ihr Gewicht zog ihn zur Seite, so dass er das Steuer verriss und in einen Graben fuhr.

Ein scharfer Schmerz schoss durch Teklas Fuß, als sie

unter dem Motorrad landete. Otto war sofort wieder auf den Beinen.

»Komm!« Er zog sie hoch.

Ihr Atem stockte, so stark waren die Schmerzen. »Mein Fuß ist verletzt«, stöhnte sie. »Ich kann nicht auftreten.«

Das Scheinwerferlicht näherte sich. Otto legte ihren Arm über seine Schulter, packte ihre Taille und zog sie, so schnell es ging, zwischen die dunklen Stämme. Hinter sich hörten sie russische Stimmen. Jemand rief.

»Auf der anderen Seite des Waldes ist ein Hof«, flüsterte Otto und zeigte nach vorn. »Da gehen wir hin. Alles wird gut, ich kenne mich hier aus.«

Sie lauschten ein paar Sekunden, konnten aber nichts hören.

Tekla hielt die Luft an. »Glaubst du, die haben aufgegeben?«

Im selben Moment hörten sie das Bellen eines Hundes.

Otto stützte sie, während sie durch Farnkraut einen sanften Abhang hinunterhinkte. Als sie ins Stolpern kam, trug er sie über einen umgestürzten Baum.

»Leg dich hin«, flüsterte er.

Ihre Augen hatten sich mittlerweile an das Dunkel gewöhnt, oben am Hang zeichnete sich die Silhouette eines Hundes ab. Das Tier knurrte leise, dann kam es auf sie zu.

Tekla zuckte zusammen, als es plötzlich dicht neben ihr knallte und der Hund mitten im Sprung über den Baumstamm erstarrte.

Sie drehte sich zu Otto. Er hielt eine Pistole in der Hand.

Es musste eine der Waffen sein, die sein Vater im Teich versteckt hatte, als die Russen gekommen waren.

Mühsam arbeiteten sie sich weiter den Hang hinunter. Tekla hörte das aufgeregte Rufen der Russen hinter ihnen. Als ihr ein Zweig ins Gesicht schlug, schrie sie leise auf. Ihre Wange brannte, als hätte sie sich mit einem Messer geschnitten, und Blut lief in ihren Mundwinkel.

»Runter«, flüsterte Otto.

Sie legte sich auf den Bauch und drückte die Stirn auf die Hände. Es roch nach nasser Erde und Kiefernnadeln. Ein Grashalm kitzelte ihre Stirn, und sie schob ihn vorsichtig weg. Otto klaubte Zweige und trockenes Laub zusammen und legte es über sie. Dann blieben sie ganz still liegen und warteten lauschend. Die finden uns nicht, die finden uns nicht, redete sie sich ein.

Doch die Stimmen näherten sich, und das Licht eines Scheinwerfers huschte zwischen den Bäumen hin und her. Mit einem Mal verstummten die Stimmen, nur Schritte und das Knacken von trockenem Holz war zu hören.

Jemand rief etwas auf Russisch, Zweige und Blätter wurden zur Seite gefegt, und eine Hand zog sie hoch.

Sie schaffte es nicht, aufrecht zu stehen, sondern sackte auf die Knie. Das Licht der hellen Lampe blendete sie, und sie hielt sich die Hand vor die Augen. Es waren vier oder fünf Männer, die aufgeregt durcheinanderredeten, bis einer von ihnen etwas schrie. Seine Wut richtete sich auf Otto. Sie zogen ihn hoch und hielten ihn zwischen sich fest. Der Soldat mit der Lampe stellte sich breitbeinig vor ihn und leuchtete ihm ins Gesicht.

»Du hast meinen Hund getötet«, fauchte er wütend auf Deutsch.

Noch ehe Otto antworten konnte, bekam er einen Faustschlag ins Gesicht. Der Mann prügelte auf ihn ein, während die anderen Otto festhielten.

Tekla schrie, dass sie ihn in Ruhe lassen sollten. Sie hinkte zu ihnen, packte die Jacke des Russen, der immer wieder zuschlug, obwohl Otto bereits schlaff in den Armen der anderen hing. Der Russe rammte ihr den Ellenbogen gegen die Stirn, so dass sie rückwärts zu Boden ging. Einer der Männer suchte etwas in Ottos Kleidung, es musste die Waffe sein. Er schrie Otto an, bekam aber keine Antwort.

Es schien Tekla, als hätten die Russen sie komplett vergessen. Langsam begann sie von ihnen wegzukriechen. Vielleicht kann ich mich im Wald verstecken, dachte sie. Bestimmt gehen sie gleich wieder. Mein Gott, die müssen einfach gehen, bitte, bitte, mach, dass sie gehen.

Dann hörte sie Schritte.

Sie erstarrte, lag regungslos da, das Gesicht in den Händen. Einer von ihnen sagte etwas auf Russisch, und die anderen lachten laut. Tekla sah zur Seite und bemerkte einen Stiefel nur wenige Zentimeter neben ihrem Gesicht. Die vier Männer standen um sie herum.

Sie wurde gepackt und herumgedreht. Der Mann hatte dunkle Haare und schmale Augen. Er hielt eine Flasche in der Hand und beugte sich grinsend über sie. Sie verstand nicht, was er sagte, die einladende Geste war aber nicht misszuverstehen.

Tekla schlug die Flasche weg und trat ihm gegen das

Bein. Starke Hände packten sie, die Flasche wurde ihr zwischen die Lippen gepresst, aber sie leistete weiter Widerstand, drehte sich zur Seite, trat, schlug und schrie. Otto lag noch immer regungslos am Boden. Sie warf den Kopf hin und her und weigerte sich zu trinken.

»Nein, nein!«, schrie sie.

Eine Hand schlug ihr flach ins Gesicht, erst auf die eine, dann auf die andere Wange, so dass ihr Kopf hin und her geschleudert wurde.

»Bitte, tun Sie das nicht, bitte!«, flehte sie sie an, ohne zu bemerken, dass sie ins Norwegische verfallen war.

Drei Mann hielten sie fest, während der vierte ihr ein weiteres Mal ins Gesicht schlug. Sie rang nach Luft, als er ihre Haare packte, ihren Kopf nach hinten zog und ihr den Hals der Flasche noch einmal zwischen die Lippen drückte.

Im gleichen Moment nahm sie einen Schatten hinter dem Russen wahr.

»Lassen Sie sie los, sonst schieße ich!«

Otto drückte den Lauf der Waffe an die Schläfe des Russen.

»Lasst sie gehen!«, rief er.

Nach ein paar endlosen Sekunden ließen die Russen sie los. »Komm«, sagte er und breitete die Arme aus.

Tekla stand auf, ging zu Otto und stellte sich hinter ihn. Langsam gingen sie rückwärts, wobei Otto den Russen hinter sich herzog. »Lauf, Tekla«, sagte er. »Lauf.«

»Und was ist mit dir?«

»Lauf durch den Wald zu dem Hof. Ich komme nach«, sagte er schnell. »Wir treffen uns da.«

37

Ein Schuss hallte durch den Wald.

Tekla blieb stehen und blinzelte durch das Dunkel zu Otto und dem Russen. Einer der beiden fiel. Sie wischte sich den Schweiß aus den Augen und lauschte auf Ottos Stimme. Jetzt kommt er. Komm, Otto, komm, flehte sie innerlich.

Aber er kam nicht.

Stattdessen stürmten die Russen hinter ihr her und riefen wild durcheinander. Sie hockte sich hin, krümmte die Schultern und legte die Arme um den Kopf.

Die Männer warfen sich wütend auf sie und packten sie mit eisernen Fäusten. Wieder drückten sie ihr den Flaschenhals zwischen die Lippen. Sie drehte ihr Gesicht weg, aber einer von ihnen hielt ihr die Nase zu, und sie hörte auf, Widerstand zu leisten, schluckte, hustete, schluckte wieder und spürte, wie der Alkohol sich wie eine betäubende Welle in ihrem Körper ausbreitete. Unter ihr begann der Boden zu schwanken, alles drehte sich, aber sie trank weiter, als wäre es Wasser. Was sonst sollte sie tun? Sie trank sich besinnungslos.

Ihr Rock wurde angehoben, jemand zog ihr die Wollstrümpfe und die Unterhose herunter und drückte ihre

Beine auseinander. Sie schloss die Augen, sah den Mann nicht an, der sich über sie legte, biss die Zähne zusammen, als seine Nägel sich in ihren Rücken bohrten, und schrie, als er in sie eindrang.

Ein Windhauch wehte durch den Wald, dann kam der Regen. Erst hörte sie ihn nur in den Baumkronen. Dann fielen ihr die ersten Tropfen ins Gesicht.

Ich bin nicht hier.

Ein Laut kam über ihre Lippen, ein unterdrücktes Stöhnen, das gleich wieder verstummte.

Der Mann stand auf, aber sofort danach war ein anderer über ihr. Er schlug ihr mit der flachen Hand mehrmals ins Gesicht, während er stöhnte: »Da, da!«

Das bin nicht ich, das ist eine andere, dachte sie. Eine, die ich nicht kenne.

Sie grub ihre Finger in Gras, Laub und Kiefernnadeln, als der Nächste sich schwer auf sie legte. Er würgte sie, bis sie keine Luft mehr bekam. Füße stampften rhythmisch auf den Boden, und die Stimmen wurden leiser und leiser.

Das war's, dachte sie. Das ist also mein Ende.

38

Der Wald umgab sie noch immer wie eine schwarze Wand. Sie war nass, verdreckt von Erde und Matsch, ihr Kopf schmerzte, und ihr Unterleib brannte. Mühsam richtete sie sich auf, wurde von plötzlicher Übelkeit übermannt und erbrach sich, bis nichts mehr kam.

Sie fasste sich an den Hals. Das Medaillon war weg. Mit den Fingern tastete sie den Boden um sich herum ab, spürte aber nur Gras, Zweige und nasses Laub. Sie kroch auf den Knien herum und spürte Stoff zwischen ihren Fingern. Ihr Höschen. Und ihre Strümpfe.

Sie stand mühsam auf und stützte sich an einen Baum. Der Wald um sie herum drehte sich, etwas Warmes rann an ihren Beinen herab, und die Schmerzen in ihrem Fuß mischten sich mit dem brennenden Stechen im Unterleib. Es fühlte sich an, als wäre sie aufgerissen worden.

Für einen Moment kam der Mond zwischen den Wolken zum Vorschein und warf sein kaltes Licht auf den Waldboden. Sie sah alles wie durch einen Schleier. Die Stämme der Bäume bewegten sich, teilten sich, wurden zu dreien. Nach einer Weile konnte sie etwas klarer sehen und glaubte etwas vor sich einen offeneren Platz zu erkennen. War das die Stelle, wo Otto mit dem Russen gekämpft hatte?

Sie haben auf ihn geschossen, aber er lebt, dachte sie. Vielleicht ist er schwer verletzt, aber er lebt.

»Otto!«

Sein Name verhallte im Wald.

Sie taumelte hinüber, aber es war nicht die richtige Stelle. Suchend hinkte sie weiter, brach sich einen Stock zurecht, auf den sie sich stützen konnte, und kämpfte sich Schritt für Schritt voran. Die Schmerzen strahlten von ihrem Kopf und ihrem Unterleib in den ganzen Körper aus. Ihr Gesicht und ihr Hals waren nass, die Hände klamm, und sie konnte kaum atmen. Es war, als schnürte ihr etwas den Hals zu.

»Otto!«

Fast wäre sie über ihn gestolpert.

Er lag auf dem Bauch, das Gesicht nach unten. Tekla sackte auf die Knie und drehte ihn um.

»Otto«, flüsterte sie.

Seine Augen waren geschlossen, die Lippen offen, das Gesicht glatt und friedlich wie bei einem schlafenden Kind.

39

Christian Becker war sein Leben lang Kirchendiener gewesen. Er wohnte in einem kleinen, gelben Ziegelhaus am Stadtrand von Demmin. Der Leiter des Museums hatte unseren Besuch angekündigt.

Die Frau, die uns die Tür öffnete, entsprach exakt meinen Vorstellungen von einer ostdeutschen Hausfrau. Sie trug einen moosgrünen Faltenrock, der ihre Knie bedeckte, und ein braunes Kopftuch, das sie mit Haarnadeln festgesteckt hatte. Sie lächelte freundlich, als Georg uns vorstellte, und führte uns ins Wohnzimmer.

Christian Becker stand aus einem Sessel am Fenster auf, reichte uns die Hand und zeigte auf das Sofa. Seine Frau kam mit Kaffee und Teilchen. Niemand sagte etwas, während sie einschenkte. Dann verschwand sie wieder in die Küche und schloss die Tür hinter sich.

Auch Beckers Vater war Kirchendiener gewesen, desgleichen sein Großvater. Er selbst war 1945, als das »Schreckliche« geschehen war, zwölf Jahre alt gewesen.

»Sie erinnern sich daran?«, fragte ich.

»Oh ja, so etwas vergisst man nie. Meine ältere Schwester … Aber darüber will ich nicht reden.« Er legte sich die Hand auf die Brust. »Der Schmerz …«

Becker wusste, warum wir in Demmin waren.

»Otto Adler kam vom Klaushagen-Hof«, sagte er.

»Ist der Hof noch in Betrieb?«, fragte Georg.

Becker schüttelte den Kopf. »Nein, das Gut ist leider verfallen. Es ist nicht weit von hier entfernt, nur einen Kilometer. Aber da ist nicht mehr viel zu sehen. Die Russen haben das Gut im Mai 1945 übernommen. Keines der Gebäude wurde niedergebrannt, aber die Ländereien des Gutes wurden bereits 1947 auf mehrere Höfe aufgeteilt. Seit der Wiedervereinigung von Ost- und Westdeutschland steht Klaushagen leer.«

»Wir fragen uns, was mit Otto geschehen ist«, sagte ich.

Becker nickte, stand auf und holte einen Zettel vom Esstisch. Es schien sich um die Kopie eines Kirchenprotokolls zu handeln. Ottos Name stand dort zusammen mit denen seiner Eltern und seiner Schwester. Das Datum dahinter lautete 24. März 1946.

»Sein Name steht nicht auf dem Grabstein. Von seiner Familie lebte ja niemand mehr, der sich darum hätte kümmern können«, sagte Becker. »Aber er wurde im Familiengrab beigesetzt.«

Ich starrte wortlos auf den Zettel vor mir. Großmutter hatte ihn schon nach knapp einem Jahr verloren, er war tot. Trotzdem erleichterte mich sein Tod, da ich die ganze Zeit gefürchtet hatte, er könnte sie betrogen haben. Großmutter hatte alles gesetzt und verloren.

»Wissen Sie, wie Otto Adler starb?«, fragte Georg.

»Ja, mein Vater hat es mir erzählt«, antwortete Becker. »Als Kirchendiener kannte er die meisten Demminer

Familien. Außerdem waren die Adlers wohlhabend, ihnen gehörten große Ländereien und Waldflächen. Ottos Vater, Klaus Adler, war weithin bekannt. Die Pferdezucht der Adlers war etwas ganz Besonderes. Mein Vater hat immer behauptet, dass sowohl Klaus als auch Otto mit den Pferden reden konnten. Es war im Übrigen mein Vater, der Otto identifiziert hat, außerdem hatte er seinen Pass bei sich.«

»Was ist passiert?«, fragte ich. Ich konnte meine Ungeduld kaum zügeln.

»Er wurde von den Russen erschossen. Ein Mann aus einem Dorf weiter südlich brachte seinen Leichnam nach Demmin. Und Ottos Frau …«

»Großmutter? Wissen Sie, was aus ihr wurde?«

»Sie hat eine Zeitlang auf einem Hof in der Nähe gelebt. Jedes Mal, wenn wir da vorbeigefahren sind, hat mein Vater gesagt: Die haben sich damals um Ottos norwegische Frau gekümmert. Die Familie wohnt noch heute da. Sie sollten mit ihnen reden. Vielleicht wissen sie mehr über die Nacht, in der Otto Adler starb.«

40

»Wie das wohl war, als Großmutter und Otto hierhergekommen sind«, sagte ich, als wir durch die Lindenallee auf Klaushagen zugingen. »Was sie damals wohl gedacht hat? Hatte sie Angst, war sie verzweifelt? Wussten sie schon, was sie erwartete und was mit Ottos Familie geschehen war?«

»Das werden wir niemals erfahren. Ich denke aber, dass Otto ihre Hand gehalten hat«, sagte Georg und nahm meine.

Vor dem großen, früher einmal herrschaftlichen Haus war ein Kiesplatz. In dem Beet in der Mitte wuchs zwischen lauter Unkraut eine große Buche. Früher blühten dort sicher Blumen, dachte ich. Rechts des Hauses lag ein kleiner, fast verlandeter Teich mit Schilf und Seerosen. Das Haus selbst war langgestreckt und reichte über zwei Etagen. In einigen der hohen Fenster fehlte das Glas. Am Ende des Gebäudes war ein Teil des Daches eingestürzt. Sträucher und Bäume wuchsen bis dicht an die Wände heran. Auf der breiten Treppe hatte sich unter Laub und Moos eine richtige Schicht Erde angesammelt.

Wir gingen um das Haus herum und kamen zu einer großen Terrasse mit Steinplatten. Ich ging hinauf und legte das Gesicht an die Scheiben der Tür. Drinnen konnte ich undeutlich einen langen Esstisch und ein paar umgeworfene Stühle erkennen.

Vor der Terrasse lag ein großer, verwilderter Garten. Trotz des Unkrauts und der Büsche, die überall wucherten, war zu erahnen, wie er früher einmal ausgesehen hatte. An einer Stelle musste ein Weg zwischen zwei langen Reihen mit Rosen hindurchgeführt haben. In einer Ecke des Gartens standen Pflaumen- und Apfelbäume. Eine mächtige Blutbuche lehnte sich an die Ecke einer baufälligen Scheune. Das Gebäude daneben hatte vermutlich die Stallungen beherbergt. An der Außenwand war seitlich ein Blechdach montiert, unter dem ein alter, rostiger Traktor stand. Dahinter waren die Reste einer Koppel zu erkennen. Linker Hand stand ein verfallenes, kleineres Haus.

»Du bist so still«, sagte Georg.

»Großmutter muss gewusst haben, wie wohlhabend Ottos Familie war«, sagte ich. »Der Hof ist groß, sie haben Pferde gezüchtet, sie wollte hier ein gutes Leben mit Otto führen. Stattdessen fand sie eine Familie, die gerade erst Opfer einer unvorstellbaren Tragödie geworden war. Wie hält man so etwas aus?«

»Du klingst, als wärst du ganz schön wütend.«

»Ich weiß nicht, was ich fühle. Ich bin total aufgewühlt, deprimiert, und das Ganze tut mir so wahnsinnig leid. Sie hätte Lilla mit hierhernehmen sollen. Vielleicht wäre dann alles leichter gewesen, vielleicht hätte es Lilla Kraft gegeben, zu wissen, wer ihr Vater war und woher er stammte. Wer sie selbst war. Auch mich hätte sie mit hierhernehmen und mir von Otto erzählen müssen. Ob er uns ähnlich war? War er ein ernster, stiller Mann, oder lachte und redete er gerne? Was war das Besondere an ihm, in was hatte Großmutter sich verliebt? Wie ist er mit dem Leben zurechtgekommen, nachdem er seine Familie verloren hatte? Und wohin wollten sie, als er erschossen wurde? Ich verstehe nicht, warum sie nie etwas davon erzählt hat. Es hätte so vieles geändert, sowohl für Lilla als auch für mich, wenn Großmutter nicht immer nur geschwiegen hätte.«

Ich konnte meine Tränen nicht mehr zurückhalten. Den Kloß im Hals spürte ich schon seit unserer Ankunft in Demmin. Ich drehte mich zu Georg und drückte meine Stirn an seine Brust. Behutsam legte er seine Arme um mich. In all dem Chaos, das in meinen Gedanken herrschte, spürte ich den Rückhalt, den er mir gab.

41

Als Tekla wieder zu sich kam, lag sie in einem Bett. Sie kniff die Augen zu und öffnete sie wieder. Auf der Tapete waren kleine Blumen, und vor dem Fenster hing eine dünne, blaue Gardine. Durch einen Spalt schien die Sonne ins Zimmer herein und zeichnete einen schmalen Lichtstreifen auf den Fußboden. Draußen hörte sie Kinder spielen.

Dann erinnerte sie sich.

Sie grub die Finger in die Matratze und schrie: »Otto!«

Hände legten sich auf sie, hielten sie, und nach einer Weile wurde aus ihrem Schreien ein Schluchzen.

An ihrem Bett saß eine Frau mit tiefdunklen, blauen Augen. Sie schien etwa Anfang vierzig zu sein.

»Ich bin Elsie«, sagte sie und legte Tekla ein feuchtes Tuch auf die Stirn. »Der Doktor war hier und hat Ihnen etwas zum Schlafen gegeben. Er hat gesagt, dass Ihr Fuß verletzt ist. Und er hat die Wunde in Ihrem Gesicht gereinigt.«

Tekla berührte ihre Wange und spürte eine Bandage.

»Er kommt später noch einmal, um Sie zu untersuchen«, sagte Elsie. »Sie … Sie haben auch Verletzungen am Unterleib. Haben Sie sonst noch irgendwo Schmerzen?«

Tekla nickte. »Kopfschmerzen«, sagte sie.

»Vielleicht haben Sie eine Gehirnerschütterung.«

»Was ist mit Otto?«, fragte sie mit schwacher Stimme.

»Sie sollten jetzt an sich denken.«

»Doch, ich will es wissen.« Tekla richtete sich etwas auf und wurde sofort von Schwindel übermannt. Es war, als würde das Gesicht der Frau vor ihr zerfließen.

»Er hatte einen Pass in der Innentasche seiner Jacke und wurde nach Demmin gebracht, damit er dort beerdigt werden kann, er stammt ja von da. Ist er Ihr …«

»Wie lange bin ich denn schon hier?«, unterbrach Tekla sie ungeduldig.

»Seit heute Morgen. Jetzt ist es bald fünf Uhr nachmittags. Mein Mann geht immer mit dem Hund in den Wald. So hat er Sie gefunden.«

Sie ging und kam mit einem Teller Grütze zurück.

»Versuchen Sie, etwas zu essen«, sagte sie.

Hinter ihr stand ein acht- oder neunjähriges Mädchen, das sich an die Schürze ihrer Mutter klammerte und Tekla neugierig anstarrte.

»Das ist Anja«, sagte Elsie. »Meine Tochter.«

Tekla schloss die Augen, drehte sich zur Wand und zog die Decke hoch.

Der Doktor kam gegen Abend. Er war ein älterer Herr mit schütterem Haar und einem kräftigen Oberlippenbart.

»Sie haben sich den Fuß gebrochen«, sagte er. »Sie sollten mindestens vier Wochen nicht laufen.«

Wohin sollte ich denn laufen?, dachte Tekla.

»Und die andere Wunde … die an Ihrem Unterleib … muss auch erst verheilen.«

Er hat mich untersucht, dachte sie. Seine Stimme war weit weg, als wäre er in einem anderen Raum.

»Es wird schmerzhaft sein, wenn Sie auf die Toilette müssen«, sagte er. »Aber Sie müssen jetzt sehr auf Ihre Hygiene achten. In ein paar Tagen werden Sie sich schon besser fühlen, aber Sie müssen sich warm halten und dürfen sich nicht anstrengen.« Er sah sie mitfühlend über den Rand seiner Brille hinweg an. Tekla wandte das Gesicht ab.

»In ein paar Tagen sehe ich wieder nach Ihnen«, sagte er und stellte etwas auf das Nachtschränkchen. »Waschen Sie sich mit der Tinktur in dieser Flasche. Es wird etwas brennen, es ist aber wichtig, dass Sie es trotzdem tun. Es desinfiziert und beugt Infektionen vor. Und die Tabletten sind gegen die Schmerzen.«

Als er gegangen war, nahm sie drei Tabletten. Langsam legte das Zittern sich, die Schmerzen nahmen ab, und sie fühlte sich benommen. Kurz darauf schlief sie ein.

Mitten in der Nacht wachte Tekla davon auf, dass sie auf die Toilette musste. Mit langsamen Bewegungen schlug sie die Decke zur Seite und schwang die Beine aus dem Bett. Sie wartete, bis der Schwindel nachließ, nahm die Krücken, die neben ihrem Bett standen, und hinkte auf den Flur. An einer Tür hing ein gemaltes, rotes Herz. Die Tränen kamen ihr, als sie sich setzte. Sie hielt die Luft an, nahm das Handtuch, das neben dem Waschbecken hing, und biss hinein.

Während sie sich die Hände wusch, betrachtete sie ihr Gesicht im Spiegel. Die Bandage bedeckte die ganze Wange, unter dem anderen Auge hatte sie einen großen blauen Fleck und auf der Stirn Kratzwunden. Sie wandte den Kopf ab, hob das Kinn etwas an und sah die roten Abdrücke an ihrem Hals.

Das Gesicht im Spiegel war das ihre, die Augen, die sie anstarrten, wirkten aber fremd und voller Angst.

Zurück in ihrem Zimmer, trat sie ans Fenster und sah nach draußen. Das Mondlicht fiel auf den Hof und den Garten, wo ihre Kleider auf einer Wäscheleine hingen. Die ziehe ich nie wieder an, dachte sie und ging wieder ins Bett. Als das Zittern zurückkehrte, nahm sie eine weitere Tablette. Trotzdem lag sie lange da und drehte sich immer wieder von der einen auf die andere Seite, bis sie endlich einschlief und im Traum über dem Bett zu schweben begann.

An der Wand hingen Bilder: Das Gesicht eines Mannes mit aufgerissenem Mund und Augen wie eingefroren. Ein anderer, der hinter ihm stand und lachte, zog ihm die Hose herunter und stieß ihn weg. Sein Gesicht kam näher, und sein Atem war schwer und warm auf ihrem Ohr.

Über dem Bett hing ein Bild von einem blutigen Rücken, wieder ein anderes zeigte Ottos lebloses Gesicht.

Sie wachte von ihrem eigenen Schrei auf.

Jemand sagte ihren Namen, hielt ihre Arme.

»Diese Bilder?«, stieß Tekla atemlos hervor.

»Welche Bilder?«, fragte Elsie.

Tekla sah sich um. Die Wände waren kahl.

»Versuchen Sie zu schlafen«, sagte Elsie mit ruhiger Stimme. »Ich werde bei Ihnen bleiben. Hier gibt es nichts, wovor Sie Angst haben müssten.«

Dieselben Albträume kamen wieder und wieder. Aber wenn Tekla Elsies Gesicht mit den freundlichen, blauen Augen sah, beruhigte sie sich. Auch tagsüber sah Elsie immer wieder nach ihr. Sie brachte ihr sauberes Wasser, machte ihr Bett und bezog es neu, denn es war jeden Morgen nass von Schweiß.

Meistens brachte sie ihr auch das Essen, manchmal kam aber auch Anja an ihrer Stelle. Die Kleine sagte nie etwas, sah Tekla nur mit den blauen Augen ihrer Mutter an. Ihr Blick war neugierig und direkt, und irgendwie musste Tekla dabei an das Mädchen denken, das sie auf dem Weg nach Demmin auf ihren Schultern getragen hatte.

Wie war es ihm ergangen? War es jetzt fröhlich? Hatte es vergessen können, was es erlebt hatte? Ja, Tekla hoffte, dass das kleine Mädchen spielen konnte, als hätte es diesen Krieg nie gegeben.

Tekla hatte keine Ahnung, wie viele Tage vergangen waren, als Elsie eines Tages zu ihr kam und sagte, sie müsse aufstehen und sich bewegen.

»Der Doktor hat das gesagt«, betonte sie. »Gehen Sie mal nach draußen.«

Tekla schüttelte den Kopf, aber Elsie gab nicht nach. »Das ist wichtig für Ihren Kreislauf.«

»Am liebsten würde ich einfach hier im Zimmer bleiben«, sagte Tekla.

»In der Sonne ist es warm, Sie können sich auf die Bank an der Hauswand setzen.« Elsie reichte ihr die Krücken und sah sie bittend, aber entschieden an.

Die Sonne wärmte Teklas Gesicht, und es duftete nach Frühling. Die Knospen des Fliederstrauchs, der neben der Bank wuchs, waren schon deutlich zu erkennen. Entlang der Hauswand waren ein paar Krokusse emporgeschossen, während die Obstbäume im Garten – vermutlich Pflaumen – sicher bald in voller Blüte stehen würden. Dazu kamen verschiedene Sträucher mit roten und schwarzen Johannisbeeren sowie ein Stachelbeerbusch, den sie an seinen Dornen erkannte.

Links des kleinen Vorplatzes war ein Gebäude bis auf die Grundmauern niedergebrannt. Ein Mann näherte sich von den Feldern, öffnete ein Tor und kam auf den Hof. Er lächelte Tekla freundlich zu, nahm ihre Hand und stellte sich als Jürgen vor, Elsies Mann. Er setzte sich neben sie. Sie hatte ihn schon mehrmals durch das Fenster mit zwei kleinen Jungen spielen sehen, ihn aber noch nie begrüßt.

Etwas entfernt führte Anja ein Pferd aus dem Stall und über den Hof. Das Pferd war braunrot mit kräftigem Hals und ausdrucksstarken Augen. Mähne und Schweif waren weiß. Das Tier blieb immer wieder stehen, und Anja zerrte ungeduldig an den Zügeln.

»Mit dem stimmt leider was nicht«, sagte Jürgen. »Als hätte das Tier irgendeinen Fehler im Kopf. Es will sich einfach nicht bewegen. Das ist doch nicht normal für ein Pferd. Aber Anja ist ebenso dickköpfig wie das Pferd«, fügte er lächelnd hinzu.

Otto würde mit ihm klarkommen, dachte Tekla und blinzelte heftig. Die Erinnerung an ihn versetzte ihr einen Stich und ließ ihre Gedanken zurück zu den Stallungen daheim schweifen. Wer kümmerte sich jetzt um Haakon VII.? Sie war mittlerweile schon so lange fort, war das Pferd in der Zwischenzeit wieder störrisch geworden? War seine Angst vor den Menschen zurückgekehrt? Vermisste Haakon VII. sie?

»Kennen Sie sich mit Pferden aus?«, fragte Jürgen und unterbrach ihre Gedanken.

»Ja, ich hatte einmal ein Pferd«, antwortete Tekla.

»Das ist ein Schwarzwälder«, sagte Jürgen. »Ein gutes Arbeitspferd. Er heißt Alarik. Sie dürfen gerne versuchen, ihn zu reiten. Aber Sie müssen schon was auf dem Kasten haben, wenn er Ihnen gehorchen soll.«

In dieser Nacht waren die Bilder an der Wand andere als zuvor. Sie zeigten Haakon VII., im Stall und draußen in der Natur. Nahaufnahmen seiner glänzenden, klugen Augen. Ihre Hand, wie sie ihn striegelte und seine Mähne bürstete. Otto, der ihm über das Maul strich, wobei sie seine Stimme hörte. *»So, so, ruhig, hab keine Angst, so so.«*

Anschließend kam er zu ihr und kroch neben ihr ins Bett. Er flüsterte ihren Namen, und sie streichelte über seine Wange und kratzte vorsichtig seine Bartstoppeln.

»Liebe Tekla«, sagte er.

Wie sie es liebte, endlich wieder seine Stimme zu hören!

42

Tekla stand am Fenster und beobachtete Anja und Alarik, als Elsie ins Zimmer kam. Sie stellte sich neben sie.

»Jürgen sagt, Sie kennen sich mit Pferden aus?«, fragte sie.

»Ja, ich hatte mal ein eigenes Pferd.«

»Wie hieß es?«

»Haakon VII., nach dem norwegischen König.«

»Sie sind aus Norwegen? Haben Sie Otto dort getroffen?«

»Ja, er war Soldat.«

»Wann sind Sie nach Deutschland gekommen?«

»Im letzten Sommer.«

»Dann wart ihr noch gar nicht lange verheiratet?«

»Welches Datum ist heute?«

»Der 2. April.«

»Dann wären es jetzt neun Monate und zehn Tage«, sagte Tekla.

Sie war nun seit mehr als einer Woche auf dem Hof. Otto war inzwischen beerdigt worden, er lag bei seinen Eltern und Katharina in der kalten, dunklen Erde.

Sie spürte, wie ihr die Knie weich wurden, legte sich hin und erwartete, dass Elsie gehen würde, aber sie blieb.

»Tekla, dieses Land ist voller Frauen, die dasselbe erlebt haben wie Sie, aber wir dürfen nicht aufgeben«, sagte sie bestimmt.

»Warum nicht?«, fragte Tekla heftig.

»Dann gewinnt das Böse. Dann gewinnen die, die Ihnen das angetan und Otto getötet haben.«

Tekla drehte das Gesicht zur Wand, aber Elsie ließ nicht locker. Sie setzte sich auf die Bettkante und legte die Hand auf ihre Schulter.

»Trauer ist Liebe«, sagte sie. »Liebe zu dem, den Sie verloren haben. Wir dürfen die Erinnerungen nicht auslöschen, denn sie sind es, die uns als Menschen ausmachen. Außerdem gibt es immer einen Weg, der voranführt.«

Tekla sah sie an. Ein Schatten legte sich über Elsies Gesicht.

»Sie haben auch … jemanden verloren?«, fragte sie.

»Ja, ich hatte noch eine Tochter. Marlene. Sie war mein ältestes Kind. Sie hat sich immer um Alarik gekümmert.«

»Was ist passiert?«

»Sie … das Feuer …« Elsie sah schweigend aus dem Fenster, dann stand sie auf und ging, ohne etwas zu sagen.

Das ausgebrannte Gebäude neben dem Stall, dachte Tekla. Es musste ein weiterer Stall gewesen sein.

Trauer ist Liebe zu dem, den man verloren hat.

Elsie hatte ein Kind verloren. Aber sie war wieder aufgestanden und hatte einen Weg gefunden, der voranführte.

In dieser Nacht hingen Familienfotos an der Wand. Porträts von Mutter, Vater, ihrem Bruder. Bilder von Kaffee und Kuchen auf der sommerlichen Terrasse zu Hause. Henrik und sie spielten im Garten, die Mutter stickte, und ihr Vater paffte vergnügt seine Pfeife und beobachtete sie.

Am nächsten Morgen war ihr erster Gedanke, dass sie nach Hause wollte.

43

Ich öffnete das Fenster des Taxis. Die Luft war warm und roch nach frisch gemähtem Gras. Nach fünfzehn Minuten Fahrt durch die gleichförmige Landschaft bog der Fahrer von der Straße ab und hielt vor einem ehemaligen Bauernhof. Die Tür des grauen Backsteinhauses lag exakt in der Mitte der einstöckigen Fassade. An der Hauswand blühten Tulpen in allen Farben. Eine ältere Frau kam heraus, lehnte sich an den Türrahmen und sah uns abwartend an.

Georg stellte uns vor und erklärte unser Anliegen, und als ich ihr die Hand gab, sah sie mich mit den blauesten Augen an, die ich jemals gesehen hatte. Die grauen, halblangen Haare, die an den Spitzen noch einen Anflug von Kastanienbraun hatten, waren im Nacken zu einem lockeren Dutt gebunden. Sie ließ meine Hand nicht los, sondern starrte mich nur an, bis sie schließlich ungläubig fragte: »Stimmt es wirklich? Sie sind Teklas Enkelin?«

Sie stellte sich als Anja vor, und als wir ins Haus gingen, rief sie aufgeregt nach jemandem. Gleich darauf tauchte eine etwa vierzigjährige Frau auf, ihre Tochter Elsie.

»Das sind Teklas Enkelin und ihr Mann«, sagte Anja.

Ich sah zu Georg. Er lächelte. Keiner von uns korrigierte sie.

Anjas Tochter wirkte ebenso überrascht und erfreut wie ihre Mutter. »Mutter hat mir von Tekla erzählt«, sagte sie und führte uns ins Wohnzimmer.

Die Wände waren voller Porträts. Hochzeitsfotos, Alltagsbilder von der Familie zu Hause und auf Reisen. An einem Badestrand, vor dem Brandenburger Tor und irgendwo im Wald. Etwas abseits hing ein altes Schwarzweißfoto von einer jungen Frau und einem kleinen Mädchen, die zusammen auf einem Pferd ritten. Das Mädchen winkte dem Fotografen lächelnd zu, während die Frau voller Ernst in die Kamera blickte. Ich trat näher.

»Das ist Großmutter«, sagte ich verblüfft.

Anja nahm das Foto von der Wand und wischte mit dem Ärmel den Staub weg. »Ja, wir haben lange Ausritte zusammen gemacht.« Sie reichte mir das Bild. »Ich habe sie sehr vermisst, als sie ging, und mich in all den Jahren immer wieder gefragt, wie es ihr ergangen ist.« Wir nahmen auf dem Sofa am Fenster Platz, und Elsie setzte sich auf einen Stuhl auf der anderen Seite eines massiven, dunklen Esstisches mit einem Tischläufer aus Spitze. Anja trat an eine Kommode und kam mit einem kleinen Schmuckkästchen zurück. Andächtig nahm sie eine Perlenkette heraus und legte sie mir in die Hand.

»Die hat Mutter von Tekla bekommen«, sagte sie. »Ein Erbstück. Jetzt gehört sie Elsie, die wir nach meiner Mutter benannt haben.«

Sie setzte sich neben uns aufs Sofa.

»Erzählen Sie, wie ist es ihr ergangen?«, bat sie. »Ich meine, doch wohl gut, oder? Sonst wären Sie ja nicht hier.

Sie hat Kinder bekommen, und sie hat Sie bekommen, ein Enkelkind. Dann hat sie es zurück nach Norwegen geschafft? Zum Meer. Sie hat immer wieder gesagt, dass sie nach Hause ans Meer wolle.«

Ich erzählte ihr von Großmutter, Lilla und den Zwillingssöhnen, von ihrer Kunst und von der Insel. Anja und Elsie stellten viele Fragen, die ich so gut wie möglich zu beantworten versuchte.

»Und Sie wohnen auf der Insel?«, fragte Elsie und sah zu Georg.

Er lächelte nickend. »Haben Sie Kinder?«, wollte sie wissen. Er schüttelte den Kopf.

»Wie schade, dass Ihre Mutter gestorben ist«, sagte Anja. »Wann wurde sie geboren? War das lange nach dem Krieg?«

»Nein, das war Weihnachten 1946, bevor Großmutter nach Hause kam.«

»Oh, dann war das ja noch hier in Deutschland.«

Ich nickte.

»Sah Ihre Mutter Tekla ähnlich?«

»Nein, sie sah eher aus wie ich. Dunkel, nicht hell wie Großmutter.«

Anja sah mich nachdenklich, fast besorgt an. Die beiden Falten zwischen ihren Augen waren tiefer geworden. »Sie ist hier bei uns im Juni aufgebrochen ...«, sagte sie langsam.

Ich verstand, was sie dachte. Sie zählte die Monate.

»Ja, sie muss schon schwanger gewesen sein, bevor sie hierherkam«, sagte ich knapp.

Anja kniff die Augen zusammen – dann lächelte sie. »Ich bin so froh, dass Sie gekommen sind.«

»Und jetzt müssen Sie erzählen«, beeilte ich mich zu sagen, bevor noch mehr Fragen kamen.

Als Kind hatte Anja nicht verstanden, warum Tekla auf den Hof gekommen war. Vielleicht war es ihr auch nie gesagt worden. Erst als sie erwachsen war, hatten ihre Eltern ihr die ganze Wahrheit erzählt.

»Wie kam es eigentlich zu Ottos Tod?«, fragte ich.

Anja und Elsie tauschten Blicke.

»Tekla hat es Ihnen also nicht erzählt?«, fragte Anja.

»Nein.«

»Vielleicht … vielleicht ist es ihr zu schwer gefallen, darüber zu reden.«

Dann erzählte Anja von dem Tag, an dem Großmutter auf den Hof gekommen war. Sie hatte erst wenige Sätze vorgebracht, als Georg seinen Arm um meine Schultern legte. Ich schlug mir die Hand vor den Mund, Tränen stiegen mir in die Augen, und mir wurde schlecht. Mit einem Mal verstand ich Anjas besorgten Gesichtsausdruck, als wir über Lilla gesprochen hatten.

44

Es waren beinahe drei Wochen vergangen, seit Tekla zu der Familie auf den Hof gekommen war. Die Schmerzen im Unterleib waren weg, und die Wunde auf ihrer Wange war zu einem roten Streifen geworden, der sich vom Ohr zum Mundwinkel zog. Die ganze Zeit über dachte sie an Otto. Die Trauer war stets gegenwärtig, sie änderte sich nicht. Aber die Nächte hatten sich verändert. Jetzt legte Otto sich zu ihr, flüsterte ihren Namen und verjagte die Albträume und Bilder, die sie hatten aufschreien lassen, bis Elsie besorgt zu ihr kam.

Jeden Tag saß sie auf der Bank und sah zu, wie Anja mit dem Pferd kämpfte. Es schien nicht besser zu werden. Eines Morgens stand sie auf und ging zu ihnen.

Anja sah sie überrascht an, als sie ihr die Zügel aus der Hand nahm und die Krücken reichte. Tekla stellte sich an den Hals des Pferdes und strich ihm ruhig über das Maul.

»So, so, ruhig, keine Angst«, sagte sie, während sie langsam, aber entschieden den Kopf des Pferdes nach unten drückte. Es gehorchte, ohne Widerstand zu leisten, und Tekla flüsterte ihm auf Norwegisch zu: »Du bist ein bisschen wie Haakon, nicht wahr? Er war auch so störrisch und nervös.«

Eine Weile später forderte Tekla Anja auf, das Pferd an das Gatter zu binden.

»Morgen werden Alarik und ich wieder miteinander reden«, sagte Tekla und ging zurück zu der Bank vor dem Haus.

Als Anja etwas später aus dem Stall nach draußen kam, winkte Tekla sie zu sich. Anja setzte sich neben sie. Das Mädchen musterte sie, und irgendwann fragte es:

»Was hast du zu ihm gesagt?«

»Dass er keine Angst zu haben braucht«, antwortete Tekla. »Dass es ihm gut gehen wird, auch wenn Marlene nicht mehr da ist.«

Anja sah sie überrascht an. »Das hast du gesagt?«

»Ja, er muss lernen, ohne Marlene zu leben. Er ist traurig, vermutlich fehlt sie ihm. Pferde erinnern sich an alles, was geschehen ist.«

»Glaubst du, dass er auf mich hören wird?«

»Ja.«

»Warum?«

»Ich habe gelernt, mit Pferden zu reden.«

»Du kannst mit Pferden *reden*?«

»Ja.«

»Mit anderen Tieren auch?«

»Nein, nur mit Pferden.«

»Von wem hast du das gelernt?«

»Von jemandem, der das konnte.«

»Stimmt das auch wirklich?«

»Ja, das stimmt.«

Anja sah sie voller Ernst an. »Du redest nicht wie wir.«

»Das liegt daran, dass ich aus einem anderen Land komme. Ich stamme aus Norwegen.«

»Was machst du dann hier?«

»Im Moment mache ich nichts.«

»Warum lächelst du nie?«

»Weil es nichts zum Lächeln gibt.«

»Dann geht es dir so wie Alarik.«

Manchmal, wenn Tekla mit Alarik redete, dachte sie, dass sie ebenso gut mit sich selbst reden könnte. Über die Trauer. Und darüber, dass sie lernen musste, ohne Otto zu leben. Alles fühlte sich so sinnlos an, aber sie machte trotzdem weiter. Nicht um ihrer selbst willen, sondern für Anja und weil Otto das Gleiche getan hätte.

Nach fünf Tagen sattelte Tekla Alarik. Anja half ihr, den Sattelgurt zu befestigen, dann lief sie zum Haus und rief ihre Eltern. Tekla stellte den linken Fuß in den Steigbügel, fasste den Sattel mit beiden Händen und schwang sich auf den Pferderücken. Der andere Fuß fand den Steigbügel wie von selbst. Es war, als wäre sie erst gestern zum letzten Mal auf ein Pferd gestiegen. Sie nahm die Zügel und justierte die Länge, drückte die Fersen vorsichtig in Alariks Seite und machte ein paar Klicklaute. Eine wohlige, altbekannte Freude ergriff sie, als das Tier sich in Bewegung setzte.

»Gut, Alarik«, sagte sie und tätschelte den Hals des Tieres.

Als Anja an der Reihe war, bat Tekla Jürgen, Alarik zu führen. Sie wollte Anja noch nicht allein reiten lassen.

»Darf ich nicht noch ein bisschen länger reiten?«, fragte Anja, als Tekla ihr das Zeichen gab abzusitzen.

»Für heute reicht es«, sagte sie. »Morgen ist auch noch ein Tag.«

Anschließend setzte Anja sich wieder zu ihr auf die Bank. »Ich habe dich lächeln gesehen«, sagte sie.

»Wirklich?«

»Ja. Du siehst anders aus, wenn du lächelst.«

Tekla lehnte den Kopf zurück und schloss die Augen. Sie wusste nicht, was sie fühlte ... ob es so etwas wie Anflug von Glück war und ob sie ein solches Gefühl überhaupt zulassen wollte.

Es war ein sonniger Tag, und die Luft liebkoste ihre Haut, als Tekla und Anja eine Woche später gemeinsam mit Alarik ausritten. Sie hielt die Zügel, als sie im Schritt über die Wiese zu der sanften Anhöhe hinter dem Haus ritten. Anja saß sicher zwischen ihren Armen vor ihr auf dem Pferderücken. Die Felder waren grün geworden, aber ein großes Stück lag noch brach. Es hätte längst eingesät sein sollen, aber Jürgen fehlte das Saatgut.

Der dünne Wolkenschleier löste sich auf und ließ die Sonne durch, und der Wind bewegte das Gras, als striche jemand mit der Hand darüber.

»Wie sieht es in Norwegen aus?«, fragte Anja.

»An manchen Orten ist es wie hier, flach, mit weiten Ebenen und sanften Höhenzügen, an anderen Orten sieht es aber ganz anders aus. Da gibt es riesige, steile Gebirge, die senkrecht in die Fjorde abfallen.«

»Was sind Fjorde?«

»Das sind Meeresarme, die sich weit ins Land hinein erstrecken.«

»Wie ein Fluss?«

»Ja, aber viel breiter.«

»Hast du am Meer gewohnt, als du klein warst?«

»Ja, und dort ist es am allerschönsten, finde ich.«

»Warum?«

»Man kann den ganzen Tag über aufs Meer schauen, ohne dass es einem langweilig wird.«

»Und was sieht man dann?«

»Man sieht, wie die Wellen an Land rollen, man sieht Boote vorbeifahren und große Schiffe auf dem Weg in fremde Länder. Das Meer ist wie eine Theaterbühne, auf der ständig etwas Neues passiert. Am schönsten ist es, wenn es richtig windig ist, denn dann werden die Wellen so hoch wie der Hügel hier.«

Anja drehte sich um und sah sie mit großen Augen an. »So groß?«

»Ja, manchmal ist das Meer wie flüssiges Silber, vor allem nachts im Mondschein. Und mitunter ist es so laut, als würde es brüllen. An anderen Tagen singt es dann nur.«

»Singen? Was singt das Meer?«

»Sehr unterschiedliche Lieder, manchmal sind es Wiegenlieder, dann wieder Psalmen.«

»Wie in der Kirche?«

Tekla nickte.

»Vermisst du das Meer?«

»Oh ja«, sagte Tekla wie gelähmt vom Heimweh.

Oben auf der Anhöhe saßen sie ab, setzten sich in den Schatten einer alten Eiche und sahen hinüber zum Hof.

»Guck mal«, sagte Anja plötzlich und stand auf. Hinter ihnen auf dem Boden lag ein totes Krähenjunges. »Der arme Vogel. Wir müssen ihn beerdigen.«

Tekla suchte einen Zweig und grub ein Loch in den Boden.

»Und wir müssen ein Kreuz machen«, sagte Anja.

Sie brach den Zweig durch, so dass sie ein langes und ein kürzeres Stück hatte, und band die beiden Enden anschließend mit langen Grashalmen zusammen.

»Was glaubst du? Was passiert, wenn wir sterben?«, fragte Anja und legte den toten Vogel vorsichtig in das Loch.

»Ich glaube, dann reisen wir dorthin zurück, wo wir hergekommen sind«, antwortete Tekla.

»Ich erinnere mich nicht daran, wo ich hergekommen bin.«

»Das ist das große Rätsel des Lebens. Wir wissen nicht, woher wir kommen oder wohin unsere Reise uns führt, wenn das Leben zu Ende ist.«

»Du kommst doch sicher von einem Ort in der Nähe von Norwegen, meinst du nicht?«

Tekla lächelte. »Doch, ich glaube schon.«

Anja betrachtete den Vogel. Die Sonne fiel auf die klaren, dunklen Augen. »Es sieht nicht so aus, als würde es weh tun, tot zu sein.«

»Nein, ist man erst tot, hat man keine Schmerzen mehr«, sagte Tekla und schaufelte Erde über den Vogel. »Die Schmerzen haben diejenigen, die weiterleben und trauern.«

In dieser Nacht träumte Tekla vom Meer. Es kam und spülte über sie, sang sein Lied für sie. Es war nicht gefährlich, das Wasser war warm und weich, und Otto war bei ihr. Es tut nicht weh, tot zu sein, sagte sie zu ihm. Es tut nicht weh, du zu sein. Aber ich zu sein, ist schmerzhaft.

Er flüsterte ihren Namen und sagte, dass sie nicht aufgeben dürfe. Beuge dich, aber brich nicht entzwei, sagte er, wie sie es sich selbst so oft gesagt hatte, seit sie Norwegen verlassen hatte. Ich weiß aber nicht, ob ich es ohne dich schaffe, wandte sie ein. Ich bin noch immer bei dir, sagte er da, denn nur wer nicht in den Gedanken anderer Menschen ist, ist wirklich verschwunden.

45

»Willst du mal zu Ottos Grab?« Elsie streute etwas Mehl auf den Tisch und kippte den Brotteig aus der Schale. »Jürgen könnte dich mitnehmen.«

Tekla saß ihr gegenüber am Küchentisch. Sie hob kurz den Blick und schüttelte den Kopf. Sie hatte darüber nachgedacht, war sich aber ganz sicher. Sie wollte nie wieder zurück nach Demmin. Otto war tot, und sie wollte nicht dorthin zurück, wo alles sie an das erinnerte, was sie hinter sich gelassen hatte.

»Nein«, sagte Tekla. »Das ist nicht nötig. Otto ist nicht da, er ist bei mir.«

Sie beobachtete, wie Elsies Hände den Teig kneteten. Arbeitshände, dachte sie, Hände, aus denen Fürsorge und Linderung sprachen. Wie wäre es ihr ohne diese Frau ergangen? Sie hatte ihr Ruhe und Sicherheit gegeben und sie auf ihre freundliche, aber entschiedene Art gezwungen, wieder auf die Beine zu kommen. Eine andere Alternative hatte sie ihr nicht gelassen.

Elsie sagte, dass Tekla so lange auf dem Hof bleiben dürfe, wie sie wolle. Aber das ging nicht. Natürlich nicht. Auch wenn der Frühling alles leichter machte und die Auswahl in den Geschäften etwas reichhaltiger geworden war, hatte die Familie wie alle anderen schwer zu kämpfen. Es gab beinahe jeden Tag Hafergrütze oder Gerstensuppe, und je gesünder Tekla wurde, desto öfter dachte sie, dass die Familie es sich eigentlich nicht leisten konnte, einen weiteren Menschen durchzufüttern.

»Es ist an der Zeit, zurück nach Norwegen zu gehen«, sagte Tekla.

»Das ist ein weiter Weg«, antwortete Elsie und formte ein Brot. »Wie willst du das schaffen?«

»Ich weiß es noch nicht.«

»Gibt es jemanden, zu dem du gehen kannst? Kennst du jemanden in Deutschland?«

»Ja«, sagte Tekla. »Wir haben ... ich habe Freunde in Hannover.«

Sie erinnerte sich noch immer an die Adresse von Sonja und Stephan. Aber vielleicht sollte sie zuerst nach Berlin gehen? Eine der Frauen im Lager in Hamburg hatte gesagt, dass die norwegische Regierung dort eine Vertretung einrichten würde. »Vergesst das nie, Mädchen, solltet ihr es einmal bereuen. Dort müsst ihr hin, wenn ihr die Erlaubnis erhalten wollt, nach Norwegen zurückzukehren.« Berlin, dachte Tekla. Ich muss zuerst nach Berlin.

Elsie deckte die beiden Brotlaibe mit einem Küchenhandtuch ab, um sie gehen zu lassen. Dann wandte sie sich Tekla zu und sah ihr fest in die Augen.

»Du wirst das schaffen. Da bin ich mir ganz sicher.«

46

Tekla stand hinter den Gardinen, als ein Militärjeep auf den Hof fuhr. Mit weichen Knien umklammerte sie den Fensterrahmen.

Die Russen.

Dann sah sie aber, dass es Ivan Kovalenko war, der ausstieg, und ihre Angst ließ nach.

Eine Woche zuvor hatte sie nach langem Zögern einen Brief an ihn geschrieben. Vielleicht war er wütend, dass sie einfach so verschwunden waren. Aber er war ihre einzige Hoffnung. Nur wenn Kovalenko ihr nachsah, was sie getan hatte, und ihr die nötigen Papiere besorgte, würde sie es nach Berlin schaffen. In dem Brief hatte sie geschrieben, dass Otto tot sei und sie nach Hause nach Norwegen wolle. Weitere Details nannte sie ihm aber nicht. Jürgen hatte den Brief mitgenommen, als er nach Demmin musste.

Ivan Kovalenko ging mit schnellen Schritten auf das Haus zu. Sie folgte ihm mit den Augen. Gleich darauf klopfte Elsie an ihre Tür und sagte, sie habe Besuch. Tekla holte tief Luft, schob sich eine Locke hinter das Ohr und strich ihren Rock mit einer schnellen Bewegung glatt.

Kovalenko hatte ihr den Rücken zugedreht, als sie den

Raum betrat. Er drehte sich um und sah sie voller Ernst an. Dann reichte er ihr lächelnd die Hand.

Sie begrüßte ihn, zog die Hand aber schnell wieder zurück. Sie setzte sich an den Esstisch und bat ihn, Platz zu nehmen. Elsie blieb an der Tür stehen, Tekla hatte sie gebeten zu bleiben. Hinter ihr tauchte Anja auf. Ihr Blick wanderte ernst zwischen dem Russen und Tekla hin und her.

»Tekla«, sagte Kovalenko. »Was ist passiert?«

»Ich will nicht darüber reden«, sagte sie.

»Russen?«

Sie nickte. »Sie haben Otto getötet.«

»Wer? Wie sahen sie aus?«

»Ich erinnere mich nicht.«

»Versuchen Sie es. Die Männer müssen bestraft werden. Wir greifen da hart durch.«

»Ich kann sie nicht beschreiben. Sie sahen sich sehr ähnlich. Dunkel, schwarze Haare, bärtig mit schmalen Augen.«

»Wo ist das passiert?«

»Im Wald. Jürgen kann Ihnen die Stelle zeigen.«

Kovalenko legte ein paar Papiere auf den Tisch. Tekla sah, dass es sich um einen Passierschein und einen deutschen Pass handelte. Sie hatte ihn beantragt, gleich nachdem sie und Otto nach Demmin gekommen waren, und Papiere und Fotos eingereicht. Kovalenko musste sich in ihrer Abwesenheit um alles gekümmert haben.

»Hier ist alles, was Sie brauchen«, sagte er.

Sie begegnete seinem Blick. Dann fragte sie, was sie sich

jedes Mal gefragt hatte, wenn sie in seinem Büro gewesen war. Nur dass sie nie den Mut dazu gefunden hatte.

»Ihre Frau … lebt sie?«

»Nein. Sie wurde auch …« Er schluckte. »Die Deutschen.«

»Wir müssen den Blick nach vorne richten, wie schwer das auch sein mag«, sagte Tekla. »Wenn jemand stirbt, ist das ein Abschied, und den Schmerz, der in diesem Abschied liegt, finden wir in uns, die noch leben.«

»Und wie kann man den lindern?«

»Ich glaube, wir müssen etwas finden, für das es sich zu leben lohnt. Denn unsere Erinnerungen werden wir nicht los.«

»Hast *du* es gefunden? Das, wofür das Leben sich lohnt?«

Ein Lächeln huschte über Teklas Gesicht. »Nein, aber ich sehne mich nach zu Hause. Das ist doch schon mal ein Anfang.«

Er sah sie ein paar Sekunden lang an, als fragte er sich irgendetwas. Dann ging er zur Tür, blieb noch einmal stehen, drehte sich um und lächelte wehmütig.

Sie stand hinter den Gardinen und sah ihn fortfahren. Dann ging sie nach draußen und setzte sich auf die Bank an der Hauswand. Nach einer Weile kam Jürgen und setzte sich neben sie.

»Erinnerst du dich noch daran, wo im Wald du mich gefunden hast?«, fragte sie.

Er nickte, und sie erzählte ihm von dem Medaillon, das sie verloren hatte. Sie ertappte sich häufig dabei, danach zu greifen, und sie glaubte fest daran, dass es ihr Kraft und Mut geben würde, wenn sie das Schmuckstück mit dem Foto ihrer Eltern wiederfand.

»Ich kann danach suchen«, sagte er und pfiff nach dem Hund.

»Ich kann dich aber nicht begleiten«, sagte sie schnell.

»Nein, das verstehe ich.«

»Es liegt nicht dort, wo du mich gefunden hast, sondern etwas entfernt«, sagte sie und versuchte, sich zu erinnern, wie es dort ausgesehen hatte. »Da muss so ein umgestürzter Baum sein, mit einer großen Wurzel. Vermutlich liegen da auch meine Schuhe.«

Jürgen nickte und lieh sich den Schal, den sie um den Hals trug, damit der Hund ihre Fährte aufnehmen konnte.

Nach einer Stunde war er zurück.

»Ist es das hier?«

Er legte ein schmutziges, angelaufenes Medaillon in ihre Hand. Der Verschluss war kaputt, und das Bild ihrer Eltern war wellig geworden.

Sie legte die Finger um den Schmuck.

»Danke«, sagte sie. »Jetzt kann ich aufbrechen.«

47

Seit Tekla auf den Hof gekommen war, hatte Ottos Rucksack unberührt in ihrem Zimmer gestanden. Jetzt zwang sie sich dazu, seine Sachen herauszunehmen. Ein Kleidungsstück nach dem anderen legte sie auf den Boden, wobei sie sich immer wieder ein Hemd oder einen Pullover ans Gesicht drückte und mit den Fingern darüberstrich.

Ganz zuunterst entdeckte sie einen Briefumschlag. Überrascht stellte sie fest, dass er vierhundert Mark enthielt. In den Tagen nachdem sie den Entschluss gefasst hatten, den Hof zu verlassen, hatte sie sich immer wieder Sorgen darüber gemacht, dass sie kein Geld hatte.

Als sie fertig gepackt hatte, bat sie Elsie und Jürgen zu sich. Tekla zeigte auf die Kleider, die sie getragen hatte, als sie gekommen war. Elsie hatte sie gewaschen, zusammengefaltet und auf den Tisch gelegt.

»Die kannst du behalten«, sagte sie.

Elsie protestierte, aber Tekla unterbrach sie. »Ich werde sie nie wieder tragen. Aber ich möchte dich um eine Gegenleistung bitten, hast du einen Umhang, den ich tragen könnte? Wir können tauschen.

Elsie ging nach draußen und kam mit einem dunkelblauen Cape zurück.

»Das ist alt und zerschlissen«, sagte sie. »Du machst da einen schlechten Tausch.«

»Das macht nichts.« Tekla zog an einem Faden, der aus dem Schultersaum von Ottos Pullover herausragte, machte ein kleines Loch und zog die Perlenkette hervor.

»Die sollst du haben«, sagte sie und reichte sie Elsie.

»Aber das kann ich doch nicht annehmen«, protestierte sie.

Tekla nahm einen Hundertmarkschein und reichte ihn Jürgen.

»Nein, nein«, sagte er und wehrte ab.

Wortlos legte Tekla den Schein auf den Tisch. Dann packte sie Elsies altes Cape in ihren Rucksack und schwang ihn sich auf den Rücken.

Vor der Haustür standen Anja und ihre beiden kleineren Brüder. Tekla ging zu ihnen, hockte sich vor den beiden Jungen hin und nahm sie in die Arme. Anja legte die Arme um ihren Hals. »Musst du wirklich gehen, Tekla?«

»Ja, das muss ich wohl«, sagte Tekla. »Erinnerst du dich nicht? Ich muss zum Meer.«

»Kommst du zurück und besuchst uns?«

»Natürlich tue ich das«, sagte Tekla und drückte sie an sich.

Anschließend ging sie zu Elsie, die neben dem Wagen stand, vor den sie Alarik gespannt hatten. Als sie sie umarmte, flüsterte Elsie ihr ins Ohr: »Pass auf dich auf – und auf dein Kind.«

Tekla sah sie an. »Welches Kind?«

»Ja, du bist doch schwanger, oder?«

»Nein, da musst du dich irren.«

»Aber … ich war mir sicher. Ich habe doch gehört, wie du dich in den letzten Tagen jeden Morgen erbrochen hast.«

»Ja, aber das heißt doch nicht, dass ich schwanger bin. Das ist nur, weil … du weißt schon … wenn ich *an diese Sache* denke.« Sie drückte Elsie noch einmal an sich. »Danke für alles, was du für mich getan hast. Ohne dich hätte ich es nicht geschafft!«

»Schreib uns, sag uns, wie es dir geht«, sagte Elsie und legte die Hand an Teklas Wange. »Versprich mir das.«

»Ja, das tue ich.«

48

Hitze schlug Tekla entgegen, als sie in Berlin aus dem Zug stieg. In der großen Wartehalle sah sie sich erst einmal um. An mehreren Stellen standen Gruppen von Menschen mit Fotos und Plakaten von Vermissten. Eine junge Frau dicht neben ihr schrie plötzlich auf und rannte los. Ein Mann, der aus dem Zug stieg, stürmte ihr entgegen. Sie warf sich um seinen Hals. Gleich darauf liefen die beiden dicht umschlungen an ihr vorbei, ohne sich aus den Augen zu lassen. Tekla blickte ihnen nach, bis sie in der Menschenmenge verschwunden waren. Der Lärm der Züge und all der Menschen, die an ihr vorbeiliefen, überwältigte sie. Die meisten trugen zerschlissene, alte Kleider. Ein Mann starrte sie an. Sie wandte sich ab, wohl wissend, dass sie in ihrem geblümten Kleid, der weiten Bluse und der hübschen, hellblauen Strickjacke auffiel. Die Ringe steckten noch immer in den Puffärmeln. Immer wieder stießen die Menschen sie an, und ein Mann fluchte laut und bat sie, zur Seite zu treten.

»Entschuldigung«, murmelte sie und ging zum Haupteingang. Draußen setzte sie sich auf die Treppe, zog die Jacke aus und verstaute sie in ihrem Rucksack. Auf der untersten Stufe saß ein blinder Mann, der auf einer Drehorgel spielte und dazu Kirchenlieder sang. Vor ihm lag ein leerer Hut.

Die Menschen bewegten sich wie ein langsam strömender Fluss. Sie teilten sich in mehrere Arme auf und verschwanden in den Seitenstraßen. Dazwischen bemerkte sie Menschen mit Wassereimern oder Brennholzbündeln auf dem Rücken. Ein älteres Paar zog einen kleinen Karren, auf dem ein großer Sessel stand. Aus der anderen Richtung näherte sich ein junger Mann. Er ging etwas schneller als die anderen und schob einen Kinderwagen mit Kartoffeln, Kohlköpfen und Karotten vor sich her. Kaum hatte er an einer Ecke angehalten, scharten sich auch schon die Menschen um ihn und stießen sich gegenseitig weg.

Die Gebäude in ihrer unmittelbaren Nähe waren größtenteils intakt, aber etwas weiter entfernt erahnte Tekla Schuttberge, die bestimmt zwei Stockwerke in die Höhe ragten. Von der Straße bis ins Innere der zerstörten Häuser hatten sich lange Menschenketten gebildet. Sie zählte mindestens zwanzig davon. Genau wie in Hamburg waren es meistens Frauen, die Eimer weiterreichten.

Auf der Straße klopften ein paar Jungs Zement von den Ziegeln. Etwas entfernt stand ein kaputter Straßenbahnwaggon. Gardinen flatterten in den zersplitterten Fenstern. An einer Kreuzung dirigierte eine junge Frau mit energischen Bewegungen den Verkehr. Tekla sah aber nur Militärfahrzeuge, ein paar Jeeps und wenige Lastwagen. Wie glücklich sie aussieht, dachte Tekla, als die junge Frau den Soldaten fröhlich zuwinkte. Nicht wenige antworteten mit einem Hupen.

Auf einer Mauer saßen vier Soldaten und rauchten. Sie trugen Sonnenbrillen und saubere Uniformen mit Bügelfalten. Engländer. Amerikaner? Eine Gruppe von Jungen lief zu ihnen und streckte die Arme aus. *»Please, please.«* Einer der Soldaten zog ein Päckchen Kaugummi aus der Tasche und gab den Kindern jeweils einen Streifen, der sofort in den Mündern verschwand.

Kaugummi. Pfefferminzkaugummi. Ottos Mund hatte nach Pfefferminz geschmeckt. Und nach Zärtlichkeit.

Sie beugte sich etwas vor, um den Schwerpunkt der Last zu verlagern. Der Rucksack kam ihr mit einem Mal viel zu schwer vor. Wie war sie bloß auf den Gedanken gekommen, dass sich alles von selbst regeln würde, wenn sie erst einmal hier wäre? Sie wusste ja nicht einmal, ob es in dieser riesigen zerbombten Stadt tatsächlich eine norwegische Vertretung gab.

»Hotel« stand mit blanken Buchstaben an der Wand des zweiten Stockes eines hohen Hauses. Die Fassade war übersät von Einschusslöchern, doch das tat dem herrschaftlichen Eindruck keinen Abbruch. Vielleicht hat Vater vor dem Krieg dort einmal logiert, dachte sie. Er hat sicher in den besten Hotels gewohnt, wenn er auf Geschäftsreise war.

Es roch nach Farbe, als sie die Tür öffnete. Das Foyer war frisch renoviert, und mitten im Raum stand ein Springbrunnen mit fließendem Wasser. Es war, wie in eine andere Welt zu treten. Die Männer trugen dunkle Anzüge, schöne Schlipse und weiße Hemden. Frauen in modernen Kostümen und Kleidern kamen ihr entgegen. Sie trugen

Hüte, hatten kleine Täschchen an den Handgelenken und Perlenketten um den Hals hängen. In einer Ecke stand ein Flügel, auf dem ein Mann mit Fliege populäre Schlager spielte.

Sie fühlte die Blicke auf sich, als sie über den glänzenden Marmorboden ging. Wenn ich doch nur einen schönen Koffer hätte, dachte sie. Nicht diesen alten, abgetragenen Rucksack.

»Was kann ich für Sie tun, mein Fräulein?«, fragte der Mann hinter dem Tresen und lächelte reserviert.

Mein Vater ist reich, dachte sie, es gibt nichts, wofür du dich schämen musst. In einer anderen Zeit wäre ich jetzt mit ihm hier, und dann würden sie mich mit einem übergroßen Lächeln empfangen.

»Ich hätte gern ein Zimmer für eine Nacht.«

»Ein Zimmer? Aha.«

»Ja, bitte.«

Der Mann zeigte auf ein Schild: »No German civilians« stand dort. Es sollte den ausländischen Gästen vermutlich signalisieren, dass wirklich keine Deutschen im Haus logierten.

»Ich bin Norwegerin«, sagte Tekla.

»Pass?«

Sie dachte rasch nach. »Den habe ich verloren.«

»Ohne Pass kein Zimmer«, sagte er hochnäsig und schien die Situation zu genießen.

»Ja, aber Sie hören doch wohl, dass ich keine Deutsche bin«, sagte sie. »Außerdem habe ich Geld.«

Er winkte ab und wandte sich mit überströmender

Freundlichkeit an die Frau in dem rot-weißen Kostüm, die hinter ihr wartete.

Ich darf jetzt nicht weinen, dachte Tekla. Ich darf mich ärgern, darf wütend werden, aber nicht mehr, sonst klappt das nicht.

Sie ging durch die schwere Eichentür mit dem blanken Messinggriff nach draußen auf die Straße und verfluchte die norwegische Regierung, die ihr ihren Pass abgenommen hatte. Und sie verfluchte diesen arroganten Idioten an der Rezeption, verfluchte Hitler und alle Nazis.

Am meisten aber verfluchte sie die Russen.

49

Es war später Nachmittag, als Georg und ich vor dem schmiedeeisernen Tor in der Rauchstraße 11 in Berlin standen und das große, hell verputzte Haus betrachteten. An der Stirnseite des Gebäudes rankte eine Kletterpflanze zu einem in die Wand eingelassenen Wappenrelief in die Höhe. Es war dreckig und etwas verwittert, aber noch immer leicht als das norwegische Reichswappen zu erkennen.

Auf der kleinen Rasenfläche stand eine Fahnenstange mit einer rot-weißen Flagge. Mittlerweile residierte die georgische Botschaft in diesem Haus. Nur ein kleines Schild am Torpfosten gab zu erkennen, dass hier 1945 die norwegische Militärmission untergebracht war und der spätere Berliner Regierende Bürgermeister, Bundeskanzler und Friedensnobelpreisträger Willy Brandt hier als Presseattaché gearbeitet hatte.

Das Reichswappen, ein auf den Hinterbeinen stehender Löwe mit einer Axt in den Vorderpfoten und einer Krone auf dem Kopf, prangte auch am Geländer des Balkons an der Längsseite des Hauses.

Anja hatte erzählt, dass ihre Großmutter damals auf dem Hof eine norwegische Vertretung in Berlin erwähnt hatte.

Und ich wusste, dass alle »Deutschenmädchen«, die nach Hause zurückwollten, in die Militärmission mussten, um eine Erlaubnis zu beantragen. Hatte Großmutter wie ich hier gestanden und hoch zum Reichswappen geschaut? Hatte sie ängstlich und doch voller Erwartung darauf gehofft, dass ihre Heimreise an diesem Ort beginnen würde? Vielleicht, denn wir wussten nicht, ob sie es jemals bis hierher geschafft hatte.

In der norwegischen Botschaft, die ganz in der Nähe lag, hatte man uns nur bedingt weiterhelfen können. Die Unterlagen der Militärmission seien längst zurück nach Norwegen ins Reichsarchiv gebracht worden, sagte der Mann am Informationsschalter. Um dort Einsicht zu bekommen, müssten wir uns direkt an das Archiv wenden. »Aber warten Sie einen Moment.« Er verschwand durch eine Tür und kam gleich darauf mit einer etwa sechzigjährigen Mitarbeiterin zurück.

»Ich kenne eine Frau, die unmittelbar nach dem Krieg in der Militärmission gearbeitet hat«, sagte sie. »Sie war im vorletzten Jahr hier bei uns zu Besuch. Versuchen Sie doch, Kontakt mit ihr aufzunehmen.« Sie reichte uns einen Zettel mit einem Namen. »Wenn sie denn noch lebt, sie muss jetzt über neunzig sein.«

Georg sah mich fragend an, als wir durch die Tür des Hotels auf dem Kurfürstendamm gingen. »Ich habe zwei Einzelzimmer bestellt«, sagte er.

»Hast du? Wäre ein Doppelzimmer nicht billiger gewesen?«

Lächelnd trat er an die Rezeption.

Im Zimmer zog ich den Mantel aus und trat ans Fenster. Vor mir lag die Straße. Georg stellte sich hinter mich, legte die Arme um mich und küsste meinen Nacken. Die Zuneigung, die wir füreinander empfanden, war so voller Ruhe. Seit dem ersten Moment, in dem wir uns begegnet waren, war es so gewesen. Wir hatten keine Eile.

Ich drehte mich um und sah meine eigene Lust in seinem Blick gespiegelt, sie kitzelte meine Haut, als wir uns langsam gegenseitig auszogen. Er zog mich auf das Bett, legte seine Hände an mein Gesicht und flüsterte meinen Namen mit einer solcher Innerlichkeit, dass er sich wie ein warmer Sommerwind anhörte. Als er mich küsste, dachte ich daran, wie lange wir schon wussten, dass es so kommen würde.

50

Tekla lief den ganzen Tag planlos herum. Sie suchte nach der norwegischen Vertretung und fragte in verschiedenen Hotels nach Zimmern, doch ohne Erfolg. Abends war sie todmüde, ihre Füße schmerzten, und Rücken und Schultern taten ihr von dem schweren Rucksack weh. Sie ging in einen Park, wo sie sich auf eine Bank legte und mit Elsies altem Cape zudeckte. Es war dunkel geworden, und überall standen oder saßen Leute um kleine Feuer herum. Das war beruhigend, sie fühlte sich sicher zwischen so vielen anderen obdachlosen Menschen und schlief schnell ein.

Früh am nächsten Morgen weckte der Geruch von Rauch Tekla auf. Unweit von ihr hatte sich jemand eine Feuerstelle aus Mauersteinen gebaut, in der Zweige und Äste brannten. Darüber hing ein dampfender Topf. Die Marschverpflegung, die Elsie ihr mitgegeben hatte, war längst aufgebraucht. Tekla stand langsam auf, ihr Körper war nach der Nacht auf der harten Bank steif und schmerzte bei jedem Schritt.

Der Mann am Feuer erinnerte sie an Ottos Vater. Seine Gesichtshaut war wie Pergament. Neben ihm am Boden saß eine Frau auf einer Decke. Ihre Unterlippe hing etwas herab, als arbeitete die Muskulatur in ihrem Gesicht nicht richtig. Sie trug einen großen gehäkelten, braunen Schal um die Schultern, und ihre helle Bluse war voller Flecken. Langsam bewegte sie ihren Oberkörper vor und zurück, während ihr Blick suchend durch den Park huschte.

Nach einer Weile steckte der Mann eine Gabel in den Topf, fischte eine Kartoffel heraus und biss hinein. Sie schien noch nicht gar zu sein, denn er legte sie zurück. Als Tekla gehen wollte, rief er sie zu sich.

»Bist du neu hier?«, fragte er.

»Ja.«

»Hast du Hunger?«

»Ja«, musste sie eingestehen.

Er reichte ihr eine Kartoffel mit Bissspuren.

»Danke.«

Die Frau starrte Tekla an, ohne eine Miene zu verziehen.

»Woher kommst du?«, fragte der Mann und stellte sich als Sigmund vor.

»Aus dem Norden«, sagte Tekla, ohne ins Detail zu gehen. Außerdem stimmte das ja auch. Demmin war im Norden und Norwegen auch.

»Wann bist du nach Berlin gekommen?«

»Gestern.«

»Und warum bist du gekommen?«

Tekla dachte, dass es keinen Sinn machte, ihm das alles zu erklären, und zuckte nur mit den Schultern

»Wir haben unser ganzes Leben hier gewohnt, aber unsere Wohnung gibt es nicht mehr, der ganze Block ist dem Erdboden gleichgemacht worden. Wir haben vor, nach Süden zu gehen, wir haben da Familie.«

Tekla hatte keine Lust zu reden, aber der Mann schien das nicht zu registrieren. Er erzählte, dass sowohl er als auch seine Frau während des Krieges in Haft gewesen seien. Als sie im letzten Jahr zurückgekehrt waren, hatten sie zu den wenigen Glücklichen gehört, die aufgrund der Entnazifizierung eine Wohnung bekommen hatten.

»Entnazifizierung?«, fragte Tekla.

»Das ist der reinste Witz. SS-Leute, Parteifunktionäre, Mitglieder in der NSDAP und andere Hitler-Anhänger müssen sich vor den Spruchkammern verantworten.«

Tekla verstand, dass es sich dabei um eine Art Gerichtsverfahren handeln musste.

»Die meisten müssen nur irgendwelche Bußgelder zahlen, Wiedergutmachung«, fuhr er fort. »Ein paar wenige müssen auch ins Gefängnis oder verlieren ihre Wohnung.«

»Aber ist es nicht gut, dass sie bestraft werden?«

»Ja, schon, aber es funktioniert nicht. Die Wohnung, die wir bekommen haben, war schön, aber da wir keine Arbeit hatten, hatten wir auch kein Geld, um die Miete zu zahlen. Und wer kann sich diese Wohnungen leisten? Natürlich diejenigen, die sich im Krieg eine goldene Nase verdient haben. Kriegsprofiteure und andere Leute, die durch das Netz gerutscht sind.«

Tekla sah keine Spur von Verbitterung oder Protest in seinem Gesicht. »Macht Sie das nicht wütend?«, fragte sie.

»Nein, nicht mehr«, sagte er. »Das nützt ja nichts.«

»Wo haben Sie im Gefängnis gesessen?«

»In zwei verschiedenen Konzentrationslagern.«

Das mussten die Lager sein, von denen Otto gesprochen hatte, diese Todeslager.

»Sind Sie Juden?«

»Nein, wir wurden interniert, weil wir im politischen Widerstand waren.«

»Wo waren Sie?«

»Mich haben sie zuerst nach Dachau geschickt, Mariella kam eine Weile später in das Frauenlager Ravensbrück.«

Dachau, dachte Tekla erschrocken. Wo Anton, Ottos Kamerad, SS-Offizier gewesen war.

In diesem Moment sagte die Frau: »Ravensbrück. Da waren Fledermäuse.«

Der Mann hockte sich hin, legte die Arme um sie und drückte seine Wange an ihre Haare. »Ja, ja«, sagte er und hielt sie fest. »Aber du brauchst jetzt keine Angst mehr zu haben.« Er flüsterte ihr etwas ins Ohr, und nach einer Weile hörte sie zu weinen auf.

Tekla fühlte sich wie eine Zuschauerin bei einer intimen Szene. Trotzdem blieb sie stehen, die Nähe der beiden rührte sie. Was auch immer diese Frau erlebt hatte, sie hatte einen Mann, der sich um sie kümmerte und auf sie aufpasste.

Als er aufstand, breitete Tekla entschuldigend die Arme aus und wollte gehen. Er reagierte nicht darauf.

»Sie haben unseren Jungen getötet«, sagte er.

»Sie müssen mir nichts erklären …«, begann sie.

»Doch«, sagte er. »Man darf nicht schweigen. Wenn man eines nicht darf, dann den Mund halten.«

Er wollte erzählen und bestand darauf, dass sie, ein vollkommen fremder Mensch, ihm zuhörte. Er zeigte auf die Decke, und Tekla setzte sich neben die Frau.

»Mariella erwartete unser erstes Kind, als wir getrennt wurden«, sagte er. »Hunderte von Neugeborenen starben in Ravensbrück.«

Tekla starrte ihn entsetzt an. »Wie viele Frauen waren denn da?«

»Das weiß niemand genau, aber wenn man die Toten mitzählt, müssen in der Zeit, in der das Lager existiert hat, sicher mehr als hunderttausend Frauen dort gewesen sein.«

»Aber«, sagte Tekla, »heißt das dann, dass da Tausende von Frauen gestorben sind?«

»Ja, darum ging es doch.« Er sah seltsam gefühllos aus.

»Und in Dachau, wo Sie waren. Wie viele sind da gestorben?«

»Nur einige zehntausend. Das war kein Vernichtungslager.«

Tekla sah die beiden entgeistert an. *Nur* einige zehntausend? Hatte Anton mitgeholfen, Zehntausende von Menschen zu töten? Hatte Otto deshalb so ausweichend geantwortet, als sie ihn nach Dachau gefragt hatte? Hatte er mehr gewusst?

Sigmund stand auf, kochte Tee aus dem Kartoffelwasser und füllte drei Tassen. Eine davon reichte er Tekla.

»Mariella ist im Winter nach Ravensbrück gekommen, sie hatte aber Glück und bekam eine Arbeit in der Wäscherei. Dort war es warm, so dass sie nicht die ganze Zeit frieren musste. Unser Junge ist dort zur Welt gekommen, vormittags, mitten bei der Arbeit. Drei Tage konnte sie ihn mit Hilfe der anderen Arbeiterinnen und der Frauen in der Baracke verstecken. Doch eines Tages hörte eine der Fledermäuse das Weinen des Kindes und fand den Jungen hinter einer Wanne mit Kleidern.«

»Fledermäuse?«, fragte Tekla.

»Ja, die Wachfrauen. Sie wurden so genannt, weil sie immer große, schwarze Umhänge trugen.« Sigmund schluckte. »Die Fledermaus hat unseren Jungen mit nach draußen genommen und auf den Boden gelegt. Dann hat sie die Hunde losgelassen. Mariella stand am Fenster und hat alles mitbekommen.«

Er verzog sein Gesicht zu einer schmerzerfüllten Grimasse.

Tekla saß still da, sie fand keine Worte.

Nach einer Weile fragte sie: »Wer waren diese Fledermäuse, wo kamen sie her?«

»Viele waren ganz normale Frauen aus den Dörfern ringsherum, die dort Arbeit gefunden hatten.«

Die Trauer und die Wut, die sie in seinem Gesicht gesucht hatte, waren nun deutlich zu sehen. Er sagte aber nichts mehr, drückte nur seine Frau an sich.

»Woher kommen Sie?«, fragte er nach einer Weile.

»Aus Norwegen.«

»Norwegen?« Mariella hob das Kinn und erzählte, dass in Ravensbrück auch mehrere Norwegerinnen gewesen seien. »Sie bekamen Päckchen von zu Hause. Durch das Rote Kreuz. Eine von ihnen, die kleine Marie, hat immer ihr Essen mit mir geteilt. Die war so lieb.«

»Was ist aus ihr geworden?«, fragte Tekla.

»Irgendwann kamen weiße Busse, auf die ein rotes Kreuz gemalt war. Sie haben sie mitgenommen.«

Sie lächelte Tekla flüchtig an und schmiegte sich an Sigmund.

51

Am Nachmittag legte sich eine dicke Wolkendecke über die Stadt. Gleichzeitig kam eine erfrischend kühle Brise auf.

Tekla lief an amputierten Kirchtürmen und dem durchlöcherten Reichstag vorbei und kam in zerbombte Wohnviertel. Vor einem riesigen Tor auf sechs Säulen, auf dem oben eine große zerschossene Skulptur thronte, blieb sie stehen. Die Säulen hatten zahlreiche Einschusslöcher, und an einem Pfosten hing ein Schild mit der Aufschrift »*You are now leaving British Sector*«. Tekla ließ ihren Blick über die breite Straße auf der anderen Seite schweifen und sah ein Bild von Stalin. Darüber waren ein roter Stern und an den Seiten rote Wimpel mit einem goldenen Hammer abgebildet.

Sie lief weiter kreuz und quer durch die Stadt. An manchen Ecken waren viele Menschen bei der Arbeit, andere Orte waren komplett ausgestorben. An einer Hauswand stand: »Ihr lebt, wenn der Nazismus stirbt!« Gezeichnet war der Spruch mit dem Kürzel K.P.D. Wofür wohl diese Abkürzung stand? Eine politische Partei vielleicht? Die Straßen glichen Schrottplätzen. Rostige Stahlträger ragten aus Schutthaufen heraus. Reste von Hausgiebeln glichen Galgen, und ausgebrannte Dachstühle wirkten wie die Rippen von riesigen Tieren. Einmal kam sie an einem jüdischen Friedhof vorbei, auf dem alle Grabsteine umgestoßen worden waren. Überall auf dem Boden und an den Wänden waren schwarze Kreuze, Tekla fragte sich, was sie zu bedeuten hatten.

Nach einer Weile kam sie in eine Gegend, in der die Keller der Wohnhäuser noch intakt schienen. Rauch quoll aus Rohren in der Wand und waberte um ihre Füße. Es roch nach Essen. Irgendwann blieb sie stehen und sah durch ein Fenster. Eine Frau beugte sich über einen Ofen und rührte in einem Topf. Auf dem Boden saßen zwei kleine Kinder. Eines der beiden hustete schrecklich, der Rauch schien nicht richtig abzuziehen. Vielleicht hatte das Kind aber auch Tuberkulose, denn dieses Husten war überall zu hören.

Sie ging durch ein Tor und sah Kinder auf einem offenen Platz vor einem intakten vierstöckigen Gebäude spielen. Vor allen Fenstern waren Gitter, das Haus musste einmal ein Gefängnis gewesen sein. Neben dem Gebäude war ein Pissoir. Die Tür stand offen. Auf dem Boden saß eine Frau auf einer Decke und stillte. Immer wieder sah sie Menschen, die durch irgendwelche Türen oder Maueröffnungen in Kellern verschwanden. Sie vermochte nicht zu sagen, wie alt diese Höhlenbewohner waren. Hunger, Not und Trauer hatten tiefe Spuren auf ihren Gesichtern hinterlassen. Ihre Haare waren dünn und leblos, und trotz des Sommers war ihre Haut oftmals grau und blass. Wenn sie aus den Häusern kamen, blinzelten sie in die Sonne und sahen dabei aus wie Fische, die nach Luft schnappten. Gegen Abend kam Tekla dann in eine Straße mit neueren Gebäuden, die noch standen. Sie ging von Tür zu Tür und las die Schilder, aber keines davon hatte mit Norwegen zu tun. An die Wand eines Hauses am Ende der Straße war das Wort »Hotel« geschrieben. Sie seufzte mutlos, versuchte es aber trotzdem noch einmal.

Hinter einem Empfangstisch stand ein dünner, kleiner Mann in einem gelben Hemd. Unter seinen Armen zeichneten sich große Schweißflecken ab.

»Ja?«, fragte er und musterte sie von Kopf bis Fuß.

»Ein Zimmer, bitte«,

»Sind Sie allein?«, fragte er, als überraschte ihn das.

Tekla nickte.

»Sie müssen im Voraus bezahlen. Dreißig Mark.«

Der Preis erschreckte Tekla. »Ist das mit Frühstück?«

Der Mann schien sich zu amüsieren. »Frühstück?«, sagte er laut und lachte. »Nein, kein Frühstück.«

Sie bezahlte, und er reichte ihr einen Schlüssel. »Im Hinterhof gibt es ein Toilettenhäuschen«, sagte er. »Das Zimmer ist im dritten Stock.«

Zwischen dem ersten und dem zweiten Stock passierte sie einen amerikanischen Soldaten und eines dieser deutschen Mädchen, die ihr schon andernorts in der Stadt aufgefallen waren. Sie standen sowohl am Bahnhof als auch vor den Hotels und sahen sich immer wieder um, als warteten sie auf jemanden. Sie waren anders gekleidet als die übrigen Frauen. Ihre Röcke waren kürzer, und ihre Gesichter waren stärker geschminkt. In dem scharfen Licht des Treppenhauses sah sie den Hunger in den ausgemergelten

Zügen des Mädchens. Es konnte nicht älter als fünfzehn sein. Der Amerikaner war so betrunken, dass er ohne ihre Hilfe nicht aufrecht hätte stehen können.

»*Come, dear*«, sagte sie mit dünner Mädchenstimme. Als sie aneinander vorbeigingen, fing Tekla für einen Moment den Blick der jungen Frau ein. »Was geht dich das an?«, schien er zu fragen.

»*I wanna fuck you*«, lallte der Amerikaner.

»*Yes, handsome*«, sagte das Mädchen und lachte künstlich.

Das Zimmer war äußerst einfach eingerichtet: ein Bett mit einem Nachtschränkchen, ein Holzstuhl und ein Waschbecken mit einem Spiegel. Das Bettzeug wirkte benutzt, aber die Matratze war weich. Um Strom zu haben, musste sie Münzen in einen Automaten stecken. Sie ließ es sein und machte stattdessen die Kerze an, die auf dem Nachtschränkchen stand.

Auf einem Schwarzmarkt an der Ecke hatte sie ein Brot und eine Flasche Wasser gekauft. Das Brot war hart wie Stein, so dass sie nur kleine Stückchen abbrechen konnte, die sie im Wasser aufweichte. Sie aß die Hälfte und hob sich den Rest für den nächsten Tag auf. Nach einer Weile spürte sie den Drang, zur Toilette zu gehen. Doch die Vorstellung, sich im Dunkeln allein auf den Hinterhof zu wagen, erschreckte sie. Stattdessen rückte sie den Stuhl vor das Waschbecken, kletterte darauf und hockte sich hin. Erst anschließend bemerkte sie, dass kein Wasser aus dem Hahn kam und sie das Becken mit dem Rest aus ihrer Wasserflasche ausspülen musste.

Durch das offene Fenster hörte sie ganz in der Nähe einen Hund bellen. Ein anderer, etwas weiter weg, antwortete, dann lachte direkt unter ihrem Fenster eine Frau. Tekla beugte sich hinaus und sah ein Militärfahrzeug vorbeifahren. Die Scheinwerfer erhellten die dunkle Straße. Die Frau umarmte einen Mann in Uniform. Sie küssten sich.

Tekla legte sich in all ihren Kleidern aufs Bett, winkelte die Beine an und zog die Decke über sich. Aus dem Zimmer nebenan hörte sie laute Stimmen. Jemand grölte, dann wurde auf Englisch gesungen und laut gelacht. Von der anderen Seite drang leises Seufzen durch die Wand. Ein Bett knirschte und schlug rhythmisch gegen die Wand, bis eine Männerstimme laut stöhnte. Danach wurde es still.

Der Flakon mit dem Parfüm von Chanel war fast leer, die wenigen noch verbliebenen Tropfen waren nur zu sehen, wenn sie ihn schräg ins Licht der Kerze hielt. Sie öffnete den Deckel und sog den Duft ein.

Nicht zerbrechen. Beuge dich, aber zerbrich nicht, wiederholte sie wieder und wieder, bis sie in einen unruhigen Schlaf fiel.

52

Da sie noch etwas mehr als zweihundert Mark hatte, entschloss sie sich, das Zimmer noch für eine weitere Nacht zu behalten. Den Schmuck wollte sie erst verkaufen, wenn es wirklich keinen anderen Weg mehr gab.

Sie ging zurück zu dem ersten Hotel, in dem sie gewesen war. Norweger, die für die Behörden arbeiteten, logierten sicher an einem solchen Ort, dachte sie. Sie stellte sich an den Eingang und tat so, als wartete sie auf jemanden, während sie auf die Sprache der Menschen lauschte, die ein und aus gingen. Aber sie hörte nur Englisch oder Französisch.

Als sie schon aufgeben wollte, drang plötzlich eine schwedische Stimme an ihr Ohr. Eine Frau mittleren Alters, deren adrette, blonde Locken unter einem weißen Hut hervorlugten, kam auf sie zu. Sie trug ein rotes Sommerkleid mit Rüschen. Mutter hat so ein Kleid, dachte Tekla, als sie einen Schritt vortrat.

»Entschuldigen Sie«, sagte sie auf Norwegisch. »Sind Sie Schwedin?«

Die Frau sah sie überrascht an. »Ja«, sagte sie. »Was wollen Sie?«

»Wissen Sie, ob die norwegischen Behörden hier in der Stadt eine Vertretung haben?«

»Eine norwegische Vertretung? Da kann ich Ihnen wirklich nicht helfen«, sagte sie und warf Tekla einen herablassenden Blick zu, ehe sie ins Hotel verschwand.

Gleich darauf kam ein Mann in einem burgunderroten Anzug mit blanken Knöpfen und goldenen Schnüren zu ihr nach draußen. »Sie können hier nicht stehen und unsere Gäste belästigen«, sagte er. »Verschwinden Sie!« Er packte ihren Arm und schob sie weg.

Tekla blieb vor einer Bar stehen. Das Lokal war nur schummrig beleuchtet, Gemurmel und Musik drangen an ihr Ohr. Ohne nach rechts oder links zu blicken, ging sie hinein und setzte sich auf einen Barhocker. Eine ältere, stark geschminkte Frau mit tiefem Ausschnitt trocknete ein paar Gläser ab und sah sie fragend an.

Sie bestellte ein Bier. Dabei mochte sie Bier eigentlich gar nicht. Aber sie verband es mit ihrem Vater. Und mit Weihnachten und Aquavit, gutem Essen, dem knisternden Kamin … oder mit Sommer und kalten, beschlagenen Flaschen. Sie wollte trinken, was ihr Vater getrunken hätte, an einen norwegischen Winter denken oder an den Sommer in den Schären, das Segeln, das gute Leben, zu dem sie zurückwollte.

Eigentlich spielte es überhaupt keine Rolle, was sie trank, es ging ihr ja schließlich nicht um den Geschmack. Der Alkohol dämpfte ihre Gefühle, unterdrückte die Tränen und linderte ihre Angst vor dem nächsten Tag. Nach einer Weile ging es ihr tatsächlich besser, sogar die Trauer spürte sie nur noch als einen kleinen Stich tief in ihrem

Innern. Sie trank gierig und bestellte gleich darauf ein zweites Glas. Die Frau hinter dem Tresen warf ihr kurze, neugierige Blicke zu, sagte aber nichts.

Als sie ihr drittes Bier begann, setzte sich ein junger Mann in Uniform neben sie. Sie registrierte, dass er etwa in ihrem Alter war und sie ebenso freundlich wie fragend betrachtete.

»Hello«, sagte er.

Tekla drehte ihm den Rücken zu, stützte die Ellenbogen auf den Tresen und legte den Kopf in die Hände.

Ich habe *niemanden.*

Ich *bin* niemand.

Alles ist vorbei.

»Ist alles in Ordnung mit Ihnen?«, fragte eine Frauenstimme, und eine Hand legte sich auf ihren Arm. Es war die Frau hinter dem Tresen. Sie sah besorgt aus.

Tekla schüttelte den Kopf, rutschte vom Barhocker und ging mit unsicheren Schritten hinaus in die Berliner Nacht.

53

In der zweiten Nacht im Hotel schrak sie aus dem Schlaf auf. Ein Fahrzeug fuhr draußen vorbei, aber nicht davon war sie wach geworden. Ein inneres Zittern hatte sie geweckt.

Sie hatte von einem neugeborenen Kind geträumt. Es lag irgendwo im Wald und schrie herzzerreißend, trotzdem hatte sie es nicht finden können. Sie war zwischen Büschen und Bäumen herumgeirrt, war durch Gras, Farnkraut und Dickicht gekrochen und hatte einen Fluss überquert, das Kind aber nicht gefunden, obwohl sie das Weinen noch immer gehört hatte.

Kalter Schweiß klebte auf ihrem Körper, und sie versuchte ihre Atmung zu beruhigen, das Geräusch in ihrem Inneren wurde aber immer lauter. Schließlich sprang sie aus dem Bett, rannte zum Waschbecken und erbrach sich. Anschließend setzte sie sich aufs Bett, stopfte sich den Zipfel des Kopfkissens in den Mund und schrie, wobei sie das Gefühl hatte, in einem Fass ohne Boden zu versinken.

Ich will kein Kind!

Einen Großteil ihres Geldes hatte sie inzwischen für das Hotelzimmer und Nahrung ausgegeben. Sie brauchte einen Ort, an dem sie bleiben konnte. Und ohne Wasser konnte sie weder sich noch ihre Kleider waschen. Mit jedem Tag, der verging, unterschied sie sich weniger von den Menschen um sie herum: desillusioniert, entwurzelt, stinkend. Die Lebenslust, die auf Elsies und Jürgens Hof langsam wieder aufgekeimt war, hatte sich zwischen den Ruinen beinahe in nichts aufgelöst. Sie war wie all die Leichen, die noch immer unter den Trümmern lagen, tot und begraben. Trotzdem lief sie auch an diesem Tag ziellos durch die Straßen. Der Rucksack war schwer wie Blei, sie wagte es aber nicht, ihn in ihrem Zimmer zu lassen.

Gegen Mittag bemerkte sie einen jungen Mann in Uniform, der rauchend an einem glänzenden, schwarzen Mercedes lehnte. Das Auto hatte einen englischen Wimpel auf dem Kotflügel. Tekla ging zu ihm. »Wissen Sie, ob es hier in der Stadt eine norwegische Vertretung gibt?«, fragte sie stotternd. Eigentlich war ihr Englisch ziemlich gut, es war aber lange her, dass sie die Sprache gesprochen hatte. In ihrem Kopf gab es nur noch Deutsch und Norwegisch.

»*Yes, I think so*«, antwortete er »Die meisten Alliierten haben Repräsentanten in Berlin, die Norweger also sicher auch. Ich weiß aber nicht, wo die Gesandtschaft ist.«

»Können Sie mir helfen, das irgendwie herauszufinden?«, fragte sie.

»Tut mir leid, aber dafür fehlt mir die Zeit.« Vielleicht sah er die Verzweiflung in ihrem Blick, denn er fügte hinzu: »Aber wenn Sie mir Ihre Adresse geben, kann ich mich umhören.«

»Ich habe keine Adresse«, sagte sie.

»Sind Sie Norwegerin?«

»Ja.«

»Dann müssen Sie hier weg«, sagte er.

»Was meinen Sie, was ich versuche?«, antwortete sie resigniert.

»Für eine Frau wie Sie ist es hier nicht sicher«, fuhr er fort. »Man betrachtet sie als Feindin. Das deutsche Volk ist noch immer voller Hass auf solche wie uns. Es brodelt unter der Oberfläche, und die Verbitterung kann jederzeit durchschlagen. Die Deutschen haben noch nicht akzeptiert, noch nicht wirklich verinnerlicht, dass sie verloren haben. Es gibt noch Elemente in dieser Gesellschaft, die jederzeit bereit sind, zuzuschlagen und sich zu rächen.«

Er hörte sich an, als läse er aus einem Buch vor.

»Woher wissen Sie das?«, fragte Tekla.

»Ich arbeite in der Alliierten Kontrollkommission für Deutschland. Wir sind es, die dieses Land wieder aufbauen.« Er nahm einen tiefen Zug von seiner Zigarette, ehe er sie fallen ließ und austrat. »Jeder, der hier arbeitet, ist über den Charakter der Deutschen im Bilde.«

»Den Charakter der Deutschen? Sagen Sie mal, wie viele Deutsche haben Sie denn schon getroffen? Und mit wie vielen haben Sie selbst gesprochen?«

»Ich spreche kein Deutsch«, sagte er irritiert. »Außerdem sind wir instruiert worden, nicht mit den Deutschen zu fraternisieren.«

Er sprach das Wort so aus, als hätte er es auswendig gelernt.

»Wie lange sind Sie denn schon hier?«, fragte sie.

»Sechs Monate.«

»Dann müssen Sie doch schon einiges gesehen und gedacht haben.«

»Wie meinen Sie das?«

Die englischen Worte kamen Tekla mittlerweile wieder wie von selbst über die Lippen. »*Look around you.* Sehen diese Skelette etwas so aus, als probten sie den Aufstand? Sehen diese ausgehungerten, kraftlosen, obdachlosen Menschen für Sie wirklich so aus, als würden sie an Rache denken?«

Der Mann sah sie verwundert an.

Tekla drehte sich um und ging. Mit einem Mal fühlte sie wieder so etwas wie Kraft in sich.

Dunkle Wolken schoben sich über den Himmel. Es donnerte, dann kam heftiger Wind auf, und es begann zu regnen. Die Menschen sprangen unter Vordächer und drängten sich schutzsuchend in Torbögen und Hauseingängen zusammen. Tekla stand dicht an dicht auf einem Treppenabsatz zwischen zwei älteren Frauen und einem jungen Paar mit einem schreienden Baby. Das Erbrochene auf der Schulter der jungen Mutter roch säuerlich.

Der Regen grub sich in den Sand, bildete kleine Rinnsale, die sich zu immer größeren Pfützen vereinigten. Dann zuckten Blitze über Straße und Häuser. Tekla bemerkte eine Gruppe von Menschen, die etwas entfernt auf dem Bürgersteig beisammenstanden. Vor ihnen erhob sich ein Gebäude, groß wie ein Palast, dessen Eingangspartie auf einer Reihe teilweise zerstörter Säulen ruhte. Die Fenster waren mit Holzplatten vernagelt, und das spitze Türmchen, das einmal auf dem Erker gethront haben musste, war durch den Beschuss zerstört worden. Wie Tekla bei genauerem Hinsehen erkannte, bewegte sich die Menschenschlange langsam über die Treppe nach oben ins Haus.

Sie lief über den Bürgersteig, das Cape über Kopf und Schultern, stellte sich hinter den letzten Wartenden und war bald darauf hinter der breiten, von Maschinengewehrsalven durchlöcherten Tür. Sie schüttelte den Regen ab, während sie der Schlange weiter in eine Halle folgte, deren Boden und Wände aus Marmor waren.

Sie kam in einen großen Gerichtssaal. Ganz vorne waren Tisch und Stühle aufgestellt worden, der Rest des Raumes war für das Publikum reserviert. Der Krieg hatte auch im Inneren des Gebäudes seine Spuren hinterlassen, sowohl die kahlen Wände als auch der Fußboden waren beschädigt. Unter der Decke hingen Kabel mit einzelnen nackten Glühbirnen, die den Raum notdürftig erhellten.

Tekla wurde als eine der Letzten eingelassen. Sie schob sich auf die hinterste Bank zwischen einen Jungen und einen Mann mit Pferdeschwanz.

Schräg vor ihr kaute ein älterer Mann auf einer trockenen Brotrinde herum. Ihr Magen knurrte laut. »Haben Sie Hunger?«, fragte der Mann mit dem Pferdeschwanz.

Tekla nickte und zuckte mit den Schultern.

»Ich auch«, sagte er. »Und sie und er.« Er zeigte auf die Menschen um sie herum und lächelte ironisch. »Nur der nicht«, sagte er und nickte in Richtung eines Mannes, der durch eine Seitentür den Raum betrat. Der Richter war ein großgewachsener, kräftiger, älterer Herr.

Gleich darauf wurde ein weiterer Mann in den Saal geführt. Er trug eine ungewöhnlich dicke Brille mit einem markanten, dunkelbraunen Gestell, wodurch die Augenpartie das schmale Gesicht vollkommen dominierte.

Nach einer Weile wurde Tekla bewusst, dass sie einem dieser Entnazifizierungsverfahren, von denen der Mann im Park gesprochen hatte, beiwohnte. Die Gesichter um sie herum waren voller Erwartung.

Der Mann mit den großen Augen war Mitglied der SA gewesen. Tekla hatte noch nie von dieser Sturmabteilung gehört, aus den Fragen, die dem Mann gestellt wurden, entnahm sie aber, dass es sich um eine Art militärische Abteilung der nationalsozialistischen Partei gehandelt haben musste.

Der Angeklagte erzählte von einer traurigen, armen Kindheit in einem Dorf außerhalb Berlins. Und von seinem Traum, Lehrer zu werden. Gegen alle Widerstände war er kurz davor gewesen, dieses Ziel zu erreichen, als Hitler an die Macht gekommen war. Und damit hatte er sich, wie er beteuerte, vor eine schwierige Wahl gestellt gesehen. Entweder er wurde Mitglied der NSDAP, oder er hätte all das aufgeben müssen, wofür er all die Jahre so hart gearbeitet hatte. Der Mann hatte vier Zeugen, die alle bestätigten, dass er niemals Sympathie für die Nazis ausgedrückt habe. Ein jüdischer Nachbar beteuerte, dass er immer freundlich zu ihm gewesen sei.

»Er ist sicher bezahlt worden, damit er das sagt«, flüsterte der Junge neben ihr. »Juden kann man kaufen«, fügte er verächtlich hinzu.

Tekla tat so, als hörte sie ihn nicht.

Auch der Rektor der Schule, an der der Mann gearbeitet hatte, setzte sich für ihn ein und meinte, er sei ein tüchtiger, pflichtbewusster Mann, der sehr gut mit Kindern umgehen könne. Es habe nie irgendwelche Probleme mit ihm gegeben, im Gegenteil könne er sich keinen besseren Lehrer vorstellen.

Der Mann wurde als unbelastet eingestuft. Es gab keine Beweise dafür, dass er eine aktive Rolle in der SA gespielt hatte. Seine Schultern hoben und senkten sich zuckend, als er aus dem Saal geführt wurde, es kam aber kein Laut über seine Lippen.

Anschließend wurde eine etwa vierzigjährige Frau in den Raum geführt. Sie hieß Inga Krause und war angeklagt worden, während des Krieges die Juden in ihrem Wohnblock denunziert zu haben. Der Ankläger gab an, mehrere Zeugen könnten bestätigen, dass Frau Krause gesagt habe, Juden hätten in ihrem Block nichts verloren. Frau Krause leugnete das laut schnaubend und protestierte. »Nein, nein, das sind doch alles Lügen!«

Eine jüdische Frau Mitte zwanzig trat in den Zeugenstand. Bereits 1935 hätten sich die Juden erst nach Ladenschluss in das Geschäft im Erdgeschoss schleichen können, berichtete sie, weil Frau Krause den Geschäftsinhaber davor gewarnt hatte, Waren an Juden zu verkaufen. Der Ladenbesitzer habe ganz genau gewusst, dass Frau Krause ihn beobachtete.

Frau Krause sah die Zeugin überrascht an: »Aber Isabella«, sagte sie. »Du hast mich doch immer so nett gegrüßt, wenn wir uns begegnet sind.« Ihre Stimme war ruhig, sie lächelte, die roten Flecken an ihrem Hals waren aber nicht zu übersehen.

Die junge Frau drehte sich zum ersten Mal zu Frau Krause um. Ihre Augen waren voller Härte. »Ja, und wissen Sie auch, warum?«

Sie wandte sich zum Richter und erzählte, dass im selben Block auch ein Parteifunktionär gewohnt habe. »Vor dem hatte ich keine Angst, wohl aber vor Frau Krause, die haben wir alle gefürchtet. Sie hat uns überwacht. Wir wussten, wie gefährlich sie war. Ich bin mir sicher, dass wir es Frau Krause zu verdanken haben, dass wir 1942 nach Auschwitz deportiert wurden.« Sie schob den Ärmel ihrer Jacke hoch und streckte ihr den Arm hin. »Ich bin die Einzige meiner Familie, die überlebt hat.«

Tekla sah eine Nummer auf dem Arm der jungen Frau. Hatte man den Gefangenen Nummern in den Arm tätowiert?

Ein letzter Zeuge trat in Handschellen in den Zeugenstand. Ein Raunen ging durch den Saal, als er nach vorne ging. Tekla verstand, dass die Anwesenden ihn kannten.

Mit gesenktem Kopf erzählte er, dass Isabella Gerstner und ihre Familie unter seiner Regie abgeholt und nach Auschwitz geschickt worden seien. Er gab an, Frau Krause habe ihn auf die jüdische Familie in ihrem Block aufmerksam gemacht. Sie wolle nicht mehr Wand an Wand mit dem »Judenpack« leben, habe sie wortwörtlich zu ihm gesagt.

»Das ist nicht wahr!« Frau Krause sprang auf und schrie den Mann an. »Das sagen Sie doch nur, um Ihre eigene Haut zu retten, Sie Heuchler!«

Der Richter stauchte sie zurecht und verurteilte sie zu einem Jahr Gefängnis, dann wurde sie begleitet von dem verächtlichen Raunen des Publikums aus dem Saal geführt.

54

Es war schon nach neun Uhr abends, als Georg und ich das Hotel verließen, um etwas essen zu gehen. Der Frühlingsabend war warm, und auf dem Kurfürstendamm wimmelte es vor Menschen. Die meisten Restaurants waren gut besucht.

Georg legte mir den Arm um die Schulter und zog mich leicht an sich. Ich schob meinen Arm um seine Taille und hakte den Daumen unter seinen Gürtel. Wir schlenderten an exklusiven Geschäften vorbei, Yves Saint Laurent, Louis Vuitton, Dolce & Gabbana, ehe wir in eine Seitenstraße abbogen und ein kleines Restaurant fanden, bei dem draußen noch ein Tisch frei war.

»Es gibt etwas, das ich dir sagen muss«, begann ich, als wir Platz genommen hatten.

Sein Blick verriet mir, dass er bereits wusste, was ich sagen wollte.

»Du … weißt es?«, fragte ich.

Er nickte langsam.

»Seit dem Tag, an dem Jahn da war. Ich habe gesehen, wie du deinen Bauch geschützt hast. Außerdem war dir immer wieder übel, und du hast dich mehrmals erbrochen.«

»Und was denkst du darüber?«

»Es ist doch wohl wichtiger, was *du* darüber denkst.«

»Eigentlich hatte ich nicht vor … das Kind zu behalten. Es ist Jahns Kind, und ich will nichts mehr mit ihm zu tun haben.«

Der Kellner kam mit einem Bier für Georg und einem Glas Cola für mich.

»Aber?«, sagte Georg, als der Mann gegangen war.

»In den letzten Tagen. Ich weiß nicht … ich glaube, ich will es behalten. Als ich da an diesem Massengrab stand, da … da ist etwas mit mir passiert. Ich habe an all die Menschen gedacht, die sich für den Tod entschieden haben, an die Mütter, die ihren Kindern das Leben genommen haben. Aber dieses Kind … ich bin es, die da die Entscheidung trifft, und ich kann mich nicht gegen es entscheiden.«

Georg streckte den Arm über den Tisch und nahm meine Hand.

»Und diese Reise in die Vergangenheit, in das Leben meiner Großmutter, ist auch eine Reise in meine Geschichte«, fuhr ich fort. »Etwas hat sich verändert. Ich weiß jetzt mehr über mich, weiß, wer ich bin, und sehe die Dinge anders. Die Zusammenhänge sind deutlicher, zwischen Vergangenheit und Zukunft, zwischen Müttern und Töchtern, Eltern und Kindern. Das hört sich sicher komisch an, oder?«

»Nein«, sagte Georg. »Identität hat etwas mit Herkunft zu tun, mit all den Menschen, die vor dir gelebt haben, mit deinen Wurzeln. Hätte Tekla Otto nicht getroffen … wäre er nicht gestorben und sie nach Norwegen zurückgekehrt, hätte Lilla deinen Vater nie getroffen und du würdest nicht hier mit mir sitzen.«

»Das Leben besteht aus Zufällen. Wer man wird, hat auch damit zu tun, was man selbst erlebt hat. Welchen Weg man eingeschlagen hat.«

»Ja, das stimmt.«

»Wenn ich jetzt hier mit dir zusammensitze, kommt es mir unbegreiflich vor, wie ich all das, was Jahn gesagt und getan hat, geschehen lassen konnte.«

»Geschehen lassen konnte? Das hört sich ja fast so an, als wäre es deine Schuld.«

»Aber ich habe nicht protestiert, Georg. Ich habe mich einfach untergeordnet, mich angepasst. Ich bin nie für mich eingetreten.«

»Jahn ist wie eine Feuerqualle«, sagte er. »Weißt du, wie Feuerquallen Fische fangen? Das Licht von der Oberfläche scheint durch sie hindurch und lässt sie in tausend Farben glitzern. Die Fische zieht das an, und wenn sie zu nahe kommen, werden sie vom Nesselgift aus den Tentakeln der Quallen betäubt. Sie können sich nicht mehr rühren und sind gelähmt, genau wie du es warst.«

»Ich glaube nicht, dass es Jahn war, der mich so … schwach hat werden lassen. Ich war immer so. Ich habe nie aufbegehrt, habe nie protestiert.«

»Warum nicht?«

»Ich hatte immer Angst, abgewiesen zu werden.«

»Von wem?«

»Ich weiß nicht … Lilla? Großmutter? Ich habe gespürt, dass ich im Weg war. Sie hatten oft genug mit sich selbst zu tun. Nur Großvater hatte immer Zeit für mich.«

»Ich habe Zeit für dich«, sagte Georg.

Seine Finger streichelten über meinen Handrücken, sein Blick war ernst.

»Es gibt da noch eine Sache, über die wir reden müssen«, sagte er. »Die Vergewaltigung im Wald.«

Als Erwachsene hatte Anjas Mutter ihr erzählt, was mit Großmutter in der Nacht geschehen war, in der Otto starb. Ich hatte auf der Zugfahrt zurück nach Berlin nicht darüber reden wollen. Ich war schweigsam gewesen, und Georg hatte mich mit meinen Gedanken in Ruhe gelassen. Was Anja gesagt hatte, ließ Großmutters Schweigen in einem ganz anderen Licht erscheinen. Sie hatte dasselbe erlebt wie die Frauen, die sich nach der Ankunft der Russen in Demmin das Leben genommen hatten. Und ihre Vergewaltiger hatten auch noch den Mann getötet, den sie liebte. Was für ein Trauma sie ihr ganzes Leben mit sich herumgeschleppt hatte!

»Wir wissen, dass Otto am 24. März 1946 erschossen wurde«, fuhr Georg fort. »Lilla kam am 27. Dezember auf die Welt. Das sind etwas mehr als neun Monate«, sagte er und drückte damit den Gedanken aus, den auch ich schon gehabt hatte.

»Ich dachte, ich hätte Großmutters Geheimnis herausgefunden«, sagte ich. »Sie war ein ›Deutschenmädchen‹ und hat ein Kind von einem deutschen Soldaten bekommen. Das war die Schande. Ottos Tod die Trauer. Trauer und Schande, hat sie immer wieder zu mir gesagt. Manchmal kann man so etwas vererben. Ich habe das alles nicht verstanden. Für mich hat sie in Rätseln gesprochen. Kurz vor ihrem Tod – sie war damals schon sehr schwach – hat sie gerufen »die Russen kommen«. Natürlich habe ich nicht verstanden, wie sie das meinte oder warum sie solche Angst gehabt und sich an mich geklammert hat. Jetzt verstehe ich es. Sie war wieder zurück in diesem Wald.«

»Und was denkst du, wenn du jetzt weißt, dass sie vergewaltigt wurde?«

»Ich habe braune Augen, wie Lilla. Großmutters Augen waren blau, und auf dem Bild von ihr und Otto sieht man deutlich, dass auch er helle Augen hatte. Grau oder blau. Auf jeden Fall nicht braun.«

»Paare mit blauen Augen können Kinder mit braunen Augen bekommen«, sagte Georg.

»Aber das ist sehr selten.« Ich trank einen Schluck Cola und ließ meinen Blick über die Passanten schweifen, bevor ich mich wieder Georg zuwandte.

»Es ist nicht nur die Augenfarbe, auch die Gesichtszüge, die Haare, alles. Nichts an Lilla erinnert an Otto. Ich glaube, Großmutter war sich sicher, dass Lilla von einem der Vergewaltiger stammte. Und dass sie den Entschluss gefasst hat, alles, was in diesen zwei Jahren in Deutschland geschehen ist, zu verdrängen und zu verschweigen. Sie hat so getan, als wäre das nie geschehen, um es selbst vergessen zu können, und vielleicht auch, um Lilla bestmöglich zu schützen.«

55

Es regnete noch immer, als Tekla den Gerichtssaal verließ. Sie blieb im Eingangsportal stehen und fragte sich, welchen Weg sie einschlagen sollte. Was sollte sie tun? Ihr Geld war bald aufgebraucht.

»Und wohin gehen Sie jetzt?«, fragte eine Stimme.

Sie drehte sich um und begegnete dem Blick des Mannes mit dem Pferdeschwanz. Er mochte etwa vierzig Jahre alt sein, seine Haare waren rabenschwarz mit ein paar grauen Strähnen an den Ohren. Irgendwie sah er aus, als käme er direkt von einer Theaterbühne. Seine Hose war dunkelrot, und der lange, schwarzgrüne Mantel schien aus Samt zu sein.

»Ich … ich weiß es nicht«, sagte sie.

»Ich heiße Niels«, sagte er und reichte ihr die Hand.

»Tekla«, sagte sie. Sein Händedruck war warm und kräftig.

»Wo wohnen Sie?«, fragte er.

Sie zuckte zur Antwort nur mit den Schultern.

»Kommen Sie mit«, sagte er und nahm ihren Ellenbogen.

Tekla erstarrte bei der Berührung.

»Ich wohne gemeinsam mit vielen anderen in einem

Keller«, sagte er. »Da ist auch noch Platz für dich. Komm, es ist nicht weit entfernt.«

Er ist nett, dachte sie bei sich. Und er wohnt mit anderen Leuten zusammen, dann kann es nicht so gefährlich sein.

Der etwa fünf mal fünf Meter große Raum, in den sie kamen, wurde von einer Öllampe auf einem Tisch schwach beleuchtet. Er sah aus wie eine Gefängniszelle mit einem kleinen Fenster hoch oben an der Wand. Unter dem Fenster stand ein Holzofen mit einer Kochplatte. Der Rauch wurde über ein Rohr durch die Wand geleitet, wie sie es an so vielen anderen Stellen gesehen hatte. Die Wand war fleckig, und an manchen Stellen blätterte der Putz ab. Der größte Teil des Bodens war mit diversen Teppichen ausgelegt, nur die Ecke mit dem Abfluss war frei. Vielleicht war dieser Raum einmal ein Waschkeller gewesen.

»Perserteppiche«, sagte Niels. »Hoher Standard.«

»Hier ist kein Platz mehr für andere«, kam es ärgerlich von einer mageren, älteren Frau, die auf einem Hocker an der Wand neben dem Ofen saß. Sie trug ein braunes Kopftuch und einen schwarzen Schal. Tekla schätzte sie auf etwa sechzig, sie konnte aber auch jünger sein, als sie aussah.

Niels ignorierte sie.

»Du musst die Schuhe ausziehen«, sagte er zu Tekla und zeigte auf den Schuhhaufen neben der Tür. »Sonst bekommst du es mit Gretchen zu tun«, fügte er flüsternd hinzu und nickte in Richtung der Frau. »Neben mir ist noch Platz.« Er schob ein paar Kleider, einen Rucksack und einen Koffer weg.

An allen Wänden saßen Menschen. Niemand sagte etwas, Tekla spürte aber ihre Blicke auf sich, als sie durch den Raum ging und sich auf Niels' Matratze setzte.

Er schlug ein Kissen auf. »Du siehst müde aus, leg dich ein bisschen hin.«

»Das sind aber nicht wirklich Perserteppiche, oder?«, fragte sie.

»Glaubst du mir etwa nicht?«, sagte er mit beleidigter Miene, die augenblicklich einem breiten Grinsen wich. »Nur Unsinn, leider. Ich glaube, die sind aus England. Auf jeden Fall habe ich sie aus einem Lastwagen mit englischer Flagge auf dem Kotflügel geklaut.«

Tekla lächelte müde und legte den Kopf auf das Kissen. Das Letzte, was sie vor dem Einschlafen sah, war ein großes Reklameplakat für Sardinen, das neben der Tür hing.

Eine heftige Diskussion riss sie aus dem Schlaf.

»Das ist doch nicht dein Ernst!«, sagte Niels und breitete erregt die Arme aus.

»Doch«, sagte ein Mann in einem großen Sessel. Eines seiner Beine war unter dem Knie amputiert. »Hitler hat uns aus der Armut geführt, er hat uns Arbeit, Nahrung und einen höheren Lebensstandard geschenkt. Und was haben wir jetzt?«

»Ha!«, sagte Niels. »Wir haben uns von diesem kleinen

Verrückten in die Irre führen lassen. Er hat sich nicht für uns, das Volk, interessiert. Dieser Schweinehund war doch nur berauscht von der Macht und von sich selbst!«

In einer Ecke des Raumes breitete eine Frau eine Decke über zwei Kinder, die vielleicht sieben oder acht Jahre alt waren. Sie küsste sie auf die Wange, sagte etwas und ging. Sie trug ein schönes geblümtes Kleid und war stark geschminkt. Neben den Kindern saß eine Frau in Teklas Alter. Sie hielt einen Spiegel in der Hand und puderte sich das Gesicht. Dann legte sie Lippenstift auf und war gleich darauf verschwunden.

In der anderen Ecke hockte ein Mann mittleren Alters und verfolgte die Diskussion über Hitler. Sein Kopf war fast vollkommen kahl, dafür war sein Bart umso länger. Immer wieder fuhr er sich mit den Fingern durch die verfilzten Haare. Tekla bemerkte, dass er sie immer wieder ansah, und als sie seinen Blick erwiderte, wurden seine Augen schmal. Schnell wandte sie den Blick ab und sah zu Niels.

»Wir sollten froh darüber sein, dass die Alliierten unser Land wiederaufbauen«, sagte Niels.

»Die Alliierten!« Der Mann, mit dem er diskutierte, spuckte das Wort förmlich aus. »Und warum lassen sie die Menschen dann verhungern? Das geschieht doch mit voller Absicht. Die wollen uns demoralisieren, um uns zu unterdrücken. Sie wollen uns leiden lassen, damit wir am eigenen Körper spüren, dass das alles unsere Schuld ist.« Er zeigte auf sein amputiertes Bein. »Und wer ist, bitte schön, daran schuld?«, fragte er und gab sich auch gleich die Antwort: »Die Engländer – sie waren es doch, die die Bombe abgeworfen haben.«

»Aber das wäre doch nicht passiert, wenn Hitler nicht den Krieg angefangen hätte«, wandte Niels ein. »Der ganze Mist ist doch durch seinen Größenwahn gekommen.«

»Die Engländer haben an einem Wochenende mehr Bomben auf Hamburg regnen lassen als wir im ganzen Krieg über London!«, gab der Mann fauchend zurück.

Tekla schlug die Decke enger um sich, es war in dem Keller kälter als draußen. Dann drehte sie den Kopf zur Seite und hörte den Rest der Diskussion nur noch im Halbschlaf.

Als sie das nächste Mal wach wurde, war es Morgen.

Gretchen stand vor dem Ofen und rührte in einem Topf. Als sie sah, dass Tekla aufstand, sagte sie: »Wenn du hier wohnen willst, musst du auch deinen Beitrag leisten.«

»Ich werde nicht lange bleiben, ich bin auf dem Weg nach Hause.«

Die Frau lachte sarkastisch. »Das sind wir alle.«

Niels beugte sich zu ihr vor. »Wo ist dein Zuhause, Tekla?«

»In Norwegen«, sagte sie. »Mein Zuhause ist in Norwegen.«

Er sah sie überrascht an. »Du bist Norwegerin?«

»Ja.«

»Und was tust du dann hier? Als Norwegerin will man doch jetzt sicher alles andere als hier in Deutschland sein, oder?«

»Nein«, sagte sie nur, und Niels fragte nicht weiter.

»Ihr müsst jetzt zur Schule gehen«, sagte die Mutter der beiden Kinder.

»Die gehen zur Schule?«, fragte Tekla überrascht.

»Nein, das ist nur so ein Ausdruck«, antwortete Niels.

»Ein Ausdruck für was?«

»Dafür, dass sie rausgehen und etwas zu essen auftreiben sollen. Oder genauer gesagt, stehlen«, flüsterte er. »Aber das sagen wir nicht. Wir sagen zur Schule gehen«, ergänzte er lächelnd.

»Die Kinder lernen zu stehlen?«

Niels musste lachen, als er ihren überraschten Gesichtsausdruck sah. »Es kann moralisch durchaus richtig sein zu stehlen.«

»Wie meinst du das denn?«

»Ob man nun stiehlt, auf dem Schwarzmarkt Sachen oder seinen eigenen Körper und seine Seele verkauft, das alles ist nicht unmoralisch, wenn man nur auf diese Weise überleben kann. Ist es nicht eher unmoralisch, Kinder an Hunger sterben zu lassen, statt sie zu bitten, Essen zu stehlen, oder sich zu prostituieren, um Nahrung für sie kaufen zu können? Erst kommt das Fressen, dann die Moral.«

»Sind die beiden Frauen deshalb gestern Abend rausgegangen?«

Niels nickte.

»Auch du musst deinen Beitrag leisten«, sagte Gretchen wieder. »Sonst kannst du hier nicht wohnen.«

»Aber was kann ich denn tun?«

»Beschaff uns Wasser, Holz, Essen. Sachen, die wir zum Leben brauchen. Genau wie die anderen. Das ist doch wohl nicht schwer zu verstehen«, sagte sie irritiert.

»Natürlich helfe ich«, beeilte Tekla sich zu sagen.

56

In den folgenden Tagen war Tekla gemeinsam mit Niels auf der Suche nach Nahrung, Wasser und Brennholz. Sie erzählte nur wenig von sich selbst, sagte nur, warum sie nach Deutschland gekommen war, dass Otto nicht mehr lebte und sie auf der Suche nach der Militärmission war, weil sie um die Erlaubnis zur Rückkehr nach Norwegen bitten wollte. Niels half ihr und hielt auf seinen Touren nach der norwegischen Flagge Ausschau, aber für eine systematische Suche fehlte ihnen die Zeit. Wichtiger war es, Essen und Brennmaterial heranzuschaffen.

Sowohl das Rote Kreuz als auch die Heilsarmee und die Quäker leisteten Hilfsarbeit. Bei ihnen bekamen sie Suppe, Pakete mit Nahrung und manchmal auch Kleider. Niels beschaffte Tekla einen wollenen Militärmantel. »Den brauchst du für den Winter«, sagte er.

Dann bin ich nicht mehr hier, dachte sie.

Es gab allerdings nie genug für alle, die in der Schlange standen. Und eines Tages, als das Essen ausging, lange bevor sie an der Reihe waren, nahm Niels sie mit in den Hinterhof eines großen Hotels. Sie stocherten im Müll herum, bis ein Mann mit einer weißen Schürze zum Rauchen nach draußen kam und sie wütend verjagte. Niels nahm ihre

Hand und zog sie fort. »Die Ratten werden von der Katze gejagt«, sagte er lachend.

Niels' Humor war nicht totzukriegen, nur wenn er über die Situation in Berlin sprach, wurde sein Blick finster und hart. Seiner Meinung nach ging der Wiederaufbau viel zu langsam vonstatten.

»Am wichtigsten ist es, die Nahrungsmittelproduktion wieder in Gang zu bekommen. Und dass die Fabriken wieder laufen, damit die Menschen Arbeit haben.« Er breitete resigniert die Arme aus. »Kein Wunder, dass viele meinen, unter Hitler sei alles besser gewesen.«

Als er von den Lagern erzählte, die die Alliierten für die Obdachlosen errichtet hatten, wollte Tekla wissen, warum er nicht lieber dort wohnte.

Niels schnaubte. »Man hat es mir angeboten, aber ich habe abgelehnt.«

»Warum?«

»Meine Eltern sind während des Krieges gestorben. Ich bin Einzelkind und habe ihr Haus geerbt. Aber letztes Jahr haben die Engländer es konfisziert. Irgendein hohes Tier aus dem Militär, ein Oberst oder so was, wohnt da jetzt mit seiner Familie. Sie haben sich einfach ins gemachte Nest gesetzt und mir angeboten, in eines dieser Lager zu ziehen. Nein danke! Da will ich lieber aus eigener Kraft zurechtkommen. Und eines Tages will ich mein Haus zurück. Die Besatzer können ja nicht für immer bleiben.«

Tekla wollte vor den anderen verbergen, dass sie noch ein bisschen Geld hatte, sogar Niels sollte davon nichts erfahren, denn in dieser Stadt war jeder bereit zu stehlen, das wusste sie ganz genau. Den Schmuck hatte sie immer bei sich. Sie trug ihn in einer kleinen Stofftasche unter ihren Kleidern direkt am Körper. Sie wollte ihn erst direkt vor ihrer Abreise eintauschen.

An diesem Tag hatten sie nur ein paar wenige Kartoffeln bekommen, es war Niels allerdings gelungen, sich vor einem Hotel sieben Chesterfield-Zigaretten von einem Amerikaner zu erbetteln.

»Aber du rauchst doch gar nicht?«, fragte Tekla.

»Weißt du eigentlich, wie viel die wert sind?«, sagte er. »Mindestens fünfundvierzig Mark.«

»Aber wir brauchen *jetzt* etwas zu essen«, sagte Tekla. »Wir haben seit bald zehn Stunden nichts mehr bekommen.«

Sie ließ Niels stehen und ging zu einem Schwarzmarkthändler, dem sie ein paar Karotten, eine Rübe und ein kleines Stück Fleisch abkaufte. Um was für Fleisch es sich handelte, wusste sie nicht, aber das scherte sie schon lange nicht mehr. Ob es nun Hund, Katze oder Ratte war, es zählte nur, dass es Fleisch war.

Niels sah sie überrascht an, als sie zurückkam.

»Heute Mittag gibt es ein Dreigängemenü«, sagte sie lächelnd. »Fleisch, Rübe und Karotten.«

»Ich wusste ja, dass du eine ganz besondere Frau bist«, sagte er lachend und fragte nicht danach, woher ihr Geld kam oder warum sie nicht schon früher damit herausgerückt war. Er nahm einfach ihre Hand und lief mit ihr zurück zu ihrem Keller.

Sogar Gretchen war für heute mit ihr zufrieden.

Am nächsten Tag besorgte Niels ihnen bei der Kontrollkommission Arbeit. Als Bezahlung erhielten sie mittags eine Suppe und am Ende der Schicht ein paar Essensmarken.

Sie bildeten eine Menschenkette und reichten Ziegelsteine aus den Ruinen zu einem Lastwagen, von dem aus ein paar Engländer die Arbeit kontrollierten. Die Ziegel und das Baumaterial waren für den Bau neuer Häuser gedacht.

Die Frauen waren in der Überzahl, die meisten von ihnen trugen Kopftücher. Tekla hatte nur den teuren weißblauen Seidenschal, den sie bei ihrer letzten Weihnacht zu Hause von Henrik bekommen hatte. Einige Frauen musterten sie neugierig, als sie sich den Schal um den Kopf band, der aber im Nu unter einer dicken Schicht Staub verschwand.

Alle redeten miteinander, und immer wieder wurde gelacht. Als wäre das eine ganz normale Arbeit, dachte Tekla und hörte, wie die Frauen darüber diskutierten, was sie mit den Kartoffeln kochen wollten, woher sie den Stoff für ihre Kleider hatten oder wo man Wolle bekam, um etwas zu stricken. Eine ältere Frau trieb sie immer wieder an, wenn sie nicht bei der Sache waren und ein Eimer ins Stocken geriet: »Wenn ihr so viel arbeiten würdet, wie ihr redet, wären wir hier schon lange fertig.«

Tekla und Niels standen bei der Arbeit nebeneinander. Er erzählte ihr, dass er in Berlin geboren und aufgewachsen sei.

»Das ist meine Stadt, egal, wie sie aussieht«, sagte er.

»Es kommen bessere Zeiten, die Zivilisation wird langsam auch bei uns wieder Einzug halten.«

»Das wird noch viele Jahre dauern«, meinte Tekla skeptisch.

»Ja, aber es wird passieren.«

Niels nahm alles mit einer solchen Leichtigkeit. Sein Optimismus war echt und durch nichts zu erschüttern. Er verstand es, sich auszudrücken, war gebildet und stammte aus einer wohlhabenden Familie. Er hatte eine beruhigende Wirkung auf sie, wobei die Art, wie er sich bewegte und gestikulierte, manchmal etwas Feminines hatte. Tekla ging nicht aus dem Kopf, dass es Männer gab, die wie Frauen waren und fühlten. Vielleicht hatte sie deshalb keine solche Angst vor ihm wie vor anderen fremden Männern. Niels drängte sich auch nicht auf, er zwang sie nicht, über sich zu reden oder zu erzählen, wo sie gewesen war und was sie erlebt hatte. Nur wenn er über seine Familie sprach, legte sich Trauer auf sein Gesicht.

»Getötet bei einem Bombenangriff«, sagte er kurz. »Ihre Leichen wurden nie gefunden.«

»Und du glaubst wirklich, dass man all das Schlimme verdrängen kann, dass man nicht daran denken muss?«, fragte sie.

»Es geht nicht darum, was man kann, sondern darum, was man muss.« Er sah sie ernst an. »Und du?«

»Daran denke ich jetzt nicht«, sagte sie lächelnd.

Er knuffte ihr lachend in den Arm. »Na siehst du! Du hast es verstanden.«

Tekla konnte nicht anders, sie musste immer wieder mit

ihm mitlachen. »Wenn du dir etwas wünschen könntest, was wäre das dann?«, fragte sie ihn.

»Ein Klavier«, antwortete er, ohne zu zögern.

»Ich dachte, du wolltest dein Geld für eine Wohnung sparen. Du spielst Klavier?«

»Ja, von Beruf bin ich aber Dirigent. Ich habe keine großen Ansprüche, was Wohnen und Essen angeht, aber ohne Musik auskommen zu müssen, fällt mir wirklich schwer.«

»Kannst du nicht irgendwo arbeiten, wo es ein Klavier gibt? In einer Hotellobby oder einer Bar?«

»Ich bin noch nicht entnazifiziert worden«, sagte er kurz.

»Entnazifiziert?« – Tekla musste an die Verhandlung denken, bei der sie Niels getroffen hatte.

»Ja, dafür gibt es einen Fragebogen.«

»Was für einen Fragebogen?«

»So eine Art moralische Selbstanzeige. Lauter Fragen der Kontrollkommission, um zu entscheiden, welche deutschen Bürger mit dem Naziregime zusammengearbeitet haben. Ich habe einhunderteinunddreißig idiotische Fragen über Interessen, Ansichten, Eigenschaften, politische Gesinnung und meine Tätigkeit während des Krieges beantwortet. Man muss beweisen können, dass man sauber ist – ›unbelastet‹, wie das so schön heißt –, um wieder arbeiten zu dürfen.«

Tekla zögerte, fragte dann aber doch: »Warum bist du nicht als ›unbelastet‹ eingestuft worden?«

Niels antwortete in der Pause zwischen zwei Eimern. »Ich habe ein Orchester dirigiert, das oft für Hitler gespielt hat«, sagte er. »Ich hatte keine Wahl.«

Obwohl Tekla neugierig war, fragte sie nicht weiter. Sie spürte, dass er nicht darüber reden wollte.

Er reichte ihr einen Eimer und exakt in dem Moment, in dem sie ihn annehmen wollte, fühlte es sich an, als würde eine kleine Luftblase in ihrem Bauch platzen, so leicht, dass sie sich nicht einmal sicher war, ob da wirklich etwas gewesen war.

57

»Wir sollten weiter aus dem Zentrum herausfahren, um Brennholz aufzutreiben«, sagte Niels. »Aber dann müssen wir die U-Bahn nehmen.«

Tekla verstand, dass er damit auf das Thema Geld anspielte, und bezahlte die Fahrscheine. Er führte sie in den Untergrund, wo zu ihrer Überraschung alles so funktionierte, als wäre nichts geschehen.

Auch in den langen U-Bahn-Gängen wimmelte es von Menschen jeden Alters. Sie saßen und lagen überall, darunter auch viele mit kleinen Kindern. Manchmal musste sie sogar über Schlafende steigen. Niels hielt sie die ganze Zeit über an der Hand, wie er es so oft tat. Es gab ihr Sicherheit und fühlte sich ganz natürlich an.

Die Bahn in die Vorstadt war bereits überfüllt, und als nach ihnen noch ein Mann zusteigen wollte, stieß eine Frau ihn resolut zurück.

Als sie nach einer Weile wieder an der Oberfläche waren, bemerkte Tekla, dass nur sie aus dem Fenster blickte. Vielleicht wollten die anderen die Ruinen nicht sehen oder lebten schon so lange im Elend, dass sie es ebenso wenig wahrnahmen wie die Reste der verbogenen Schienen, die sich parallel zu den Gleisen erstreckten, oder die zerbombten Lokomotiven, Eisenbahnwagen und Militärfahrzeuge, die überall vor sich hin rosteten.

Seltsam, hier schien überhaupt niemand zu wohnen, dachte Tekla verwundert, als sie ausstiegen. Erst dann begriff sie, dass hier niemand mehr wohnen *konnte,* weil das Viertel fast komplett dem Erdboden gleichgemacht worden war.

Sie waren in einer Berliner Vorstadt gelandet, die früher einmal ein vornehmes Quartier gewesen sein musste, wie es Tekla schien. Der Krieg hatte davon nur eine Geisterkulisse übrig gelassen. Bestimmt hatten hier früher herrschaftliche Villen mit großen Gärten gestanden. Die breiten, schnurgeraden Straßen waren voller Granattrichter. Daneben sah sie einen Streifen grünen Rasen, ein Blumenbeet, Bäume und Büsche. Eine Parkanlage, dachte sie. Früher sind hier sicher Frauen auf den Markt oder zum Friseur gegangen, während die Männer in den Cafés an der Straße ein Bier getrunken und die Kinder im Park gespielt haben.

»Komm, ich zeig dir was«, sagte Niels.

Sie gingen etwas weiter und kamen an einer Kirche vorbei. Der umgestürzte Turm war seltsamerweise noch intakt. Auch eine der Kirchenwände stand noch. Statt buntes Glas sah man durch die Fenster aber nur weiße Wolken und blauen Himmel.

»Guck mal da«, sagte Niels und zeigte auf ein Haus.

Die Fassade zur Straße war verschwunden, so dass das Gebäude wie ein überdimensioniertes Puppenhaus aussah. Tekla sah direkt in ein Wohnzimmer im ersten Stock. Ein Plüschsofa, ein Esstisch mit Stühlen, Gemälde und schief an der Wand hängende Familienfotos. Sogar der Kronleuchter unter der Decke sah noch heil aus. Eine Stehlampe war über einen Sessel gekippt, der Lampenschirm lag auf dem Boden. Die Wände waren tief grün, das Holz dunkel. Farbe und Tapete blätterten ab, und alles war von Staub bedeckt. Das Inventar zeigte Spuren von Wind und Wetter, trotzdem konnte kein Zweifel daran bestehen, dass dieser Raum einmal ein elegantes Wohnzimmer gewesen war. Nebenan lag ein Schlafzimmer mit einem Bett aus schwarzem Metall mit blanken Kugeln auf den hohen Bettpfosten. An der Wand stand ein Toilettentisch mit einem zerborstenen Spiegel und einem verstaubten Parfümfläschchen. Der Raum glich dem, den sie in Klaushagen hätten bewohnen sollen.

»Warum sind die Möbel alle noch da?«, fragte sie.

»Warum die niemand gestohlen hat, meinst du?«

Tekla nickte.

»Es führt kein Weg ins Haus, außerdem könnten die Fußböden jederzeit einstürzen.« Niels zeigte auf ein Klavier, das an der hinteren Wand des Wohnzimmers stand. »Aber das da hätte ich schon gerne.«

Sie gingen durch ein gewaltiges schmiedeeisernes Tor in einen Garten mit großen Büschen. Neben den Kieswegen waren Beete mit weißen Rosen, und sie roch Jasmin. Am hinteren Ende des Gartens hing eine Schaukel von einem Baum herab. Davor war ein Sandkasten mit Spielzeugautos, einem Eimer und einem kleinen Schüppchen. Es sah aus, als hätten Kinder ihre Spielsachen gerade erst zurückgelassen, weil die Mutter sie zum Essen gerufen hat, dachte Tekla. Ob die Kinder, die in diesem Garten gespielt hatten, noch lebten? Neben dem Baum mit der Schaukel war ein anderer Baum umgestürzt, und Niels machte sich gleich daran, lose Zweige und Äste einzusammeln.

»Weißt du, wer hier gewohnt hat?«, fragte sie.

»Nein, aber in dieser Gegend von Berlin haben früher viele wohlhabende Juden gelebt.«

Tekla hatte bemerkt, dass auf der Straße und an den Hauswänden keine schwarzen Kreuze gewesen waren, wie sie sie im Zentrum überall gesehen hatte. Sie fragte Niels, was diese Kreuze bedeuteten.

»Sie zeigen an, dass unter den Trümmern noch Leichen geborgen werden müssen«, erklärte er. »Unter den Ruinen in ganz Deutschland sollen noch eine Million Leichen liegen.«

»Warum sind hier keine solchen Kreuze?«

»Die Juden waren auf der Flucht, oder man hatte sie schon abgeholt, als die Bomben und Granaten fielen.« Niels machte eine kleine Pause und sah sie nachdenklich an. »Vielleicht sind auch die Nazibonzen, die sich solche Villen häufig unter den Nagel gerissen haben, rechtzeitig getürmt.«

Er zeigte auf ein paar Büsche.

»Johannisbeeren«, sagte er. »Wir können zurückkommen und sie ernten, wenn sie reif sind.«

Dann bin ich nicht mehr da, dachte Tekla.

Als sie mit dem Holz zwischen sich über den offenen Platz vor dem Bahnhof gingen, hielt Tekla abrupt an.

»Die Frau in dem hellen Kostüm, da«, sagte sie und streckte den Arm aus. »Die hat eine Anstecknadel am Kragen mit einer Art Emblem. Das sieht aus wie die norwegische Flagge.«

»Dann frag sie doch«, sagte Niels.

Sie hastete der Frau hinterher und berührte sie vorsichtig am Ärmel. »Entschuldigen Sie, sind Sie Norwegerin?«

»Ja.« Sie sah für einen Moment überrascht aus. »Was wollen Sie?«

Tekla starrte auf den Kragen der Frau. Auf dem kleinen Emailleknopf der Anstecknadel war wirklich die norwegische Flagge zu erkennen. Sie zeigte darauf. »Arbeiten Sie für die norwegischen Behörden?«

Die Frau lächelte freundlich. »Nein, ich bin mit meinem Mann auf Reisen, er hat hier geschäftlich zu tun.«

»Wissen Sie, ob die norwegischen Behörden hier in der Stadt eine Vertretung haben?«

»Sie meinen die Militärmission?«

»Wissen Sie, wo die ist?«

»Ich war selbst nie da, ich glaube aber, dass die am Tiergarten ist. In der Rukkstraße oder Rokkstraße, so genau weiß ich das nicht.«

Tekla nahm ihre Hände. »Vielen, vielen Dank«, sagte sie und lief zurück zu Niels.

»Rauchstraße«, sagte er lächelnd, als sie ihm erzählte, was die Frau gesagt hatte. »Ich kann dich morgen früh dahin bringen.«

Tekla konnte sich nicht daran erinnern, wann sie zuletzt so erleichtert gewesen war wie in diesem Moment.

58

»Das ist ein Wunder! Wirklich, ein Wunder! Als wäre Gott extra noch einmal in dieser verdammten Stadt aufgetaucht, um dir zu helfen«, sagte Niels, als sie zurück in den Keller kamen. »Wir müssen feiern! Hast du noch ein bisschen Geld?«

»Ein wenig.«

»Lass uns ausgehen, essen und tanzen. Du musst dich schön machen. Ich habe ein Kleid, das perfekt für dich ist.«

»*Du* hast ein Kleid?«

Er legte das Brennholz dicht hinter der Tür ab, öffnete seinen Koffer und holte ein dunkellila Samtkleid heraus. »Und? Was meinst du?«

Das Kleid hatte lange Puffärmel, Manschetten und einen goldgesäumten Ausschnitt. Über der Brust war der Stoff drapiert. Das Kleid war schön, eine Augenweide, die in dieser Umgebung vollkommen deplatziert wirkte. Es passte aber perfekt zu den Kleidern, die Niels trug.

»Wo um alles in der Welt hast du diese Sachen denn her?«, fragte Tekla.

»Das ist aus der Dreigroschenoper«, sagte Niels mit einem breiten Grinsen.

»Du hast als Dirigent in der Oper gearbeitet?«

»Ja, und als es auf das Ende zuging, habe ich dies und das mitgehen lassen.«

Erst jetzt begriff Tekla, welche berufliche und gesellschaftliche Stellung Niels einmal eingenommen und was er verloren hatte.

Sie drehte sich zur Wand, zog Bluse und Rock aus und streifte sich das Kleid über den Kopf. Als Niels von dem Kleid gesprochen hatte, war ihr erster Gedanke gewesen, dass es in der Taille sicher zu eng sitzen und so jeder auf den ersten Blick erkennen würde, wie es um sie stand. Sie spürte deutlich, dass ihr Bauch dicker geworden war, besonders in den letzten Wochen. Eines Nachts, als sie wach auf der Seite gelegen hatte, hatte sie zurückgerechnet und war zu dem Schluss gekommen, dass sie im fünften Monat sein musste. Wenn nicht noch weiter. Es war schwer zu sagen, sie wusste ja nicht, wann genau sie schwanger geworden war, betete aber jeden Abend, das Kind noch in Demmin empfangen zu haben.

Erleichtert stellte sie fest, dass die Rüschen des Kleides ihre Rundungen kaschierten.

»Was habe ich gesagt?«, rief Niels und klatschte vor Begeisterung in die Hände. »Das ist wie für dich gemacht.«

Die junge Frau aus der Ecke kam zu ihnen. Tekla wusste, dass sie Kerstin hieß, sie hatte aber kaum mit ihr gesprochen, da sie den Keller jeden Abend verließ und tagsüber meistens schlief.

»Was für ein schönes Kleid«, sagte sie.

»Tekla hat es von mir bekommen«, sagte Niels stolz. »Wir werden ausgehen und tanzen.«

»Wenn du in dem Kleid tanzen willst, müssen wir dich schön machen«, sagte sie.

Jetzt kam auch Hilde, die Mutter der beiden Kinder, zu ihnen.

»Und vorher waschen wir dir noch die Haare.«

Sie füllten Wasser in einen Bottich und baten Tekla, sich hinzuknien. Es duftete nach Rosen, als sie sich vorbeugte. Dann spürte sie, wie eine harte, flache Seife über ihren Kopf gerieben wurde. Sie hatte keine Seife mehr gesehen, seit sie den Hof verlassen hatte, aber die hatte bei weitem nicht so gut gerochen. Hilde massierte Teklas Kopfhaut mit langsamen Bewegungen. Eine Welle des Wohlbehagens durchströmte sie.

»Wo hast du denn diese Seife her?«, fragte sie.

»Ich habe einen amerikanischen Freund«, flüsterte Hilde mit geheimnisvollem Lächeln.

Während die Haare trockneten, schminkte Kerstin sie. Tekla schloss die Augen und spürte, wie sie ihr mit einem Pinsel Lidschatten auftrug. Dann färbte sie ihre Wimpern, puderte ihr Gesicht und trug ihr Rouge auf. Zuletzt kämmte sie ihre inzwischen schon wieder langen Haare.

»Sie kann die hier ausleihen, Mama«, sagte eine Mädchenstimme. »Dann ist sie richtig schön.«

Hildes Tochter reichte ihrer Mutter eine große, dunkelrote Rose aus einem seidenartigen Stoff, die sie mit Spangen seitlich an Teklas Kopf befestigte. Dann reichte sie Tekla einen Spiegel.

Das soll ich sein?, dachte Tekla verwundert. Ihre Haut glühte, ihre Wangen waren rot, und ihre Augen hatten einen ganz anderen Glanz. Sie lächelte. Ja, doch, heute bin das ich, elegant und schön wie aus einer anderen Welt.

»Dreh dich mal im Kreis«, sagte Niels.

Tekla machte ein paar Tanzschritte, drehte eine kleine Pirouette, hob die Arme und verbeugte sich. Das weite Kleid schwang um sie herum.

Alle im Keller klatschten, und der Mann mit dem amputierten Bein pfiff. Sogar Gretchen, die am Ofen stand, lächelte.

59

Das Kellerlokal, in das sie kamen, war nur schwach beleuchtet, der Rauch hing dicht im Raum, und die Menschen saßen an kleinen Tischen um die Tanzfläche herum. Ganz vorne war eine Bühne. Jemand winkte Niels zu, und er und Tekla setzten sich zu drei Männern und einer Frau an den Tisch.

Es wurde gelacht und geredet, die Menschen prosteten sich zu und tranken, und Niels bestellte Rotwein für sie beide. Tekla reichte ihm unter dem Tisch das Geld, so dass niemand es sah. Zwinkernd nahm er es an und bezahlte den Kellner.

Als eine fünfköpfige Band die Bühne betrat, begannen die Menschen zu klatschen. Einige pfiffen und jubelten. Der Bassist ergriff das Wort und präsentierte auf Englisch die Sängerin: »The one and only Hannelore!« Eine Frau glitt elegant über die Bühne. Sie trug ein langes, schwarzes Kleid mit tiefem Ausschnitt und schmalen Trägern. Ihre Stimme war überraschend tief, sie zog die Worte in die Länge und senkte zum Schluss jeder Strophe die Stimme.

»Blues«, sagte Niels, ohne die Sängerin aus den Augen zu lassen. »Ist das nicht schön?«

Tekla nickte und hörte zu. *I'm gonna love you like nobody's loved you, come rain or come shine.*

Als sie anschließend ein schnelleres Lied spielten, zog Niels sie auf die Tanzfläche. Gelöst tauchte sie ein in diese fremde Welt, war ganz von der Musik, den Rhythmen und der Stimmung gefangen und lachte laut, als Niels sie herumwirbelte und mit festem Griff wieder auffing. Anschließend führte er sie zu dem Pianisten und tippte ihm auf die Schulter.

»Ja, aber, verflucht! Niels!«, platzte der heraus, und die beiden Männer umarmten sich.

»Das ist Tekla«, sagte Niels, »eine Freundin aus Norwegen.«

Tekla reichte dem Pianisten die Hand, und er lächelte und sah ihr tief in die Augen, bevor er galant einen Handkuss andeutete. »Eine norwegische Schönheit? Wo, um alles in der Welt, hast du sie gefunden?«, fragte er.

Tekla wurde warm.

»Zufall«, sagte Niels und legte ihr den Arm um die Schulter. »Wag es nicht!«

Der Mann hob abwehrend beide Hände. »Okay, okay«, sagte er lächelnd und blinzelte Tekla zu. »Mann, echt schön, dich zu sehen«, sagte er zu Niels. »Hast du nicht Lust zu spielen?«

Niels zögerte. »Es ist so lange her, ich bin aus der Übung.«

»Kannst du Chopin spielen?«, fragte Tekla.

»Chopin?«, Niels sah sie überrascht an.

»Ja bitte. Ich habe gehört, dass Chopins Musik wunderschön sein soll.«

»Okay, ich spiele Chopin. Nur für dich.«

Er küsste sie auf die Wange. Tekla beobachtete ihn, als er auf die Bühne ging, den langen Samtmantel auszog und sich in einem kreideweißen Hemd, das sie noch nie zuvor gesehen hatte, ans Klavier setzte. Seine Haare waren offen, kein Pferdeschwanz, und er warf sie über die Schulter.

Am Nachbartisch begann jemand zu flüstern, und gleich darauf rief jemand: »Das ist doch Hitlers Dirigent! Der Operndirigent!«

Niels' Hände erstarrten über den Tasten.

»Stimmt das?«, rief ein anderer. »Sind Sie wirklich Hitlers Lieblingsdirigent?«

Niels ließ seinen Blick über die Gäste des Lokals schweifen. Sein Gesicht wurde blass. Er öffnete den Mund, es kam aber kein Wort über seine Lippen. Tekla musterte die anderen am Tisch, einer sagte etwas, ein anderer nickte, dann standen sie auf.

»Was hätte er denn tun sollen?«, rief einer von ihnen. »Wenn er sich geweigert hätte, wäre er ins Gefängnis gekommen oder getötet worden! Soll er bestraft werden für etwas, das er tun musste, um zu überleben?«

Für einen Moment war es drückend still, dann fügte wieder ein anderer hinzu: »Viele andere haben Ähnliches durchgemacht!«

»Ja«, rief ein Mann an einem Tisch weiter vorn. »Lasst die Vergangenheit ruhen.«

»Ich bin den Krieg so leid, ich bin Hitler so leid«, rief eine Frau. »Wir sind hier, um uns zu amüsieren! Spielen Sie!«

Viele Gäste nickten, und die Frau begann zu klatschen. Andere fielen ein. Ein Mann rief: »Verdammt nochmal, lasst den Mann endlich spielen!«

Gleich darauf riefen alle rhythmisch: »Spielen, spielen, spielen!«, und stampften dabei auf den Boden.

Tekla sah gespannt zu Niels. Er begegnete ihrem Blick. Sie bewegte die Lippen und sagte tonlos: »Chopin.«

Als sie Niels' Lächeln wahrnahm, atmete sie erleichtert auf. Er wartete, bis das Publikum sich beruhigt hatte, dann begannen seine Finger leicht, weich und schnell über die Tasten zu huschen.

Tekla schloss die Augen und betrat in Gedanken den Damensalon in Klaushagen. Er sah nicht so aus wie in der Zeit, in der sie für Kovalenko gearbeitet hatte, sondern so, wie Otto ihn ihr auf der Reise von Norwegen nach Deutschland beschrieben hatte.

»Du wirst Chopin lieben«, hörte sie ihn flüstern.

Erst mitten in der Nacht verließen sie das Lokal. Sie waren glücklich und aufgedreht, und Tekla dachte, dass sie an diesem einen Abend mehr gelacht hatte als in dem ganzen vergangenen Jahr.

»Es regnet!«, sagte Niels, wandte sein Gesicht zum Himmel und schloss die Augen.

»Ist das Leben nicht schön?« Er lachte laut. »Du herrliches, zerbombtes Berlin. Hier will ich leben! Hier will ich sterben. Hör doch mal!«

Tekla lauschte. Der Regen trommelte ganz in der Nähe auf ein Blechdach.

»Das erinnert mich an Applaus«, sagte Niels. Er legte eine Hand auf seinen Bauch, streckte den anderen Arm aus und verbeugte sich tief. »Danke, danke«, sagte er. »Tekla, du musst dich auch verbeugen.«

Sie lachte, trat neben ihn und breitete die Arme aus. Dann verbeugten sie sich mehrere Male zusammen, erst nach rechts, dann nach links.

»Der Applaus des Lebens«, sagte Niels. »Lass uns im Regen tanzen.«

60

Unser Flieger ging erst am Nachmittag, weshalb Georg gerne noch herausfinden wollte, ob es möglich war, Einblick in das Archiv der Militärmission zu bekommen. Ich beobachtete ihn, als er mit dem Reichsarchiv telefonierte.

»Nein, sowohl Großmutter als auch Mutter sind tot«, sagte er und sah zu mir herüber. Er lächelte kurz, konzentrierte sich auf das, was er zu hören bekam, und stellte ein paar Folgefragen.

Ich holte den Zettel heraus, den wir in der Botschaft bekommen hatten, und suchte im Telefonverzeichnis nach Regine Baksmo. Sie wohnte in Arendal. Ich rief sie sofort an.

»Ich war von 1946 bis 1959 Sekretärin der Militärmission«, sagte sie, nachdem ich mich vorgestellt und ihr erklärt hatte, dass ich Informationen über meine Großmutter suchte.

»Hatten Sie mit den norwegischen Frauen zu tun, die sich dorthin gewandt haben?«, fragte ich.

»Ja, das habe ich. Sie kamen zu uns, weil sie es bereuten, nach Deutschland gegangen zu sein, oder ihre Familien besuchen wollten.«

»Was war nötig, um eine Erlaubnis zur Heimreise zu erhalten?«

»Die Gesuche wurden an das Generalkonsulat in Hamburg und an die zentrale Passstelle in Norwegen weitergeleitet«, erklärte sie. »Die Frauen waren ja keine norwegischen Staatsbürgerinnen mehr, so dass es nicht ganz leicht war, eine Genehmigung zu bekommen.«

Ich erzählte ihr, dass Großmutter Tekla Adler hieß, ich aber nicht wisse, ob sie wirklich in der Militärmission vorgesprochen habe. Falls sie es getan hatte, müsste das 1946 gewesen sein.

»Tekla?«, fragte sie überrascht. »Sie war eine der Ersten, die ich getroffen habe, nachdem ich dort angefangen hatte. So bald nach der Kapitulation kamen nur sehr wenige zu uns. Außerdem ist das ja ein seltener Name. An sie erinnere ich mich gut.«

Ich stand abrupt auf. Mein Herz hämmerte.

»Ich habe Tekla dreimal getroffen«, fuhr Regine Baksmo fort. »Sie kam immer wieder, während sie auf den Bescheid wartete. Es konnte Wochen dauern, bis die Antwort kam. Wir haben geredet. Einmal waren wir auch in einem Café. Ich habe sie natürlich eingeladen, sie hatte ja kein Geld. Ich glaube, es tat ihr gut, mal wieder ihre Muttersprache zu sprechen, sie hat sich sehr nach zu Hause gesehnt.«

»Was ist aus dem Gesuch geworden?«

»Es ist leider abgelehnt worden.«

»Warum?«

Es entstand eine kurze Pause. Dann sagte sie: »Die Entscheidung war von mehreren Dingen abhängig. Unter anderem musste die Familie zu Hause in Norwegen bereit sein, die Rückreise zu bezahlen.«

»Ihre Familie wollte die Reise nicht bezahlen?«, fragte ich ungläubig.

Das war eine Neuigkeit mehr, die ich erst einmal verdauen musste. Ich hatte ja keine Ahnung gehabt, dass ihre Eltern sie fallengelassen und den Kontakt abgebrochen hatten. Wie war es ihr möglich gewesen, all das ihr Leben lang zu verschweigen?

»Tja, ich erinnere mich wirklich daran, als wäre es gestern gewesen, und sehe sie noch heute vor mir. Sie war so froh und erleichtert, dass sie die Mission endlich gefunden hatte. Berlin war damals ein einziges großes Chaos, sie hatte Wochen nach uns gesucht. Als ich sie das erste Mal sah, war sie nur Haut und Knochen. Und sehr nervös, aber das versteht sich ja von selbst. Und dann durfte sie trotzdem nicht nach Hause nach Norwegen. Sie stand nur da, sagte nichts und war kreidebleich. Ich hatte schon Angst, sie würde ohnmächtig werden, aber dann hat sie auf dem Absatz kehrtgemacht und ist rausmarschiert. Danach habe ich sie nie mehr wiedergesehen.«

»Wann war das?« Mir war ganz flau vor Anspannung.

»Ich bin mir nicht ganz sicher, vermutlich Ende Juli oder Anfang August 1946.«

»Wissen Sie noch, wo sie gewohnt hat?«

»In einem Keller, glaube ich, wie so viele andere damals.«

»Hat sie gesagt, was ihr widerfahren ist, bevor sie nach Berlin gekommen ist?«

»Nein, nur dass ihr Mann tot sei und sie nach Hause nach Norwegen wolle.«

Im Gegenzug war Regine Baksmo natürlich auch neugierig, was aus Großmutter geworden war. Ich musste mich stark konzentrieren, während ich erzählte, denn die ganze Zeit über fragte ich mich, warum ihre Familie die Heimreise nicht hatte bezahlen wollen.

»Und?«, fragte Georg, nachdem ich aufgelegt hatte.

Ich erzählte ihm, was Regine Baksmo gesagt hatte. »Wie es aussieht, wollte ihre Familie nichts mehr mit ihr zu tun haben. Verstehst du das? Das ist doch … unbegreiflich.« Ich setzte mich aufs Bett und zitterte am ganzen Körper. »Und bei dir? Was sagt das Reichsarchiv?«

»Es spricht nichts dagegen, dass du Einblick in alles erhältst, was sie über Tekla haben. Wir müssen allerdings einen formellen Antrag stellen, und das kann dauern. Seit die Akten aus dem sogenannten Landesverräterarchiv freigegeben wurden, werden sie im Reichsarchiv von Anfragen geradezu überschwemmt. Außerdem müssen sie die Akten der Militärmission manuell durchsuchen, da sie noch nicht digitalisiert wurden.«

»Vielleicht findet sich da ja auch die Antwort ihrer Eltern«, sagte ich.

»Gut möglich«, antwortete Georg.

»Ich würde wirklich gerne wissen, warum ihre Eltern ihr nicht geholfen haben, als sie diese Hilfe am dringendsten nötig hatte«, sagte ich und blickte stumm zur Wand.

61

Nachdem sie den ablehnenden Bescheid der Militärmission erhalten hatte, blieb sie mehrere Tage im Keller, saß oder lag auf der Matratze, redete wenig und schlief oder tat so, als würde sie schlafen. Als Niels dann eines Abends zurückkam, setzte er sich neben sie.

»Hör mal, Tekla«, sagte er mit ungewohnt strenger Stimme. »Du hast zwei Möglichkeiten: leben oder sterben. Das ist ganz einfach.«

Tekla antwortete ihm nicht. Sie sah ihn nicht einmal an.

»Nun, wenn du sterben willst, kannst du das auch gleich tun, dann ersparst du uns die Mühen, Nahrung für dich aufzutreiben.«

Sie hob den Kopf und sah ihn entsetzt an, er streckte ihr aber nur die Zunge heraus. Tekla konnte nicht anders, sie musste lächeln.

»Guck mal einer an«, sagte er. »Das Selbstmitleid steht dir nicht.« Dann zog er sie an sich. »Ich werde auf dich aufpassen, wir schaffen das. Wir müssen nur durchhalten, bis die Zeiten wieder besser werden.«

Eines Abends Ende September bemerkte Tekla, dass Niels ihren Bauch betrachtete, als sie ihren Rock auszog.

In der letzten Zeit hatte sie immer öfter gedacht, dass sie sich neue Sachen beschaffen müsste, Kleid und Rock waren zu eng geworden, obwohl sie im Laufe des Sommers deutlich abgenommen hatte. Sie war sich ziemlich sicher, dass Niels wusste, wie es um sie stand, es erleichterte sie aber, dass er nicht darüber redete, so dass auch sie nicht darüber zu sprechen brauchte und ihre Schwangerschaft weiter verdrängen konnte. An diesem Abend aber sah er sie fragend an.

Lange hatte sie sich eingeredet, dass sie nur nach Hause kommen musste, dann würde alles gut werden. Irgendwie würde sie es schaffen, sich um das Kind zu kümmern, egal, wer der Vater war. Jetzt war alles anders. Die Hoffnung, nach Hause zu kommen, war weg, und jeder Tritt des Säuglings erinnerte sie an das, was im Wald geschehen war.

Als die Öllampe und die Glut im Ofen verloschen waren, drehte sie sich zu Niels und flüsterte: »Ich bin schwanger.«

»Ich weiß«, sagte er. »Warum hast du das nicht früher gesagt?«

»Ich will es nicht wahrhaben.«

»Ich bin hier, und ich werde dir helfen. Alles wird gut«, fügte er hinzu, und seine Stimme war warm und voller Zuversicht. »Dann werde ich ja Onkel.«

»Ich habe Angst«, sagte Tekla und weinte. »Ich will es nicht. Ich will nach Hause.«

Anfang Oktober setzte der Herbst ein. Im Keller wurde es kalt und feucht. Immer wieder diskutierte sie mit Niels, wie es ihr ohne Pass gelingen könnte, nach Norwegen zu kommen. Er meinte, der einfachste Weg führe vermutlich über die dänische Grenze und dann weiter über Schweden.

»Du solltest aber warten, bis das Kind geboren ist«, sagte er. »Der Weg ist weit und die Reise anstrengend. Das Kind darf nicht unterwegs kommen, wenn du allein oder unter Fremden bist. Ohne mich! Versprich mir, dass du wartest.«

Eines Tages regnete es so heftig, dass das Wasser die Treppe hinuntergelaufen kam und sie sich tiefer in den Keller zurückziehen mussten. An diesem Tag fasste Tekla einen Entschluss. Sollte es kommen, wie es kommen wollte. In diesem Keller konnte sie nicht bleiben, sie fror die ganze Zeit, war ruhelos und voller Angst. Sie sehnte sich nach einer Veränderung und dachte immer wieder an Sonja und Stephan. Wenn sie doch nur bei ihnen wäre, in einer Wohnung mit Wasser und Heizung. Alles wäre dann leichter, außerdem war sie sich sicher, dass sie sie mit offenen Armen aufnehmen würden. Bis zur Geburt waren es noch ein paar Monate. Und eine Reise nach Hannover musste doch zu schaffen sein. Es waren nur 300 Kilometer, und auch die Züge dorthin fuhren wieder.

Sie sah Niels die Enttäuschung an, als sie ihm von ihrem Entschluss erzählte. Er begriff aber, dass es ihr ernst war, und nahm, ohne zu protestieren, den Schmuck an, den sie ihm zum Verkaufen gab.

Als er am nächsten Tag mit dem Geld zurückkam, sagte sie den anderen im Keller, dass sie fortgehen müsse. Es wurde still, und alle starrten sie nur an. Dann kam Gretchen zu ihr und nahm sie in die Arme.

Niels begleitete sie zum Bahnhof. Als er sie umarmte, steckte sie ein paar Scheine in seine Tasche, ohne dass er es bemerkte.

»Ohne dich hätte ich nicht überlebt«, sagte sie und streichelte seine Wange.

»Du bist es, die mir geholfen hat«, sagte er mit belegter Stimme. »Und wenn diese Stadt erst einmal wieder aus der Asche auferstanden ist, kannst du mit deinem Kind zurückkommen. Denn vergiss nicht, ich bin der Onkel«, sagte er lächelnd. »Der Onkel aus Deutschland.«

Einen Tag nachdem Tekla Berlin verlassen hatte, klingelte sie abends um sieben bei Sonja und Stephan in Hannover. Sonja öffnete ihr die Tür.

»Tekla!« Sonja stieß einen spitzen Schrei aus und umarmte sie. »Das ist doch nicht möglich!« Fröhlich redete sie weiter, während Tekla den Mantel auszog. »Du bist ja schwanger!«, rief sie glücklich. »Wo ist Otto? Kommt er auch?«

Tekla öffnete den Mund, um etwas zu sagen, brach dann aber in Tränen aus.

»Aber Liebes«, sagte Sonja entsetzt und deutete in Richtung Wohnzimmer. »Setz dich aufs Sofa.« Sie legte die Arme um sie. »Was ist denn passiert?«

Tekla brachte kein Wort über die Lippen, und Sonja hielt sie eine ganze Weile in den Armen und ließ sie weinen. Dann stand sie auf. »Du brauchst etwas zu essen«, sagte sie entschieden und verschwand in der Küche.

Tekla wischte sich die Augen ab und sah sich um. Die

Wohnung war einfach eingerichtet, sie war sauber und gemütlich. Hell, mit einer gemusterten Tapete, einem braunen Sofa, einem Tisch, einem dunkelroten Sessel und einer Stehlampe vor einem großen Bücherregal, das bis auf ein Radio und ein paar hübsche Kleinigkeiten vollkommen leer war. Vor dem Fenster hingen helle, saubere Gardinen.

»Bitte, du musst etwas essen«, sagte Sonja und stellte einen Teller vor sie. »Und wenn du gegessen hast, nimmst du ein Bad.« Sie verschwand durch eine Tür, und Tekla hörte Wasser laufen. »Wir haben gerade erst einen Boiler montiert bekommen«, rief Sonja.

Vor ihr lagen zwei dicke Scheiben Brot mit Käse. Sie nahm einen Bissen und kaute langsam mit geschlossenen Augen. Sonja war genau wie früher. Nichts hatte sich verändert.

Auch ich werde bald ein normales Leben führen, dachte Tekla. Mit selbstgebackenem Graubrot, warmem Wasser und sauberen Gardinen. Ich werde das schaffen.

Als Sonja zurückkam, erzählte Tekla ihr, was mit Otto geschehen war. Sie schmückte das Geschehene nicht aus und nannte keine Details. Nur die Fakten. Was mit ihr selbst passiert war, sagte sie nicht. Das brachte sie nicht über sich. Noch nicht. Später vielleicht. Es tat ihr aber gut, Sonja von Otto zu erzählen und ihre Trauer mit einem Menschen teilen zu können, der ihn gekannt und gemocht hatte. Sonja saß still da und hörte zu. Und sie fragte nicht weiter, ließ sie erzählen, was sie erzählen wollte.

Als sie fertig war, nahm Sonja sie lange in die Arme. »Meine Liebe, das ist alles so schrecklich! Gut, dass du zu uns gekommen bist!« Sie stand auf. »Aber jetzt nimm ein Bad, und anschließend gehst du schlafen, und zwar in einem richtigen Bett, das brauchst du!«

Tekla ließ sich willig in das warme, wohlduftende Wasser gleiten.

62

In der Nacht zum 27. Dezember 1946 wachte Tekla von ziehenden Rückenschmerzen auf, die immer stärker in Richtung Unterleib ausstrahlten.

Für einen Moment bekam sie Panik, doch dann verschwanden die Schmerzen, und sie atmete aus. Aber das Ziehen kam zurück und wurde mit jedem Mal stärker. Es glich nichts, was sie jemals erlebt hatte. Sie richtete sich im Bett auf, hielt sich mit beiden Händen den Bauch und jammerte leise, bis es vorüber war. Sie versuchte zu zählen, wie viel Zeit zwischen den Wehen lag, vergaß das Zählen aber immer wieder, wenn die Schmerzen kamen. Sie hatte keine Ahnung, wie lange sie schon so gesessen hatte, als die Fruchtblase platzte.

Sonja sprang aus dem Bett auf, als Tekla an die Tür klopfte. Sie holte mehrere Kissen, damit Tekla etwas höher liegen konnte, doch als sie sich zurücklehnte, begann bereits die nächste Wehe, und sie stöhnte laut und hielt den Atem an.

»Du musst atmen«, sagte Sonja und atmete selbst ruhig ein und aus. »Tief atmen.«

Tekla versuchte, sich Sonjas Rhythmus anzupassen, und als die nächste Wehe kam, tat sie, was ihre Freundin sagte.

»Und jetzt atme schnell, als wolltest du eine Kerze ausblasen.« Sonja spitzte die Lippen und atmete in kurzen, harten Stößen.

»Woher weißt du, dass ich so atmen soll?«, stöhnte Tekla.

»Ich habe neun Geschwister«, sagte Sonja. »Ein bisschen was habe ich da mitbekommen.«

Stephan kam herein und setzte sich auf die Bettkante. Er hörte ihren Bauch mit einem Stethoskop ab, sah auf die Uhr und überprüfte, wie viel Zeit zwischen den Wehen lag.

»Ich will nicht«, jammerte Tekla.

Sonja lächelte beruhigend und wischte ihr das Gesicht mit einem feuchten Tuch ab. »Alles wird gut. Ich werde die ganze Zeit hier sein und Stephan auch. Du bist in guten Händen. Nicht viele Gebärende haben ihren Privatarzt, weißt du«, fügte sie munter hinzu.

Aber Tekla hatte Angst. Das Gefühl, im Wasser unterzutauchen und keinen Boden unter den Füßen zu haben, kam wieder. Nicht wegen der Schmerzen – die konnte sie aushalten –, sondern wegen des Gefühls, die Kontrolle zu verlieren.

Denn jetzt sollte sie bald das Kind sehen und Gewissheit bekommen, wem es ähnlich sah.

Kurz vor sieben Uhr morgens sagte Stephan, er könne jetzt das Köpfchen sehen.

»Du musst jetzt fest pressen, Tekla«, sagte er. »Du bist stark, komm schon, pressen.«

Was sonst sollte sie tun? Nichts zu tun, war ja doch

keine Option. Für einen Augenblick verschwand ihr Angstgefühl, nur um sich gleich darauf erneut zu melden.

»Gib alles, was du kannst!«, sagte Stephan. Tekla hob den Kopf, biss die Zähne zusammen und presste mit aller Kraft.

Sie spürte, wie das Kind aus ihr herausglitt, und für einen Moment erinnerte das Gefühl sie an ihre Kindheit, wenn sie am Strand mit den Quallen gespielt und sie durch die Hände in den Wassereimer hatte gleiten lassen.

»Sehr gut!«, sagte Stephan.

Tekla schloss die Augen, hielt die Luft an und wartete. Dann hörte sie das Kind schreien.

Stephan wickelte es in ein Handtuch und durchtrennte die Nabelschnur.

»Ein Mädchen.« Sonja trocknete es etwas ab und reichte es Tekla. »Sie ist perfekt«, sagte sie freudestrahlend.

Tekla sah auf das kleine, rote, faltige Gesicht. Mit einem Mal hörte das Mädchen zu weinen auf, es öffnete die Augen und bewegte die Arme, als wollte es sie nach dem Gesicht seiner Mutter ausstrecken.

An den ersten Tagen gab Tekla vor, nicht stillen zu können. »Ich bin dafür einfach zu müde«, sagte sie.

»Die Einzigen, die in diesem Land genug zu essen bekommen, sind Babys, die angelegt werden können«, erwiderte Sonja und legte den Säugling entschlossen in Teklas Arme. Danach nahm Sonja ihr das Kind gerne wieder ab, legte es sich auf die Schulter und streichelte ihm über den Rücken, bis es sein Bäuerchen gemacht hatte.

Eines Tages, als Sonja mit dem Mädchen auf und ab ging, dachte Tekla, dass Sonja eine gute Mutter sein würde. Eine bessere als sie. Viel besser. Ohne darüber nachzudenken, rutschten ihr die Worte heraus: »Willst du sie haben?«

Sonja blieb stehen und starrte Tekla an. »Wie meinst du das denn?«

»Ich meine … ob du sie haben willst? Ihr beide, Stephan und du?«

Sonja war vollkommen perplex.

»Ich …«, begann Tekla. »Es ist …«

Aber sie schaffte es nicht, es auszusprechen. Die entscheidenden Worte über ihre Lippen zu bringen.

Sonja setzte sich neben sie. »Was quält dich denn so? Gibt es irgendetwas, das du mir nicht erzählt hast?«

Tekla sehnte sich danach, ihre Seelenqualen mit jemandem zu teilen, der sie gernhatte und verstand. Sie suchte nach den richtigen Worten, öffnete den Mund, wollte sich Sonja anvertrauen und erzählen, was mit ihr geschehen war. Dass das Kind nicht Ottos Kind war, dass sie das an den schmalen Augen und den dunklen Haaren ganz sicher erkannte. Aber sie schaffte es nicht.

»Es ist nur … ich … ich habe nicht genug Kraft für ein Kind. Und ich will nach Hause nach Norwegen. Wie soll ich das mit einem Kind schaffen? Ich kann später zurückkommen und sie holen.«

»Liebes«, sagte Sonja. »Du hast eine Menge mitgemacht. Du bist jetzt nicht du selbst. Ich verstehe das gut, und du kannst hier so lange bleiben, wie du willst. Die Zeit wird dir helfen, bald wird alles anders aussehen.«

»Die Zeit ändert gar nichts«, sagte Tekla.

»Aber das Mädchen braucht seine Mutter«, sagte Sonja und reichte ihr das Kind.

Tekla sah auf das kleine, schlafende Gesicht. Dann streichelte sie mit einem Finger über die Stirn der Kleinen und sagte sich im Stillen, was sie sich schon tausend Mal gesagt hatte: *Du* kannst nichts dafür. *Du* bist unschuldig.

63

Tekla nannte sie Lilla, weil die Nase der Kleinen sie an ihre Großmutter erinnerte, die ebenfalls Lilla geheißen hatte. Wenn Lilla aber schrie, ihr Gesicht sich rot verzerrte, sie den Mund öffnete und die Augen vollständig in den schmalen Schlitzen verschwanden, stiegen in Tekla andere Bilder auf. Abscheuliche Bilder, die sie zwangen, beim Stillen ihren Blick abzuwenden, denn die Lippen ihrer Tochter erinnerten sie an einen anderen schreienden Mund, an einen anderen Atem, der ihre Haut streifte.

Lilla war ein ruhiges Kind. Sie war schon zufrieden, wenn sie genug zu essen bekam und eine saubere Windel trug. Schon nach drei Wochen schlief sie die Nächte durch, so dass Tekla bald wieder bei Kräften war. Sie hatte keinen sonderlichen Appetit, aber Sonja nötigte sie zu essen, damit sie nicht die Milch verlor.

Mit der Zeit begann Tekla sich zu wundern, wie Lilla wissen konnte, dass sie ihre Mutter war. Denn nur wenn sie sie hielt, suchte Lilla nach ihrer Brust, und in ihren Armen beruhigte die Kleine sich viel schneller als in Sonjas. Wenn sie wach lag und ins Licht starrte, erkannte Tekla, wie hübsch ihr Kind war. Sie nahm die kleine Hand, und die winzigen Finger legten sich so fest um einen der ihren, als wollte Lilla sagen: Pass auf mich auf. Tekla streichelte die schwarzen weichen Haare, spürte die Wärme des Köpfchens an ihren Fingern und dachte: Du bist meins, nur meins. Ich werde dich liebhaben, ich werde lernen, dich zu lieben, denn du bist unschuldig und sollst nie erfahren, woher du stammst. Solange ich lebe, werde ich dich vor dieser Wahrheit beschützen.

Was geschehen war, sollte in diesem Wald bleiben, in einer anderen Zeit, einem anderen Leben. Niemals wollte sie auch nur ein Wort darüber verlieren, denn wenn Lilla es nicht erfuhr, wenn niemand es erfuhr, kannte nur sie die Wahrheit, und mit der Zeit würde diese Wahrheit wie der Bodensatz in einer dunklen Flasche werden – unsichtbar, solange man ihn nicht ausschüttete.

Der Winter war hart, das Meer gefroren und mit ihm weite Teile der deutschen Küste. Die Schiffe konnten die Häfen nicht anlaufen, und der Nachschub an Lebensmitteln geriet ins Stocken. Selbst Wohltätigkeitsorganisationen hatten Schwierigkeiten, das Notwendigste aufzutreiben. Stephan erzählte, dass die Not mancherorts zu richtigen Hungersnöten geführt habe. Überall starben Menschen an Unterernährung, Schwindsucht und anderen Krankheiten, viele erfroren auch.

Jeden Abend, wenn Tekla in das weiche Bett mit dem sauberen Bettzeug ging, dachte sie an Elsie, Anja, Jürgen und die Jungs und an Niels und die anderen in dem Berliner Keller. Wie es ihnen wohl ging? Hatten sie genug zu essen? Hatten sie Feuerholz, oder mussten sie frieren?

Vielleicht war Niels in eines der Lager gezogen, die für die Obdachlosen errichtet worden waren. Sie selbst hatte saubere Kleider, konnte sich jeden Tag waschen und hatte genug zu essen. Mit schlechtem Gewissen und voller Trauer dachte sie an all ihre Freunde, denn sie würde sie nicht wiedersehen, obwohl sie jedem von ihnen versprochen hatte, Kontakt zu halten. Was sie mit ihnen geteilt hatte, durfte es in ihrem kommenden Leben nicht mehr geben.

Die Wohnung hatte zwei Schlafzimmer, aber die Wände waren dünn, und Tekla hörte Stephan und Sonja nachts im Bett miteinander flüstern. Aus Tagen waren Wochen geworden, und es quälte sie immer mehr, dass die beiden kein Privatleben mehr hatten, solange sie mit Lilla bei ihnen wohnte.

Sowohl Sonja als auch Stephan versicherten ihr aber immer wieder, dass sie so lange bleiben könne, wie es nötig sei.

Es *nötig sei.*

Damit war ihrem Aufenthalt unausgesprochen eine zeitliche Grenze gesetzt, auch wenn Tekla wusste, dass die beiden das so nicht gemeint hatten. Andererseits lag es auf der Hand, dass sie nicht einfach bei ihnen bleiben konnte, als wäre sie ein Teil der Familie, jemand, für den sie verantwortlich waren. Ihr entging auch nicht, dass Sonja immer größere Schwierigkeiten hatte, genug Essen für sie alle zu beschaffen. Sie wirkte müde, auch wenn sie sich redlich Mühe gab, das nicht zu zeigen.

Stammten einige der Schiffe, die Deutschland mit Lebensmitteln versorgen sollten, vielleicht aus Norwegen? In drei oder vier Wochen musste der Winter vorüber und das Eis geschmolzen sein, und je mehr sie darüber nachdachte, desto überzeugter war sie, dass es auf dem Seeweg am einfachsten sein würde, zurück nach Norwegen zu kommen. Nach Hause. Noch war Lilla so klein, dass sie sie versteckt unter ihrem Mantel mit an Bord schmuggeln konnte.

64

»Ich bin in einer Stunde zurück.«

Georg küsste mich leicht auf die Wange und verschwand mit der letzten Schubkarrenladung mit Kisten und Säcken, die er unten am Meer verbrennen wollte.

Solange Großmutter und Großvater hier gewohnt hatten, war nichts weggeworfen worden. Im Keller stand noch die alte Waschmaschine, die sie vor mehr als zehn Jahren ausrangiert hatten. Sogar mein Kinderwagen war noch da.

Es gab aber auch eine ganze Reihe von schönen Dingen. Wie Großmutters altes Fahrrad, mit dem sie immer auf der Insel zum Malen gefahren war. Ich sah sie vor mir, wie sie mit geradem Rücken, Staffelei und Malsachen im Korb am Lenker losfuhr. Sie trug das rote Kleid, hatte sich einen Seidenschal um den Kopf gebunden und die Jacqueline-Kennedy-Sonnenbrille aufgesetzt.

Ich trug das Fahrrad über die Kellertreppe nach oben in den Garten. Ich wollte es instand setzen, den Rost abschleifen und neu lackieren, damit es aussah wie früher: glänzend schwarz mit weißem Korb.

Ich ging noch einmal ins Wohnzimmer, um zu überprüfen, ob wir alles, was verbrannt werden sollte, auch wirklich nach draußen gebracht hatten. Vor einem der letzten

Fotos, die Großmutter und Großvater zeigten, blieb ich stehen. Es stand auf der alten Kommode unter der Wanduhr. Sie hatten kurz nach ihrem Kennenlernen geheiratet. Wie passend, dass Großvater braune Augen hatte, dachte ich. Hatte sie ihn deshalb geheiratet? Nein, ihre Beziehung basierte nicht auf Zynismus, sie war echt. Ich hatte die Hingabe, die Zärtlichkeit, die Nähe zwischen ihnen ja selbst gesehen.

In der Schublade mit dem Kassettenrecorder hatte ich ganz hinten ein flaches, weißes Kästchen gefunden. Auf einem Bett aus Watte lag eine bronzene Medaille mit dem Porträt von König Haakon und dem Wahlspruch »Alles für Norwegen«. Die Rückseite schmückte ein Kranz und das Wort »Kriegsmedaille«. Sie hing an einem rot-goldenen Band. In einer anderen Schachtel war eine St.-Olav-Medaille mit Eichenlaub. Eine noch höhere Auszeichnung, wie ich meinte.

Großvater war ein Kriegsheld, doch ich hatte in all den Jahren nichts davon gewusst. Was hatte er während des Krieges gemacht?

Aus den Briefen zwischen den beiden entnahm ich, dass er Großmutter an den Kaianlagen in Bremerhaven angeln gesehen hatte. Sie waren ins Gespräch gekommen, hatten ihre Namen ausgetauscht, eine Adresse, an die sie ihm geschrieben hatte. Irgendwie hatte er ihr geholfen, nach Hause zu kommen, vielleicht hatte er sie an Bord des Schiffes geschmuggelt, auf dem er arbeitete. Und dann hatten sie ein paar Monate später geheiratet. Der Kriegsheld und das »Deutschenmädchen«.

Ich nahm den Kassettenrecorder heraus und drückte auf Play. »*I love you because you understand me*«, sang Jim Reeves, Großvaters Lieblingssänger.

No matter what the world may say about me,
I know your love will always see me through.
I love you for a hundred thousand reasons
But most of all I love you 'cause you're you.

Lächelnd sah ich mir die anderen Kassetten an, bis ich bei einer davon erstarrte.

»Für Juni« stand darauf.

65

Großvaters Stimme erfüllte den Raum. Ruhig, mit dem ihm ganz eigenen sonoren Klang. Er war bei mir im Zimmer. Ich spürte, wie er meine zarte Hand in seine nahm, spürte seine raue, trockene Haut auf meiner. Die Wärme in seinen Augen verlieh mir ein Gefühl der Geborgenheit und ließ mich nach all dem Streit zwischen Großmutter und Lilla wieder fröhlich werden. Wie sein nachsichtiges Lächeln, wenn er die Brauen hochzog und die Augen leicht verdrehte, als wollte er sagen: Kümmere dich nicht um sie.

Wie ich ihn vermisste.

Ich sitze hier allein, Juni, und ich habe gedacht, dass ich … also ich denke schon ziemlich lange darüber nach, dir etwas zu erzählen.

Seine Stimme klang ernst.

Zuerst dachte ich, dass wir uns bei deinem nächsten Besuch mal richtig unterhalten sollten. Nur du und ich. Doch dann dachte ich, dass ich ja nicht wissen kann, ob da was dazwischenkommt, so dass ich dir niemals erzählen kann, was du wissen sollst. Und du kommst ja auch nicht mehr so oft zu Besuch. Gut schreiben kann ich ja auch nicht, meine Augen sind dafür zu schlecht geworden. Deshalb sitze ich jetzt hier und rede mit mir selbst. Danach werde ich dann vermutlich darüber nachdenken, ob ich dir die Kassette wirklich schicken soll. Also, wenn du das hier hörst, habe ich mich wohl dazu entschlossen, es zu tun.

Er lachte über sich selbst.

Es fühlt sich komisch an, so vor mich hin zu reden, das muss ich schon sagen.

Eine Pause entstand, bevor er zu sprechen fortfuhr.

Ich glaube, wir alle haben Geheimnisse – große und kleine. Manchmal lügen wir auch, um sie vor anderen versteckt zu halten. Und vor uns selbst. Oder wir vermeiden es, die Wahrheit zu sagen, was dann ja auch eine Art von Lüge ist. Die meisten Geheimnisse der Menschen haben keine Konsequenzen für jemand anderen als sie selbst. Sie wollen einfach nicht, dass andere etwas über sie erfahren. Aber es gibt auch Geheimnisse, die für die Leben der anderen wichtig sind und die erzählt werden sollten. In ein solches Geheimnis möchte ich dich heute einweihen.

Ich hörte, wie etwas in ein Glas eingeschenkt wurde. Bestimmt ein Cognac.

Ostern 1979 fuhr Lilla mit ein paar Freunden in die Berge. Während des folgenden Frühjahrs und Sommers sahen wir sie nur selten. Sie blieb an den Wochenenden in der Stadt, und wenn sie nach Hause kam, spürten wir, dass sie irgendwie verändert war. Sie wirkte fröhlicher, umgänglicher, hatte bessere Laune. Tekla und ich dachten, dass sie verliebt sei, und eine ganze Weile kam sie dann auch gar nicht mehr zu uns. Als sie dann endlich wieder auftauchte, war sie wie am Boden zerstört. Einen ganzen Tag lang schloss sie sich in ihrem Zimmer ein und wollte nicht mit uns reden. Vor allem nicht mit Tekla. Ich ging dann trotzdem zu ihr hoch, setzte mich auf ihre Bettkante und sagte, dass ich nicht eher aufstehen würde, als bis sie mir gesagt hätte, was los sei. Schließlich kam es. Sie war schwanger, und der Vater des Kindes hatte mit ihr Schluss gemacht. Ich war natürlich außer mir, sie weigerte sich aber, mir zu sagen, wer es war.

Er trank einen Schluck aus dem Glas.

Dann ... eines Tages, du warst damals vielleicht vierzehn oder fünfzehn, kam ein Mann zu mir ins Büro. Er stellte sich als Thorgeir Huitfeld vor und sagte, er sei dein Vater. Er wollte dich treffen. Seit Jahren hatte er schon mit Lilla darüber zu reden versucht. Aber ohne Erfolg, sie wollte nichts mit ihm zu tun haben und verweigerte ihm ein Treffen mit dir. Deshalb war er zu mir gekommen, und er hat mir auch erzählt, was damals zu dem Bruch mit Lilla geführt hatte.

Ich starrte auf den Kassettenrecorder.

Thorgeir Huitfeldt?

Dann hörte ich das Geräusch eines Feuerzeugs. Cognac und Zigarre, dachte ich. Ganz sicher Cognac und Zigarre.

Das war das erste Geheimnis, aber es gibt noch ein anderes, das ich dir erzählen muss, damit du verstehen kannst, was zwischen Lilla und Thorgeir Huitfeldt passiert ist. 1945 hat Tekla einen deutschen Soldaten geheiratet. Sie ging mit ihm nach Deutschland, kam aber 1947 zurück.

Ich erzähle dir das, damit du verstehst, warum die Beziehung zwischen Tekla und Lilla manchmal so schwierig ist. Thorgeir Huitfeldt erzählte mir nämlich, dass sein Va-

ter sich quergestellt habe. Viele in Kragerø wussten natürlich, dass Tekla nach Deutschland gegangen war, und Thorgeirs Vater verbot ihm schlichtweg, die Tochter eines ›Deutschenmädchens‹ zu heiraten. Lilla passte in die feine Familie nicht hinein. Die Huitfeldts waren reich, der Vater war Rechtsanwalt, und er machte seinem Sohn mehr als deutlich, dass er nie wieder etwas mit ihm zu tun haben wollte, sollte er Lilla heiraten.

Nach seinem Besuch versuchte ich, mit Lilla zu reden und sie davon zu überzeugen, dass es besser wäre, wenn er dich treffen dürfte. Aber sie wollte nichts davon hören. Sie hat ihm nie verziehen. In ihr ist etwas zerbrochen, als er sich von ihr getrennt hat. Etwas, das sie nie wieder zusammenfügen konnte.

Ein weiterer Schluck Cognac und ein tiefer Zug von der Zigarre.

Als Lilla klein war und in der Stadt zur Schule ging, kam sie eines Tages nach Hause und fragte: Was ist eine Deutschenhure? Eines der Kinder in ihrer Klasse hatte gesagt, dass Lillas Mutter eine Deutschenhure sei. Tekla hat Lilla gesagt, dass das nicht stimme und sie sich nicht darum zu kümmern brauche. Kurz danach sind wir hier auf die Insel gezogen, weg von all dem Gerede. Erst als Lilla vierzehn oder fünfzehn Jahre alt war, erzählte Tekla ihr, dass sie vorher schon einmal verheiratet gewesen war, mit einem Deutschen, dass er aber gestorben sei. Und dass sie mich in Deutschland getroffen habe und mit mir zurückgezogen sei. Sie hat aber nie auch nur mit einer Silbe erwähnt, dass all dies geschah, als Lilla schon auf der Welt war.

Eine lange Pause. Ich hörte ihn mehrmals schwer atmen, bevor er fortfuhr.

In Wahrheit bin nämlich nicht ich Lillas biologischer Vater. Als Tekla und ich geheiratet haben, waren wir uns einig, dass Lilla niemals die Wahrheit erfahren sollte. Sie sollte nicht als Deutschenkind abgestempelt werden – angesichts von all dem Ballast, den sie damit zu tragen gehabt hätte. Wir taten das mit den besten Absichten. Doch nachdem Thorgeir Huitfeldt sie verlassen hatte, bohrte Lilla immer wieder bei ihrer Mutter nach, was es mit »diesem Deutschen«, wie sie ihn nannte, auf sich habe. Manchmal kam es uns so vor, als quälte sie Tekla ganz bewusst damit, denn in Lillas Augen war ihre Mutter schuld daran, dass Huitfeldt sie verlassen hatte. Mich hat das Ganze auf jeden Fall sehr belastet. Schließlich war das eine Art Lebenslüge. Außerdem ändern sich die Dinge nun einmal. Ich war der Meinung, dass Lilla ein Recht auf die Wahrheit habe, und hielt es nicht mehr aus, sie ständig anzulügen. Tekla war stinkwütend, weil ich Lilla alles sagen wollte – und schließlich hat sie es ihr dann selbst gesagt. Sie hat ihr erzählt, dass ihr Vater Otto hieß und bei einem Unfall ein paar Monate vor ihrer Geburt zu Tode gekommen sei. Mehr wollte sie nicht sagen. Mehr gibt es nicht zu sagen, antwortete sie immer nur, wenn Lilla fragte.

Es wurde wieder für eine ganze Weile still, so lange, dass ich dachte, das Band sei am Ende. Doch dann räusperte er sich und fuhr fort:

Ich sitze hier und denke an all das, was du gesehen und gehört hast, all die Streitereien zwischen Lilla und Tekla.

Ich … ich habe mich entschlossen, nicht mehr über Tekla und ihr Verhältnis zu dem Mann zu erzählen, den sie 1945 geheiratet hat. Aber eines will ich noch sagen, ganz am Ende: Sie hat ihn ihr ganzes Leben geliebt. Aber sie hatte genug Liebe für uns beide in sich. Und für Lilla. Und dich. Ja … ja, ich liebe euch alle. Deshalb erzähle ich dir das alles. Das Schweigen muss ein Ende haben. Auch du hast ein Recht zu erfahren, wer dein Vater ist, genau wie Lilla es hatte. Aber vergiss nicht: Ich habe dich immer als mein echtes Enkelkind angesehen.

»Ich liebe euch alle.« Es war seltsam, solch große Worte aus seinem Mund zu hören. Der feine, kluge Mann. Mein Großvater. Er hatte sich Großmutter und Lilla widersetzt, um mir eine Antwort auf die Frage zu geben, die ich mir immer gestellt habe: Wer ist mein Vater?

Ich blieb lange sitzen, um zu verdauen, was er gesagt hatte. Hatte Großmutter wirklich nie jemandem erzählt, was ihr passiert war? Nicht einmal Großvater wusste Bescheid? Glaubte er wirklich, dass Otto mein Großvater war?

Ich stand auf und holte das Foto von Lilla und dem unbekannten Mann.

Jetzt hatte ich einen Namen. Thorgeir Huitfeldt.

Mein Vater.

66

Als Georg mit der leeren Schubkarre zurückkam, ging ich nach draußen und reichte ihm den Kassettenrecorder.

»Nimm den mal mit und hör dir das an«, sagte ich.

»Was ist das? Musik?« Georg sah mich zweifelnd an.

»Nein.«

»Kann ich mir das nicht hier anhören?«

»Ich brauche einen Moment für mich. Du verstehst dann schon, warum.« Aber komm anschließend bitte wieder, dachte ich bei mir.

Ganz benommen ging ich wieder ins Haus, legte mich aufs Sofa und zog die Wolldecke über mich. Thorgeir Huitfeldt. Ob er noch lebte? In all den Jahren hatte ich mich immer wieder gefragt, wer mein Vater ist, ich hätte mich freuen sollen. Stattdessen fühlte ich mich einfach nur leer.

Am späten Nachmittag klopfte Georg an die Tür und kam herein. Zu meiner Überraschung war Alfred bei ihm. Ich sah auf die Uhr. Es waren drei Stunden vergangen. Ich hatte geschlafen.

»Ich habe mir die Kassette angehört«, sagte Georg. »Und ich habe mit Alfred gesprochen. Willst du einen Kaffee, Alfred?«, fragte er und ging in die Küche.

Alfred nickte und setzte sich mir gegenüber auf den Sessel. Er legte die Handflächen sanft aneinander und räusperte sich.

»Ich habe dir ja erzählt, dass Konrad und ich im Sommer gerne mal abends einen getrunken haben, wenn wir mit den Netzen oder Langleinen fertig waren. Wir haben dann draußen vor dem Bootshaus auf den Fischkästen gesessen und geredet.« Die Andeutung eines Lächelns zeichnete sich auf seinem Gesicht ab. »Wenn es spät wurde, hat Tekla ihn manchmal abgeholt.«

Georg kam mit der Kaffeekanne, und Alfred hielt inne, als er uns einschenkte. Dann blickte er kurz zu ihm auf und lächelte.

»Du bist wirklich gut darin, Leute zu überreden«, sagte er und fuhr sich mit der Hand durch die Haare. »Nun, was Konrad mir erzählt hat, war vertraulich. Es sollte zwischen uns bleiben. Aber da er dir jetzt erzählt hat, dass Tekla einen Deutschen geheiratet hatte und nach Deutschland gezogen war, glaube ich, dass es in Ordnung ist, wenn auch ich dir erzähle, was ich weiß.«

»Und was ist das?«, fragte ich neugierig. »Weißt du, wie sie sich kennengelernt haben?«

»Nur, dass das auf einer seiner Schiffsreisen war. In Deutschland, nicht lang nach dem Krieg.«

»Was hat er gesagt?«, fragte ich ungeduldig.

»Er ist immer wieder auf eine Sache zurückgekommen, nämlich wie ihre Familie sie behandelt hat. Er war total wütend auf sie, vor allem auf Teklas Bruder. Tekla hat von ihrer Familie kein einziges Wort mehr gehört, nachdem sie nach Deutschland gefahren war, obwohl sie einen Brief mit einer Adresse zurückgelassen hatte. Und als sie über die norwegischen Behörden in Berlin versucht hat, wieder nach Hause zu kommen, wurde ihr Antrag abgelehnt, weil die Familie sich geweigert hat, ihre Rückreise zu bezahlen.«

Ich nickte. »Ja, das wissen wir.«

Alfred trank einen Schluck Kaffee. »Eine Weile nachdem Tekla und Lilla wieder in Norwegen waren, hat Konrad endgültig abgemustert. Erst da hat Tekla Kontakt mit ihrer Familie aufgenommen. Sie und Konrad haben sie besucht. Ich glaube, das war im Sommer 1948.«

»Sie hat ein Jahr abgewartet, bevor sie sie besucht hat?«, fragte ich überrascht. »Wo wohnten Großmutter und Großvater damals eigentlich?«

»In Oslo. Ein paar Jahre später hat Konrad dann den Job als Vorarbeiter in einer Reederei in Kragerø angeboten bekommen, und die beiden haben entschieden, zurück in Teklas Heimatstadt zu ziehen. Die Beziehung zwischen Tekla und ihren Eltern wurde mit der Zeit besser. Ich denke, das hatte sie Konrad zu verdanken. Er ist gut mit ihrem Vater ausgekommen. Wenn sie zu Besuch waren, hat er immer einen Cognac mit ihm getrunken und eine Zigarre geraucht. Der Vater redete gern über das Geschäft und war interessiert an Konrads Arbeit. Die Eltern kamen gut mit ihm aus, er war ja auch ein netter Kerl, so dass Konrad irgendwann die Initiative ergriffen und gefragt hat, warum sie Teklas Heimreise aus Berlin nicht hatten bezahlen wollen.«

»Großmutter hat nie mit ihnen über das geredet, was passiert ist?«, fragte ich überrascht.

»Nein. Konrad sagte, ihr Vater hätte ihr von Anfang an klargemacht, dass sie Deutschland mit keinem Wort erwähnen solle.«

»Aber Konrad hat das dann doch getan?«

»Ja, und er wollte eine Antwort auf das, was Tekla so zusetzte. Und fand auf diese Weise heraus, dass ihr Vater weder etwas von dem Antrag noch von dem Brief wusste, den sie für sie dagelassen hatte.«

»Was? Wie ist das denn möglich?«

»Ihr Bruder, Henrik, steckte dahinter. Er hat ihr den Verrat, wie er es nannte, nie verziehen. Auch nicht nach ihrer Rückkehr. Er war in der Widerstandsbewegung und betrachtete sie als Landesverräterin. Konrad hat erzählt, dass er sie sehr schlecht behandelt hat und dass sie mit der Zeit fast keinen Kontakt mehr hatten. Als Konrad dann herausgefunden hatte, dass die Eltern nichts von dem Brief wussten, ging er zu Henrik, der ihm gegenüber tatsächlich zugab, den Brief nach Teklas Aufbruch gefunden zu haben. Er war es auch gewesen, der auf die Anfrage aus Berlin reagiert hatte. Angeblich, um die Eltern zu schützen. Und er hat das nicht die Spur bereut. Im Gegenteil. Er meinte, Tekla hätte in Deutschland bleiben sollen. Ich habe Konrad nie so wütend erlebt wie nach dem Gespräch mit Henrik. Einmal im Sommer, als sie mit dem Boot hier waren, haben sie gesehen, dass das Haus zum Verkauf stand.« Alfred lächelte. »Du weißt ja, es ging immer alles nach Teklas Willen, und so haben sie es gekauft. Ich wusste, dass sie in Oslo Kurse in Malerei belegt hatte, vermutlich hatte sie schon immer davon geträumt zu malen. Hier draußen konnte sie die Stadt hinter sich lassen, am Meer wohnen und sich ihrer Kunst widmen.«

67

Nachdem Alfred fort war, gingen Georg und ich auf die Glasveranda. Die Sessel waren zu unseren geworden. Das Bild von Lilla mit mir auf dem Schoß lag auf dem Tisch. Er griff danach.

»Sie war wirklich hübsch, als sie jung war«, sagte er. »Denkst du mittlerweile anders über sie? Ich meine, weil du jetzt ja weißt, was geschehen ist?«

»Ich weiß nicht … Warum hat sie mir nie gesagt, dass Großvater nicht ihr Vater war? All diese Heimlichtuerei. Es ist fast so, als hätte sich das vererbt.«

Georg sah mich an. »Ich glaube, es würde dir guttun, Lilla zu verzeihen«, sagte er.

»Verzeihen?«, fragte ich mit einer Spur Trotz zu viel in der Stimme. »Sie ist tot, es ist zu spät.«

»Dir zuliebe.«

»Sie hat genau dasselbe gemacht wie Großmutter. Und Lilla hätte nun wirklich nicht schweigen brauchen, weder was Großvater noch was meinen Vater betrifft.«

»Teklas Schweigen ist leichter zu verstehen als das von deiner Mutter«, sagte er. »Tekla hat Lilla beschützt. Sie konnte ihr nicht sagen, dass ihr Vater ein russischer Soldat war, der sie vergewaltigt hat.«

»Vielleicht hatte Großmutter Angst, dass Lilla nach Demmin fahren würde, wenn sie ihr von Otto erzählte. Dass sie nach ihren Wurzeln suchen und mit Menschen reden würde, die ihn kannten und vielleicht wussten, was geschehen war. Genau wie wir es getan haben. Sie hätte herausfinden können, dass ihre Mutter sie angelogen hat.«

Georg nahm meine Hände. »Es gibt eine Sache, die ich dir erzählen muss.«

»Was?«

»Ich habe telefoniert, etwas überprüft, nachdem ich die Kassette gehört hatte«, sagte er. »Thorgeir Huitfeldt lebt nicht mehr, er ist schon vor bald zwanzig Jahren gestorben.«

Ich wusste nicht, was ich sagen sollte.

»Was denkst du darüber?«, fragte Georg.

»Ich weiß nicht …«

»Er ist gestorben, kurz nachdem er bei deinem Großvater war.«

Ein dunkles Wolkenband näherte sich vom Meer her. Es würde Regen geben. Einen warmen Regen – einen Regen wie der, in dem Großmutter immer zu tanzen pflegte. Vor den Wolken zeichnete sich ein Segelboot ab, das Kurs auf den Hafen genommen hatte. Das weiße Segel glänzte golden in der Abendsonne, und das Meer sah aus wie flüssiges Silber.

»An was denkst du?«, fragte Georg.

»Dass Lilla die Verbitterung, verlassen worden zu sein, irgendwie kultiviert hat«, sagte ich. »Sie hat sich selbst in die Einsamkeit getrieben. Ich war wütend auf sie, weil sie mir nichts über meinen Vater sagen wollte. Ich dachte, dass sie einen guten Grund hatte und es tat, um mich zu schützen. Vielleicht aus Fürsorge, ich denke aber, dass sie sich damit an ihm gerächt hat. Das war reiner Egoismus. Irgendwie hing immer ein dunkler Schatten über ihr. Ihr ganzes Leben. Und schließlich wurde dieser Schatten so groß, dass sie darin verschwand.«

Wir hörten die ersten Regentropfen gegen das Holz schlagen. Ich stand auf, stellte mich in die offene Tür und streckte den Arm aus. Georg trat hinter mich.

»Ich werde dir mit dem Kind helfen«, sagte er und streichelte mir mit einem Finger über den Nacken.

Die Stille zwischen uns war angenehm wie sein Finger auf meiner Haut.

»Es ist gut, hier zu sein«, sagte ich. »Der Puls des Hauses ist jetzt ruhig. Ich freue mich, hier Weihnachten zu feiern.«

»Weihnachten?« Georg amüsierte sich. »Warum denkst du jetzt daran?«

»Ich will an etwas Gutes denken.«

»Und Weihnachten war gut?«

»Ja, Weihnachten war nie gefährlich. Da musste ich nicht auf der Hut sein, keine Blicke lesen oder Worte deuten, um vorhersehen zu können, was geschehen würde …, um so vielleicht verhindern zu können, dass Lilla in Tränen ausbricht und Großmutter sich im Atelier einschließt. Weihnachten war Frieden im Haus. Erst als ich erwachsen war, hat Großvater mir erzählt, warum. Er hatte nämlich einen, wie er es nannte, ›dreitägigen Waffenstillstand‹ durchgesetzt. Mit klaren Regeln, die Großmutter und Lilla Punkt für Punkt befolgen mussten. Zum Beispiel: ein Bier und zwei Aquavit zum Essen, eine gemeinsame Flasche Wein für die Frauen und zwei Gläser Cognac für ihn. Ich weiß nicht, wie er das geschafft hat, aber an Weihnachten hat Lilla sich nie betrunken. Großvater war immer für das Essen zuständig. Er wurde sich mit Großmutter nie einig, was es geben sollte, so dass er immer zwei verschiedene Sachen servierte. Nachdem alle sich umgezogen und schick gemacht hatten, gingen Großmutter, Lilla und ich zur Kirche, während er zu Hause blieb und alles vorbereitete – mit einem Glas Whisky auf dem Küchentisch, das er als ›Ausnahme‹ bezeichnete. Er stellte das Fleisch in den Ofen, bereitete den Fisch vor und begann mit den Beilagen. Für ihn war das dann immer sein Moment.«

»Es ist so schön, dich von den guten Erinnerungen erzählen zu hören. Fast alles, was du mir über Lilla oder ihre Beziehung zu Tekla erzählt hast, klang so kompliziert, so schwierig. Ich habe mich schon gefragt, ob du wirklich keine guten Erinnerungen an sie hast.«

Eine andere Weihnachtserinnerung kam mir, als Georg noch redete. Es war in einem Winter mit viel Schnee. Großmutter, Lilla und ich gingen über einen schmalen, geräumten Weg zur Kirche.

»Du weißt doch, kurz bevor man zur Kirche kommt, geht es auf der einen Seite des Weges ziemlich steil runter?«, sagte ich.

Georg nickte.

»Seit Tagen war der Boden total vereist, aber am Tag

vor Weihnachten hatte es zu schneien begonnen, und das Eis war von Neuschnee bedeckt. Lilla ging vor uns her zur Kirche. An der steilsten Stelle des Weges verlor sie plötzlich die Balance und blieb eine Ewigkeit schwankend stehen – so habe ich das jedenfalls in Erinnerung. Sie stand dabei ziemlich dicht am Rand. Dann rutschte sie zur Seite und fiel in den tiefen Schnee. Großmutter und ich standen entsetzt da und starrten sie ein paar Sekunden an, bis Großmutter irgendwann zu kichern anfing und sich plötzlich nicht mehr halten konnte. Sie lachte laut. So laut, wie ich sie nie zuvor lachen gehört hatte. Lilla ruderte im Schnee herum, schimpfte und versuchte aufzustehen. Irgendwann schaffte sie es, durch den Schnee bis zum Rand des Weges zu waten. ›Zieht mich hoch‹, rief sie ziemlich unwirsch und streckte die Arme zu Großmutter aus. Ich weiß nicht, ob Lilla es mit Absicht tat, vielleicht schon, aber als Großmutter ihr die Hand reichte, landete auch sie im Schnee. Ich dachte, dass es jetzt eine wilde Schlacht geben würde. Doch dann geschah das Wunder: Sie begannen zu lachen. Beide lachten und konnten nicht wieder aufhören. Leute kamen hinzugelaufen, die beim Anblick der zwei Frauen, die in ihren feinsten Sachen bis zur Hüfte im Schnee steckten und Tränen lachten, ebenfalls in Gelächter ausbrachen. Erst in diesem Moment traute auch ich mich, in das allgemeine Lachen einzustimmen. Es war, als wäre ihr Lachen für Jahre eingesperrt gewesen und bräche jetzt endlich hervor. Anschließend, als wir um den Weihnachtsbaum laufen sollten, bestand Lilla darauf, dass wir Musevisa sangen, das Mäuselied, und dass

Großvater die Mäuseoma spielte. Es war ganz so, als hätte Lilla Lust gehabt, gemeinsam mit Großmutter noch mehr zu lachen. Großvater ließ sich nicht lange bitten, und wir bogen uns vor Lachen, als er mit Piepsstimme zu singen anfing.

Georg legte sein Kinn auf meine Schulter.

»Und die Teddys!«, platzte ich hervor. »Die hatte ich ganz vergessen.«

»Teddys?«

»Ja, wir waren ja nur zu viert. Meine Onkel waren schon ausgezogen, als ich auf die Welt kam. Weihnachten waren sie nie bei uns. Wir waren also zu wenige, um einen Ring um den Baum zu bilden. Jedes Weihnachten schimpfte Großmutter, dass Großvater einen zu ausladenden Baum besorgt habe. ›Aber hoch soll er sein‹, erwiderte er immer nur mürrisch. ›Du musst doch verstehen, dass man keinen Baum kriegen kann, der gleichzeitig hoch genug und trotzdem unten schmal ist. Das ist wider die Natur.‹ Sie lachte dann immer, und er küsste sie auf die Wange.«

Ich lächelte. »Wir haben unsere Kette dann immer mit meinen Teddys verlängert, einer zwischen jedem von uns. Das hat dann gereicht. Auch nachdem ich erwachsen war, haben wir das noch so gemacht. Es gehörte irgendwie zu Weihnachten.«

»Eine schöne Erinnerung«, sagte Georg.

»Ja, das Leben war schön und das Haus voller Frieden, Erwartung und Freude«, sagte ich. »Großmutter und Lilla konnten das, wenn man sie dazu zwang. Es wirkte so leicht, dass ich denke, dass sie sich auch an den anderen

Tagen hätten annähern können. Wenn sie es nur ein bisschen mehr versucht hätten.«

Georg legte seine Arme um mich, und ich lehnte mich an seine Brust.

»Dass du hergekommen bist«, sagte ich.

»Und dass du hier warst, als ich angekommen bin.«

Ich ging durch die Verandatür nach draußen und drehte das Gesicht in den Regen. Georg folgte mir.

»Nicht nur die negativen Gefühle können vererbt werden«, sagte er. »Diese Liebe zu Regen hast du auf jeden Fall von Tekla.«

Ich nahm seine Hand. »Komm, Georg. Lass uns in den Regen gehen und den Applaus entgegennehmen.«

BRIEF UND DANK DER AUTORIN

»Als Großmutter im Regen tanzte« ist ein Roman. Alle Personen sind meiner Phantasie entsprungen, und alles, was geschieht, ist Fiktion. Das Buch ist allerdings inspiriert von gelebten Leben und tatsächlichen Geschehnissen im und nach dem Krieg – sowohl in Norwegen als auch in Deutschland. Für die Recherche zum Roman reiste ich auch nach Berlin und Demmin.

Ich bin immer auf der Suche nach unerzählten Geschichten, vor allem von Frauen. Kriegsgeschichte ist ja größtenteils von Männern geschrieben worden, über Männer. Als Journalistin war ich gewohnt, zu recherchieren, und am liebsten wollte ich eine Geschichte erzählen, die vergessen, versteckt, verschwiegen oder unbekannt ist. Die Geschichte über Frauen, die deutsche Soldaten heirateten, ist für die meisten unbekannt. Der Historiker Ragnar Ulstein hat mich ermutigt, tiefer in den Geschichten von Frauen zu graben, die mit ihren deutschen Ehemännern nach Deutschland gingen und damit ihre norwegische Staatsbürgerschaft verloren. Er hat mir Zugang zu Interviews gewährt, die er in den siebziger Jahren mit norwegischen Frauen in Deutschland geführt hat. Diese nie publizierten Interviews sind einzigartige Dokumente.

Eines dieser »Deutschenmädchen« habe ich persönlich getroffen. Sie hieß Anna Deichmann und kam ursprünglich aus Vadsø. Nach der Befreiung 1945 heiratete sie Alfred (Fred) Deichmann, ging mit ihm nach Deutschland und wohnte danach mehr als sechzig Jahre in Hannover. Alfred starb in den siebziger Jahren. Als Annas Tochter einen Norweger heiratete und nach Nordfjordeid zog, kehrte auch Anna zurück nach Norwegen. An einem Dezembertag fuhr ich nach Nordfjordeid, um Anna zu treffen, die mir ihre Geschichte erzählen wollte. Ich verbrachte den ganzen Tag mit ihr. Sie zeigte mir Hunderte von Fotos und auch ein Schiffsmodell, das Fred gebaut hatte. Es war die »Blücher«. Fred war an Bord gewesen, als das Schiff im Drøbaksund versenkt wurde. Später wurde er nach Troms geschickt, wo er Anna traf. Als ich zu ihr kam, wartete sie an einem gedeckten Tisch auf mich. Neben der Kaffeetasse lag ihr neuer norwegischer Ausweis. Sie hielt ihn mir hin und sagte: »Jetzt bin ich wieder gut genug.«

Anna Deichmann starb, nur Monate nachdem ich sie besucht hatte. »Als Großmutter im Regen tanzte« handelt nicht von ihr, aber das, was sie mir erzählt hat – sowohl von sich als auch über andere –, hat mich nie wieder losgelassen. Auch wegen ihr habe ich mich entschlossen, diesen Roman zu schreiben.

Während der Recherche zum Roman habe ich auch von der Tragödie gelesen, die sich im Mai 1945 in Demmin abgespielt hat, als die Russen nach Westen vorrückten. Die Geschichte ist in all ihrer Grausamkeit aufsehenerregend.

Nicht minder aufsehenerregend ist es, wie unbekannt sie selbst für die meisten Deutschen lange war. Danke, dass Sie sich mit meinem Roman beschäftigen, der Geschichte erzählen und Versöhnung ehren soll. Danken möchte ich auch meiner norwegischen Lektorin Benedicte Treiber; sie war gemeinsam mit mir zur Recherche in Deutschland und hat mich während der Arbeit am Buch immer wieder inspiriert und ermuntert.

Lesen Sie weiter:

Ihr Großvater Konrad war immer der Fels in der Brandung für die junge Juni. Doch nie hat er von dem Ort gesprochen, der ihn am meisten geprägt hat. Erst jetzt erfährt Juni, wo ihr Großvater gelernt hat, mit den Wellen zu atmen.

1943: Das Handelsschiff der Brüder Konrad und Sverre wird im Indischen Ozean angegriffen. Im Krankenhaus verliebt sich Konrad in die Krankenschwester Sigrid. Doch ihr Glück ist bedroht: Getrennt voneinander geraten sie in Gefangenschaft. Welche Zukunft wartet auf sie hinter dem Meer?

VORWORT

Wenn der Wind auffrischte und die Wellen weiße Kämme bekamen, nahm Großvater mich gerne mit zum höchsten Punkt der Insel, auf der wir wohnten. Von dort aus sah man in allen Richtungen das Meer. Er erzählte mir, dass wir beim Schlafen im Takt mit den Wellen atmen, die an Land schlagen. »Egal, ob es stürmt oder ganz ruhig ist, die Wellen treffen das Land immer im gleichen Rhythmus«, sagte er. »Und wenn du Angst hast oder traurig bist, musst du mit dem Meer atmen.«

Ich fragte mich, woher er so etwas wusste, doch wenn ich ihn fragte, sagte er nur lächelnd, dass er das schon vor langer Zeit von jemandem gelernt habe.

»Von wem?«, wollte ich wissen.

»Darüber reden wir ein andermal, wenn du groß bist«, lautete seine Antwort. Er wuschelte mir durch die Haare und erzählte von all den Orten, wo er als Seemann gewesen war. Die Namen der Städte wollten mir kaum über die Zunge: New York, Buenos Aires, Honolulu, Rotterdam, Bremerhaven. Ich liebte es, wenn er mich mit ans Meer nahm und mir von all dem erzählte, was er als junger Mann gesehen und erlebt hatte.

Großvater hat mir nie gesagt, von wem er gelernt

hat, mit den Wellen zu atmen, aber schon als Kind dachte ich bei mir, dass er es nicht von Großmutter haben konnte. Sie atmete meistens viel zu schnell.

Erst als sie, Großvater und meine Mutter nicht mehr waren, fand ich heraus, dass meine Großmutter ihr ganzes Leben hindurch ein dunkles Geheimnis gehütet hatte. Sie war ein »Deutschenmädchen« gewesen. Erst nach ihrem Tod begann ich mich zu fragen, warum auch Großvater mir nie erzählt hatte, wie es ihm im Krieg ergangen war. Wo war er gewesen, was hatte er erlebt?

Jetzt, viele Jahre später, weiß ich, dass er bei all den Städten, von denen er mir als Kind erzählte, kein einziges Mal den Ort erwähnte, der ihn am meisten geprägt und fast gebrochen hatte. Wo er gelernt hatte, mit dem Meer zu atmen. Was dort und in der Zeit danach passiert ist, muss ihn aber zu dem sanften, feinfühligen Mann gemacht haben, der mir meine ganze Kindheit hindurch eine Sicherheit gab, wie sie weder meine Großmutter noch meine Mutter jemals in sich trugen.

Juni Bjerke

1943, Indischer Ozean vor der Küste von Java

Konrad Bjerke lag in seiner Koje auf der Anitra und verfluchte den Krieg. Seit er ein kleiner Junge gewesen war, bewunderte er seinen fünf Jahre älteren Bruder. Er wollte wie Sverre werden, es so machen wie er, alle Weltmeere befahren und in weit entfernten Häfen an Land gehen: New York, Buenos Aires, Honolulu, Madras. Alles Orte mit aufregendem, fremdem Klang, die er auf dem Globus seines Großvaters gesucht hatte. »Du hast ein helles Köpfchen«, hatte sein Bruder gesagt. »Dir stehen alle Möglichkeiten offen. Außerdem ist die Arbeit auf See wirklich verflucht hart. Mach eine gescheite Ausbildung, Konrad, du liest doch so gerne.«

Inzwischen bereute Konrad es, nicht auf seinen großen Bruder gehört zu haben. 1938 hatte er mit gerade einmal achtzehn Jahren als Leichtmatrose auf der Anitra angeheuert, wo Sverre als Funker arbeitete. Sein Plan war es gewesen, Steuermann zu werden, doch als der Krieg ausgebrochen war, hatte er all seine Ambitionen auf Eis legen müssen.

Die Anitra verkehrte zwischen Asien und Australien,

und Konrad hatte sich glücklich geschätzt, so weit von dem Krieg in Europa entfernt zu sein. So konnte man sich irren! Er hätte nie gedacht, dass Japan in den Krieg eintreten würde. Aber dann war ein Jahr und achtzehn Monate nach der deutschen Besetzung Norwegens der Angriff auf Pearl Harbor erfolgt, und die USA hatten Japan den Krieg erklärt.

Japan führte schon seit ein paar Jahren Krieg in China, und es kursierten Gerüchte, dass die Japaner die Europäer aus allen Ländern Südostasiens vertreiben wollten, um ein neues, großes Imperium mit Kaiser Hirohito an der Spitze zu errichten. Die Geschehnisse in Asien hatten Konrad nicht sonderlich gekümmert, doch als Deutschland den USA vier Tage nach Pearl Harbor den Krieg erklärte, waren er und die anderen Männer an Bord der Anitra mit einem Mal mitten drin gewesen. Aus zwei getrennten Kriegen, einem in Asien und einem in Europa, war ein einziger, großer, weltumspannender Krieg geworden, der auf allen Weltmeeren ausgetragen wurde. Schon nach kurzer Zeit hatten die Japaner Hongkong, die britische Bastion Singapur, Burma, die Philippinen, die Salomon-Inseln, Britisch-Malaya und Niederländisch-Ostindien erobert.

Das permanente Gefühl, in Gefahr zu sein, zerrte an den Nerven. Alle an Bord spähten unablässig über die Reling und hielten nach Bewegungen auf dem Meer oder in der Luft Ausschau. Jeder schlief mit seinem Pass in der Innentasche, der Rettungsweste neben sich und geöffneten Kabinentüren, damit man sofort zu den Rettungsbooten laufen konnte, sollte der Alarm losgehen. Die Besatzung bestand aus Männern unterschiedlichsten Alters und Rangs, doch die Gefahr schweißte sie zusammen, und jeder wusste, dass sein Leben am nächsten Tag oder schon im nächsten Augenblick zu Ende sein konnte. Niemand redete darüber, als würde die Angst kleiner, wenn man so tat, als gäbe es sie nicht. Es brauchte aber nur ein Topf in der Kombüse zu Boden fallen oder irgendwo eine Tür zu knallen, und alle zuckten zusammen. Am schlimmsten war es für die Männer im Maschinenraum tief im Bauch des Schiffes, die nur eine dünne Stahlwand vor den feindlichen Geschossen schützte. Konrad war einmal dort unten gewesen, als in der Nähe Wasserbomben detonierten. Reflexartig hatte er sich zu Boden geworfen, während die anderen zu seinem Erstaunen nur für ein paar Sekunden mit ihrer Arbeit innegehalten hatten. Doch jedes Mal, wenn die Maschinisten auf Wacht gingen, verfinsterten sich ihre Mienen; das war ihm nicht entgangen. Sie hatten den weitesten Weg zu den Rettungsbooten und riskierten, bei einem Treffer hilflos im Schiffsrumpf eingeschlossen und mit in die Tiefe gezogen zu werden. Alle dachten daran, aber niemand sprach darüber.

Die Anitra war auf dem Weg von Abadan im Iran nach Darwin in Australien, beladen mit 13 000 Tonnen Dieselöl für die Kriegsschiffe der Alliierten. Konrad hatte vor einer Stunde Dienst im Ausguck am vorderen Mast gehabt und dabei wieder einmal geglaubt, an Backbord eine Bewegung am Horizont ausgemacht zu haben. Möglicherweise ein auftauchendes U-Boot – das nasse Metall des Bootsrumpfs glänzte dabei immer wie ein Spiegel.

Wenn sie erst in Australien waren, wollte er seinen Bruder überreden, mit ihm dort zu bleiben. Es war bestimmt möglich, irgendwo weitab vom Krieg in einem Dorf Arbeit zu finden und abzuwarten, bis alles vorüber war. Ständig mit der drohenden Katastrophe im Hinterkopf zu leben, hielt er nicht länger aus. Obwohl sie sich in den Tropen befanden und es tagsüber unerträglich heiß wurde, steckte ihm die Angst wie Kälte in den Knochen. Er hatte seit Tagen nicht mehr richtig geschlafen und musste jede Nacht aufstehen und oben an Deck eine Zigarette rauchen, um sich zu beruhigen. Überall auf dem Indischen Ozean lauerten die Japaner, trotzdem hatten sie keine Eskorte bekommen. Er nahm sein Tabakspäckchen und stieg an Deck. Der Tag ging zu Ende, die Sicht war gut, und es wehte eine leichte, südliche Brise. Er genoss die milde Abendluft, während die Sonne sich dem Horizont näherte.

Am schlimmsten waren die Nächte, wenn die Dunkelheit alles verbarg. Konrad befeuchtete das Zigarettenpapier, versiegelte die Zigarette mit dem Finger und steckte sie sich zwischen die Lippen, ehe er die Verschnürung der Rettungsweste öffnete. Er lehnte sich an die Reling, zündete die Zigarette mit einem Streichholz an, nahm einen Zug und spürte, dass er ruhiger wurde. Es würde auch dieses Mal gut gehen, und in ein paar Tagen wären sie dann in Darwin.

1943, Catherine Booth's Hospital, Java, Indonesien

Sigrid Greve blieb stehen und verbeugte sich vor dem japanischen Soldaten, der am Tor des Krankenhauses Wache hielt, ehe sie weiter durch den Garten ging und den Duft der gelben Kletterrosen neben der Treppe einsog. Auf der obersten Stufe blieb sie stehen, fuhr sich mit den Fingern durch die langen, blonden Haare, teilte sie zu drei Strähnen und flocht sie langsam zu einem Zopf.

Das Krankenhaus war ein typisches Landhospital, ursprünglich ein alter Bungalow, erbaut vor mehr als hundert Jahren als Landsitz eines Plantagenbesitzers. Ein Dach erstreckte sich über die Veranda, die mit kleinen Tischen, Lehnstühlen und Sofas als Außenraum eingerichtet worden war. Hier konnten Patienten, denen es gut genug ging, vor der Sonne geschützt ausruhen.

Der Morgendunst lag wie ein seidenes Band um die Palmen und großen Birkenfeigen. Weiter oben an den Hängen verdeckte er die Reisfelder und die bunten Rosenbüsche an den terrassierten Hängen. Wenn die Sonne zum Vorschein kam, glänzten die Tautropfen wie Kristalle. An manchen Stellen war der Nebel durchsichtig, die Luft noch frisch, doch bald würden Sonne und Hitze wieder die Oberhand gewinnen. Eine Gruppe Männer kam aus dem Dunst den Pfad herunter. Die Körbe, die sie an Stangen über den Schultern trugen, waren voller Früchte und Gemüse. Hinter ihnen folgten Frauen mit Körben voller Blumen. Einige trugen Säuglinge in ihrem Selendang, einem langen Tuch, das sie um Schultern und Oberkörper geschlungen hatten. Sie alle waren auf dem Weg von den kleinen, überall verstreuten Dörfern zu dem Markt in der Stadt, um ihre Waren zu verkaufen. Ein paar kleine Mädchen sprangen mit weißen Blüten in den Haaren zwischen ihnen hindurch. Sigrids Blick ging an ihnen vorbei zu den Bergen und Hügelzügen dahinter. »Blauende Berge« hatte ihr Vater das einmal genannt, als sie Ferien in den Fjorden an der norwegischen Westküste gemacht hatten. Sie war zehn Jahre alt gewesen, als ihre Familie von Kristiansand nach Java gezogen war, jetzt war sie zwanzig. Manchmal sehnte sie sich nach Norwegen zurück, wo alles so anders war als hier. Winter mit Strickmützen und Handschuhen, Schnee und Skiern und Sommer mit Krabbenfischen, Lagerfeuern und Sonnenbaden auf flachen Uferfelsen gemeinsam mit Cousins und Cousinen. Nachdem die Japaner Java besetzt hatten, war die Sehnsucht größer geworden. Doch jetzt war es völlig unmöglich, irgendwohin zu reisen.

Sigrid fand ein Band in ihrer Tasche und knotete es um das Ende ihres Zopfes. Wie so oft vor der Arbeit hatte sie den Pfad genommen, der an den Felsen entlangführte. Ihre Gedanken waren weit weg gewesen, bei ihren Verwandten auf der anderen Seite der Erde. Das Meer war wie eine Brücke, die ihre beiden Welten miteinander verband. Zu Hause sprach sie mit ihren Eltern und ihrer Schwester immer nur Norwegisch, und jeden Donnerstag gab es norwegisches Essen. Ihre Mutter hatte den Koch gelehrt, Fleischbällchen mit Erbsenpüree, Kohlrouladen und Fleisch in brauner Soße zu machen. Und sogar einige Nachtische hatte er gelernt – Pflaumenkompott, Karamellpudding und Verschleierte Bauernmädchen.

Java gehörte zu Niederländisch-Ostindien, und Sigrid war auf eine niederländische Schule gegangen. Außerdem sprach sie Javanisch, da sowohl ihr Kindermädchen als auch der Koch Einheimische waren. Der Gärtner war obendrein Japaner und hatte ihr genug Japanisch beigebracht, um einfache Gespräche zu führen. Englisch und Französisch hatte sie in der Schule gelernt.

Die beinahe still stehende Luft war angefüllt von dem Duft der Blumen im Krankenhausgarten. Sigrid glaubte, die Wellen zu hören, die in der Ferne gleichmäßig an die Felsen schlugen. Auf dem Rasen vor dem Haus stolzierte ein Pfau herum, und große Schmetterlinge mit schwarz-weißen Flügeln schwirrten hin und her. Dann übernahm die Sonne langsam die Regie, der Dunst löste sich auf, und Gras und Bäume begannen zu dampfen.

Gleich darauf durchbrach ein kräftiges Motorengeräusch die Idylle. Ein Lastwagen fuhr vorbei. An der Seite prangte eine rote Sonne mit kräftigen Strahlen auf weißem Grund. Auf der Ladefläche standen dicht an dicht japanische Soldaten. Die Bajonette auf ihren Gewehren zeigten zum Himmel und erinnerten an einen Wald.

Vor etwas mehr als einem Jahr hatten die Japaner Java besetzt. Die Alliierten hatten sich ergeben, und das Personal im Krankenhaus hatte das Schlimmste befürchtet, schließlich kursierten Gerüchte über Massaker an Patienten und Angestellten in anderen von den Japanern besetzten Ländern. Es war aber nicht viel passiert, ein japanischer Offizier hatte lediglich alle Angestellten in den Garten beordert und ihnen mitgeteilt, dass das Krankenhaus nun unter japanischer Leitung stehe und sie als Angestellte keinerlei Rechte mehr hätten. Gleiches gelte für die Heilsarmee, unter deren Leitung das Krankenhaus vorher gestanden hatte. Es war ein Wachmann am Tor platziert worden, um zu kontrollieren, wer kam und ging, sie hatten aber weiterhin verletzte Australier, Niederländer und britische Soldaten behandeln dürfen. Viele, die sich in den Bergen versteckt hatten, waren mit der Zeit von den Japanern aufgegriffen worden. Waren die Patienten gesund genug, wurden sie abgeholt und in das Gefangenenlager außerhalb der Stadt gebracht, so dass sie mittlerweile nur noch wenige alliierte Soldaten betreuten.

Hinter ihr wurde die Tür geöffnet. Einer der Ärzte, der Holländer Cornelis van Hoosen, trat neben sie und wünschte ihr einen guten Morgen. Mit einem ärgerlichen Hupen scheuchte der Lastwagen in der Kurve ein entgegenkommendes Auto zur Seite. Dem Fahrer gelang es gerade noch auszuweichen, und als der Wagen gleich darauf am Krankenhaus vorbeifuhr, sah Sigrid einen Mann und eine Frau mit zwei Kindern auf der Rückbank. Auf dem Dach waren Matratzen befestigt, und auf dem übervollen

Anhänger erkannte sie zwischen Kisten und Kästen einen Schrank.

»Es ist zu spät, man kommt hier nicht mehr weg«, sagte Cornelis. »Wir sind auf allen Seiten vom Meer umgeben, und Schiffe, die uns nach Europa bringen könnten, gibt es nicht. Wir sind verurteilt zu bleiben.«

»Was glaubst du, wird mit uns geschehen?«, fragte Sigrid.

»Das weiß niemand, aber die Niederlande haben Japan den Krieg erklärt, als Erstes werden sie es wohl auf uns abgesehen haben.«

»Aber was wollen die denn hier?«

»In erster Linie geht es ihnen vermutlich ums Öl. Aber sie haben auch Größenphantasien. Sie wollen unter ihrem heiligen Kaiser ein Weltreich errichten. Nur die Götter wissen, was die mit uns anstellen werden.«

»Mit den Holländern?«

»Ja, mit uns und all den anderen Imperialisten und Vertretern der Kolonialmächte. Wir haben den Javanern ihr Land genommen, und jetzt haben die Japaner es uns genommen. Die Alliierten sind überall in Südostasien besiegt worden. Zehntausende, vielleicht Hunderttausende Soldaten sind in Gefangenschaft geraten. Und jetzt verhaften sie auch Zivilisten. Vorläufig haben sie es nur auf die Männer abgesehen, aber was passiert mit den Frauen, wenn die Männer interniert sind? Wie sollen all diese verwöhnten, gintrinkenden Kolonialherrinnen, die Diener und Kindermädchen gewohnt sind und sich nur für die nächste Cocktailparty interessieren, zurechtkommen, wenn alles in Auflösung gerät und ihre Männer fort sind?«

Eine perfekte Beschreibung meiner Mutter, dachte Sigrid.

»Das Leben wird ein anderes sein. Sie werden sich darin nicht zurechtfinden«, fuhr er fort. »Und nicht nur die Japaner hassen die Europäer. Auch die Einheimischen werden sich erheben, wenn sie sehen, dass die Reiche ihrer Kolonialherren zusammenbrechen. Sie wollen hier weder die Japaner noch die Europäer haben. Das Leben auf Java, wie wir es kennen, ist für immer zu Ende.«

»Wie kannst du dir da so sicher sein?«

»Früher oder später wird das Volk aufstehen. Es ist die Unterdrückung leid. Ob in Krieg oder Frieden, sie werden sich gegen die Invasoren erheben, gegen die Japaner ebenso wie gegen uns, die wir schon vor mehreren hundert Jahren hierhergekommen sind.«

Sigrid betrachtete ihn nachdenklich. Cornelis war der jüngste der drei Ärzte, die im Krankenhaus arbeiteten. Er war unverheiratet und vielleicht zehn Jahre älter als sie. Sein autoritärer Charme beruhte auf seiner Kompetenz als Arzt, sonderlich attraktiv war er aber nicht. Die rötlichen Haare waren dicht, seine Haut eher rot als braun, und zwischen seinen Schneidezähnen klaffte eine große Lücke, wodurch sein Lächeln etwas schelmisch wirkte. Sigrid mochte ihn, er war lustig, offen und hatte einen guten Draht zu den Patienten.

»Bushidō«, sagte er.

»Was ist das?«

»Der Ehrenkodex der Japaner. Es ist besser zu sterben, als in Schande zu leben. Und was die Frauen angeht … Frauen werden als unterlegen betrachtet, als eigensinnig und dumm.« Er stieß sie leicht in die Seite und hatte ein Zwinkern in den Augen. »Genau deine Eigenschaften, Sigrid.«

»Woher weißt du das alles?«

»Ich habe ein Jahr lang in einem Krankenhaus in Tokio gearbeitet. Da kam ich gerade frisch von der Universität.« Er sah sie ein paar Sekunden lang voller Ernst an, ehe er sagte: »Du darfst einem japanischen Soldaten nie direkt in die Augen blicken, Sigrid. Vergiss das nie.«

Erschienen bei FISCHER
Die Originalausgabe erschien 2021
unter dem Titel »Morfar pustet med havet«
im Verlag H. Aschehoug & Co, Oslo
© 2021 Trude Teige
Für die deutschsprachige Ausgabe:
© 2024 S. Fischer Verlag GmbH,
Hedderichstr. 114, 60596 Frankfurt am Main